帽子不见了

MAOZI BU JIAN LE

王建潮 著

百花洲文艺出版社

BAIHUAZHOU LITERATURE AND ART PRESS

图书在版编目（CIP）数据

帽子不见了 / 王建潮著. -- 南昌：百花洲文艺出版社，2019.11
ISBN 978-7-5500-3402-0

Ⅰ.①帽… Ⅱ.①王… Ⅲ.①短篇小说 – 小说集 – 中国 – 当代
Ⅳ.①I247.7

中国版本图书馆CIP数据核字（2019）第210390号

帽子不见了

王建潮　著

责任编辑	胡青松	
书籍设计	张诗思	
制　　作	何　丹	
出版发行	百花洲文艺出版社	
社　　址	南昌市红谷滩世贸路898号博能中心一期A座20楼	
邮　　编	330038	
经　　销	全国新华书店	
印　　刷	江西千叶彩印有限公司	
开　　本	720mm×1000mm 1/9.5　印张 9.5	
版　　次	2019年12月第1版第1次印刷	
字　　数	160千字	
书　　号	ISBN 978-7-5500-3402-0	
定　　价	36.00元	

赣版权登字　05-2019-254

邮购联系　0791-86895108
网　　址　http://www.bhzwy.com
图书若有印装错误，影响阅读，可向承印厂联系调换。

我也在寻找那顶"帽子"

胡青松

数年前，富春江畔小城富阳，当地文联曾为本地作者组织了一次改稿会，就是在那次活动中，我认识了王建潮。那是我们见过的唯一一面。他好像也不太说话，有点隐世高手的姿态，而且因为行程匆匆，我连这家伙是干什么的都不甚清楚（小城写作者多来自各行各业，少有所谓的专业作家），更难说对他的作品有什么深刻认知。我只记得他当时提交给改稿会的作品正是小说《帽子不见了》，当时在诸多作品中似乎让人耳目一新，至少小说名字就已经脱离了很多小城文学的"低级趣味"。不过，后来于改稿会上关于这篇小说"评头论足"的一番话，多有应景之嫌，现在已然毫无印象。从富阳回来后，王建潮又很执着地向我投过几次稿，我理解一个写作者对于发表的渴求，但直到我离开文学刊物编辑岗位，也没能如愿给他用上一篇。为此，我一度忧心这位老大哥会不会把我当成一个去改稿会上混吃混喝的文学编辑圈的骗子。

沉寂许久，我以为要相忘于江湖了。直到这次他提出由我来编辑出版他的第一部小说集，我才笃定他对我还是有着一颗"不死的心"的，我也想着顺水推舟，借此机会尽可能以出版的名义洗脱骗子的罪名。不过也正是他的这份一面之缘造就的信任，让我可以接续《帽子不见了》"不见了"多年的话题，认真地去踏足他的小说版图，寻找我所丢失的那顶"帽子"，并对他及他的小说有了一次粗浅的描摹。

虽然我早有耳闻，富阳因前有郁达夫的忧郁底色，后有麦家的迷人密码，而形成深厚的文学传承，当下多个实力不俗的小说写作者，也都居于此地。但是当我开始进入王建潮并无华丽外饰的文学城堡，还是被他迷宫般的内在架构吓了一跳。王建潮写的小说还真不一般。

我先是对他的身份感兴趣，原本我可以直接问，但我喜欢从文字找切口，于我而言有一种探秘般的快感。如果我没有猜错，王建潮大概是一个个体户，这一身份在他的小说中多有闪现，即便小说是虚构的，但说话者的姿态有着难以完全消除的底色。在我的想象里，他常年在富阳某个市场里开一爿小店，无人光顾时就闲坐着观察来往各色人等，这时候，陀螺般旋转的老周（《老周的梦》）、泥潭里开出花旋即凋谢的李娜（《喜欢唱歌的女孩子》）、失了魂似的小偷聚道（《帽子不见了》）等渐次罗列成他的小说群像。

由此我也逐步认定，王建潮的写作是由内而外的，他始终潜在角落里，这与很多专业作家深入底层再浮出水面弄出点水花的手法大为不同。王建潮的笔锋如同探针，触及小城生活皮层下的一片片琐屑，从而剖析当下社会中各类"人"的幽微心境，呈现出城市生活的多元化心理图景。不过，他并不局限于现实显影，而是作出了多种荒诞、离奇的掘进，《影子会》虚构了一个专门收集不同人秘密的神秘组织，《B到U城》形如梦境的荡开，《父亲的命理学研究》有了命定的况味……从王建潮的小说城堡里走上一遭，我还真对他刮目相看，也坚信他要"磨出真正的小说来"的野心并非虚妄。至少在我看来，这些质地各异的小说，完全属于真正的小说。

听说王建潮和他身边的写作朋友在小城搞了个小说沙龙，有点小说雅集曲水流觞的意味，并无小城文坛常见的附庸风雅无病呻吟，而是真的鼓捣出了不少好作品，见诸多个文学刊物。他们对于写小说这一喜欢到骨子里的事的坚守着实令人敬佩。作为一个编者，对作品的赞誉本属多余，但仍然希望借此让更多的人关注王建潮这样扎实写小说的写作者。他乃至他们所默默构筑的小说世界，渴望被你们认真叩开。

目录

CONTENTS

老周的梦

一

对于大伙儿来说，最好天即刻阴下来，来一场狂风暴雨。然而老周却在祈祷着太阳更猛烈一些。"这个黑心的老周……"大伙儿嘴里骂着，却正等着老周的到来。这时候，正是七月中旬，市区最高气温达到了38.1℃，但大伙儿明白，实际气温远不止这点，沥青的马路上，恐怕有四五十摄氏度吧。正是正午时分，马路上难见人影，但总有一些人为了生活的需要在这个时候走到马路上来。

我们这群比上不足、比下有余的小商人，这会儿都躲在电扇下面，嘴里嚷嚷着："热啊，热啊。"确实，到了后来，吊扇里旋出来的尽是热风。大伙儿就埋怨老天爷，这么不公平，为什么不分分匀，把现在的太阳留一些给冬天晒晒，把风雪提前挪一点过来凉凉，这样多好啊！胖子吴赤着膊，跋一双拖鞋，快活地笑起来，仿佛有冰凉的雪落到他黑黑的脊梁上。当然，这种高温天气，对于坐办公室的人来说，是无关痛痒的，他们或许会脱口而出："是第九天高温了，这温室效应……"

老周不懂什么"温室效应"，但他对这些话很留意，不是吗，凡正式的决议必先从这些门缝里流传出来。老周虽然很卑微，甚至连本城的居民也不是，但他却比一般人关心新闻。因为有些消息与他息息相关着，因而在做生意时，便竖起了耳朵。这不，他果然就听到一个于他不利的消息，虽然尚无法求证，却像一根刺飞进脑里，日日苦恼着他。但他毕竟在这个小城混了许多年，"没有过不了的坎！"他暗自打着气，就存了侥幸。

在烈日下吆喝着的老周，心里更多的是在盘算着还有多少高温天气。因为多一个高温天气，就意味着他可以多卖出一百多杯绿豆汤或白凉粉，扣除成本，就可以多赚几十元。这多赚的几十元意味着什么呢？意味着大女儿大学学费的百分之几，小儿子学费的百分之几，意味着那个隐藏于脑海深处的宏伟梦想的百分之几。老周对数字一直不敏感，要详细算出百分之几，总觉得困难，但他明白，这百分之几，对他是多么的重要。

"让太阳烧得更猛烈一些吧！"老周站在马路一角的一棵大树底下，浓浓的树荫遮住了他的三轮车。这时候，风正从什么地方呼呼地吹来，老周感到舒服极了。

这阵风源自对两个孩子的希望。两个孩子读书都很争气，特别是大女儿，高考考了634分，上了重点线。这消息传来的时候，他刚卖了近一半的凉粉。他二话不说，骑上三轮车，穿过两条马路，去告诉在城市另一头同样卖凉粉的老婆。老婆听了，喜极而泣。在城市的太阳下，一男一女，两辆三轮车，车上放着四只大铁桶，两人都眼红红的，惹得来买凉粉的人很不解，以为是两个做生意的在抢地盘争生意呢。这一天，俩人都不愿分开，就间隔着十来步路，一起卖凉粉，这是开始这营生以来极少的事。

每天晚上忙到11点，两人才从不同方向回家，然后赶紧煮烧，准备明天的生意。往往要到1点才能睡下，第二天可以迟一点起，但8点钟必须从出租房出发。

"跟你说过多少次了，不要到马路上来。"老周一不留神，又滑到马路上。他见穿着制服的小张朝他疾步走来，知道情况不妙，紧张得连车也来不及上，只一手抓了车头，一手抓了车身，像一只虾米似的，连蹦带跳地朝边上的小巷逃去。小张虚追了几步，皱了皱眉，也就不追了。

老周来城里已有五个年头了。当初也曾干过很多事，都不长久，后来得一个老乡介绍，就干起这营生。看看形势尚好，索性让老婆也一起干。这样，他们就有两份差不多的收入了。每到晚上，回到出租房，两人就简单地煮一点面条吃，老婆有时候更干脆，把桶底的绿豆汤就着中午的面包，应付了事。然后，在地上铺开那块塑料布，把各自背包往地下一抖，"哗啦"一下，所有的辛苦钱欢乐地滚到地上。两人就默默地整理。往往老周整理大钞，老婆整理小钞。老婆对钞票有一种与生俱来的爱好，这倒不是说老周就不喜欢钱，而是他不太愿把时间花在这上面。劳累一天了，也该洗个澡，抽根烟了吧。老婆却不同，她就坐在地上，把钱认真地分类，一元硬币必10个一堆，整齐地码好，然后用裁好的报纸卷成50元一筒；一角的，就卷成10元的长长的一筒。

"不要这样好不好，反正明天要做找头的。"老周有时候要这样对老婆凶一下，而老婆并不急，只说着："快了，快了，一歇歇就好，一歇歇就好。"

老周就生气，这婆娘，什么都好，就是不解风情，一点女人味也没有。劳累一天了，不晓得辛苦，每天都这样，还乐此不疲。老周毕竟是一个大男人，到时候体内也会生出一些热火来，需要老婆来给他降降温哪。他就从后面把老婆抱住了。"热都热死了，你不吃力？"老婆把钱理好，放在一只塑料袋里，又从床底下拖出一只纸箱，把钱放进去。"不这样，我才吃力呢！"老周嘟哝着，并不放手，顺着老婆的动作运动着。老婆没法，靠到床上，嘴里喊着："我还没有洗过呢！——快点，快点，累都累死了。明天还要去银行呢！"

每到月底，她就去一趟银行，把500块钱打进女儿的卡里，其余的就存进存折里。平时呢，就一个星期去一趟，因为去银行好像是一件麻烦事；况且每天的营业额也不多，还要买原料，因而每天塞进纸箱的也不过几十元而已；往往到了星期天，趁管的人少，才去银行一趟。

二

老周一早就到银行。真是见了鬼，两扇厚实的玻璃门刚一开，就涌进去很多人。老周不便去争抢，就排到后面去，心里却埋怨起老婆来。这婆娘，一直是她干的活，非要塞给自己来办，还撒娇说昨晚做吃力了，这里痛，那里痛的，四十不到的人，哪有这么娇贵。但老周也没有理由拒绝，毕竟老婆比自己做得多，洗碗、洗衣、煮烧，还要服侍自己，因而对老婆做出的娇柔状，虽反感，终究没有表露出来。老周一边防着有人插进来，一边照看着门外的三轮车。这是闹市区，平常老周是不敢涉足的，这次他大着胆子，趁城管小张到来之前，竟呼啦啦卖出去十多碗绿豆汤，直到小张的制服远远地奔过来。

老周对城管没有好感，也不怀恨。刚来时，确实被他们毁过许多辆车子和大铁桶，但那是人家的职责，况且，错在自己。因而，凡不小心与他们狭路相逢，老周必先畏怯起来，甚而卑躬屈膝。"有碍观瞻"是城管的文明语，"乡巴佬"不晓得算不算伤人格的谩骂，反正老周不生气，还认为名副其实。只是老周毕竟也是人，虽然是一个乡下来的人，在城管的眼里，不值几两，然而有时难免也会愤怒一下。有一次，他刚把车子拉到菜场门口，正好碰上大检查，城管就发了火，上去一下就把一桶凉粉推到地上，还上去狠踢了一脚。这时，蛰伏于他体内的原始"人格"一下子就勃然爆发出来，他梗了脖子，从嘴里吐出一长串含糊的句子，尽管连他自己也不清楚究竟嘟囔了些什么，然而城管很生气，后果就很严重。"你个乡巴佬，还犟，拎你进派出所，关几天！""我，我……"一紧张，老周就结巴。这时候，呼啦一下，围上来很多人。"罪过啊，放了他吧，出来混也不容易！"一个老妇说。"有什么好罪过的，对这种人不凶一点，整条马路还不乱了套。""有你这么说话的，你日子好过，可知道人家的困难？""谁叫他们来的，他们有田有地。"菜场里卖饮料的说，"他们一无证，二不要交费，对我们市场里的经营户可不公平呢。""是啊，是啊，对这种人，处罚不能太松，是应该拎进派出所关几天。"

老周一直认为，城管与派出所是一家，因而只一个"拎"字，便唬蔫了他。他马上褪了脖子上的青筋，唯唯诺诺起来，他承认城管小张桶摔得正确，手势恰到好处，还一再发誓以后再不在他的面前出现，否则就是小狗一条。他鸡啄米似的赔着好话，一边小心地把凹了一角的铁桶搬上车子。谢天谢地，赶了个下班时间，小张抬手腕看表，老周得了这个便宜，贼似的骑上车，急急离开这个是非之地，去寻个偏僻的地方，把没有摔掉的绿豆汤卖掉。

这些事情在开始的时候，经常发生。后来老周摸出规律来，就与小张玩起猫与老鼠的游戏。老周这只乡下来的鼠，在猫强力地追逐下，生存下来，不能不说是一个奇迹。老周说，让猫们离开凉爽的处所，到蒸笼一样的马路上来，是不太现实的。"也难为他们了。"老周总能这样同情别人。也许正是因为老周有这么一副好心肠，加上他特有的卑微和执拗，倒弄得几个城管也没有法子。因而只要老周不太明目张胆，只躲在靠马路的小巷口，城管小张也会睁一只眼，闭一只眼的。

"这个老周，唉……"小张远远看着老周虾米似的背影，皱了皱眉，无可奈何地叹了口气。在城管小张的眼里，这老周就像马路边上的一棵草，从来不像花圃里的花，需要浇水、施肥。他随时还要遭受人们的践踏和无意的伤害，但他却坚韧不拔地活着。虽然活得不怎么舒坦，关键是他仍然活着。

但老周担心的事，终于还是发生了。

　　仿佛一夜之间，满城花枝招展起来，到处贴着标语，一幅一幅的横幅，飘扬在街道上空。城管小张和同事们像一支扫荡队，一遍遍梳理着城市的道路。他们手里各自捏着一只黑塑料袋，一瞅到地上的一缕纸屑、一截烟蒂，必放亮眼睛，俯下身去，捉到袋里。起先，老周还存着侥幸，但受了几次沉重的打击后，乖乖地收了心，不敢再出摊。但依然每天上马路，趿着双拖鞋，专往热闹处钻。少有的空闲啊，然而心里急着，恰如蚂蚁在饭锅边跳；如织的人群，川流不息，可都是他的食粮他的财富啊，就这样白白地在自己的眼前流过，不舍啊！老周心急火燎地转了一圈后，心里才平衡下来。动真格了！转角处，公厕旁，凡城管管辖的修车铺，补鞋点，全消失了，更不用说流动摊了。老周亲眼看见，一个不识相的卖桃者，大约是新手吧，竟优哉游哉地在城管面前做起生意来，结果连人带筐不知被揪到什么地方去了。

三

　　平常，老周会在中午的时候，把三轮车拉进商场的走廊里，响亮地喊一声："冰绿豆，凉粉哦……"其实也不用叫，大伙儿早围了上来，每人要上一杯，慢慢地喝："老周，今天的绿豆汤，绿豆都没有！"有人边喝边埋怨。老周就干笑着，从桶里舀起一瓢，漏掉汤，把十几粒绿豆倒进那人的杯里。"我也要，我也加一点。"老周就给每人加一点。"王老板，来，你也加一点。"他这样叫我，我倒不好意思，才一元的东西，真不好去斤斤计较的，但他总要走过来，在我的杯里加上二三十粒绿豆。也许正是我的不主动，倒在老周的眼里，博得了一个好印象。

"外面的太阳还不够大噢，老周，你这个黑心鬼！"胖子这样打趣，"来，电扇下热火热火，反正老婆看不见。"

"嘿嘿。"老周就憨憨地笑，"不是我说，真的是外面凉呢！——不谈了，不谈了，我得拉到菜场门口去，趁城管小张午睡还没有醒来。"

大伙儿便这样与老周相熟。但自从这城市被镀上一个好名声后，老周的营生被迫停了下来。那一天，他一脸憔悴地踱进商场来，"王老板，我，想问一声，你们这里，到底，有没有得赚？"他嗫嚅着。

"没什么好赚的。"其实他的问等于白问，哪个生意人会告诉你钱很好赚呢？

"可是，李阿姨说，一年有五六万好赚呢！"老周轻声说。

天啊，五六万？去捡啊！我沉默了一会，"怎么，你想来做？"

"哎，"他有点尴尬，"现在管得紧……我想问问，把李阿姨的柜台转下来，合不合算？"

我老早就发现李阿姨的眼睛在不停地向我刺来。"怎么说呢，总还好吧。不过，好像转让费要好几万呢！"

"这个，这个，我去借，只要能把日子混下去，总比在马路上好，那日子，连，连狗都不如的。"

他急吼吼的样子，实在是谈买卖的大忌。这可真为难。隔壁李阿姨夫妇年岁大了，确实缺少做生意的热情，用的还是老一套的手段，哪里能吸引顾客。所幸的是小百货，大伙儿都不愿做，在商场里几乎是独家。但商场里客流量本不大，靠零碎生意是成不了气候的。然而吃饭钱总归是有的，"应该有得赚吧，亏是绝对不会亏的。"我说。

也许正是我的这句话，使老周下了决心。没几天，连货带柜台，老周转下了李阿姨的摊位。"谢谢你噢！"李阿姨走的时候，一身轻松地对我说，仿佛这个交易的成功有我一大半功劳似的。

老周自此成为大伙儿的同事。我们几个常喝他绿豆汤的人都惊讶于他的财大气粗。"老周，你的一碗绿豆汤有七八毛好赚吧！"老周只干笑着，"赚总有点好赚的，但那是辛苦钱哪！"大家就笑着说："你个黑心鬼，赚了我们多少黑心钱呀！"

我们这个商场，说起来也是本城十大商场之一，可开始的定位就不对，没个统一的规划。结果弄得商场不像商场，市场不像市场，"三不像六样。"我们自嘲地说。几年下来，经营户换了一茬又一茬，大家嚷着生意难做，然而房东们却还在一年年地加租金。他们是在杀鸡取卵，可有几个房东能看到这一点？他们看重的都是眼前利益。年租的不稳定，经营户的心便浮躁，这实在也是李阿姨逃跑的最大原因。

老周就是在这种情形下进来的。摇身一变，他也成了所谓的老板。开始当然不适应，就像外面流浪惯了的家畜，一下子圈养起来，当然闲不住。看他坐立不安的样子，大伙儿都笑他，"真是劳碌命啊！"但他是适应能力极强的人，不久便乖乖地坐定在柜台内，只是他黝黑的肤色，映在那里，极不和谐，但不久也习惯了。要说生意，可真不太好，但怎么说呢，像我们坚持下来的，肯吃苦，又懂一点经营之道的，总归有了一点积累。最主要的是培育了一些铁杆老主顾，因而即使把大部分利润都归了房东，存折里的钱毕竟是在一点点增加，家里的电器也渐渐变得现代化起来。看老周的状况，肯定也差不了多少吧。只是这取得的一点成果，实在是靠平时的一点点节俭，比如衣着吧，就在商场里互挑，二三十元一件，身上一穿，自我感觉也很不错；而吃呢，倒更可以省下一点来。像模像样的餐，在我们这里向来是没有的。一到12点左右，方便面的方便面，粉丝的粉丝；夫妻都在的，去买一盒快餐；奢侈一点的，就买一瓶冰啤酒。但大部分是一份粉丝而已，那种两元一份，黑不溜秋的，像蚯蚓一般地纠缠着，上面很少有油味的那种。另外就是一杯老板赠送的汤，用一次性杯子盛着。老板有时候高兴，上面便会浮上几点绿色的荠菜或杯底下藏一蓬黑黑的紫菜。

　　大约昨晚没有睡好的缘故，老周一早起来就有点头痛，浑身感到无力。真是怪了，自从进了商场，人变得娇嫩起来，就像一盆野草，在野地里随意生长，倒蓬蓬勃勃，一移栽进室内，反而不适应了。自己倒还好，最多来个感冒，流点鼻涕，咳嗽几下，过几天就好。老婆就不成，几乎隔三岔五地喊吃力，肚子痛，让她去看吧，又不愿去，说哪有什么病，休息休息就好。老周知道她心疼钱，不过说实在的，医院是不敢随便去的，看个普通感冒就要几百元。而老周认为，有些病倒并不是什么病，是自己臆想出来的。像他，身体不舒服，顶多吃几片银翘片，一般来说，挨上几天就好。这也许就是乡下人与城里人体质的区别吧。这点老周夫妇很有同感，也很自信。然而老周嫂对老周的身体还是很关心的，只要老周有个头痛脑热的，就紧张。这不，老周喝下一瓶藿香正气水后，还觉得眼睛酸。挨到中饭边，老周嫂破例去买了五元的盒饭，老周更是买了一瓶冰啤酒。他用嘴巴咬开瓶盖，就着瓶口，咕噜咕噜，就是几大口，那个舒服劲啊。老婆是滴酒不沾的。这个中餐对于老周来说，很是舒爽，而老婆好像胃口也很好，那一盒饭竟然吃了个精光，连最后的菜汤也就着盒子吸了个光光。

天气一天热于一天，瞌睡虫不失时机地在眼前飞舞。老周感到有点疲乏，就去寻一只废弃的纸箱，往柜台里的地上一摊，人往上面一躺，很平实，而且纸箱又较厚，也不觉得硌人。电扇在天花板上咣当咣当地响着，那风到了地上，就不怎么厉害，仿佛过滤了一下，有点凉丝丝的感觉。吃了点酒的缘故吧，他竟很舒坦地睡着了。

好一场大睡，足足睡了两个小时吧，他醒来，伸出一个指头，朝上晃动着，嘴里"嗯嗯"地叫着，吸引老婆的注意。老婆见了，就笑了笑，捏住那根指头，向上微微一拔，他便如一只萝卜般起来了。一切头昏脑涨全没有了，全身舒坦，但他还浑身无力似的，享受着老婆少有的温情。老婆去水桶里弄湿了毛巾，他接了在脸上乱擦。"那里，就那里。下巴，还有口水渍呢！"老婆在一边娇嗔地指点着。这时候，脸上有了水珠，风吹到脸上，竟有点凉凉甜甜的感觉，老周心里便生出一种莫名的温情来。这婆娘确实比以前好看多了，虽然比以前消瘦了一些，但肤色是白了许多。记得刚来时，有顾客竟把她当作自己的母亲，惹得大家到现在还在取笑。这婆娘跟自己吃了多少苦啊！现在，总算稳定下来了，她的脸上也有了笑容，话也多起来，虽然比不得城里婆娘的妖怪，却也穿得花绿起来，走路一扭一扭的，改了那种风火轮的急速。得让她过点好的生活了。"银行里没钱，睡地下；有钱了，也睡地下！"他突兀地同老婆说起这句话来。这便是老周，别看大老粗一个，有时候，心里所想，并非直接说出来，而是从侧面或从另一个方面提出来。老婆当然懂得他的心理，嗔怪道："才有多少钱啊，现在还不舒服。早时候，那么苦，你不也很高兴吗？"老周就嘿嘿地笑，又想起十年前的事。这些往事几乎是夫妻俩经常的话题，回忆起来，是那么的辛酸又那么的甜蜜。

那是老周最艰难的时期。同大部分民工一样，他来到城里，先是做泥工，老婆靠了本村包工头的照顾，在工地上做饭。然而不久，他从脚手架上摔下来，腿便有些长短了。那时不像现在这样有自我保护意识，老周只治愈了腿，尽管走路有点摇船的样子，但总归是可以走了。末了，老板又给了200元钱，就打发了他。他不想就此回老家去，又没有别的活路，就去市场里批了点小百货，又从回收站买来一些旧杂志，在城乡接合部的马路上摊开一块布，摆起地摊来。他的主顾大都是自己原来的同事和老乡，生意竟然很不错。别看他整日枯坐着，到了晚上，蘸着口水数钱，竟然能多出三四十来，多的时候，竟然能净赚五六十。他窃喜了，所谓祸兮福所倚，他几乎要庆幸起自己的伤腿来。那时候，泥工的一天工资才20元。然而，不如意总伴随他。一到下雨天，他只能窝在家里，而假冒城管来收费的小流氓，拿了东西就跑的小混混，也让他防不胜防，苦恼不已。后来，通过踏看，他发现了一个好去处，就是现在的城东商贸城。那会儿，那里还是很偏僻的地方。城东村随便平整出一大块地来，三面建起围墙，在边上造了一些平房，更在空阔的平地上用砖头和水泥搭起一排排的石摊，这样，一个临时性的菜场就算建起来了。在菜摊的另一边，胡乱地放着三轮车、自行车、菜筐子。老周就瞅住这里了。他不经意地理出一小块空地，在这里悄悄地摆起摊来。这里真是鱼龙混杂啊，什么人都有，他看到过菜霸欺行霸市，看到过流氓打群架。也许是太不起眼了，他竟然没有受到伤害。老周就像模像样地放上一张竹榻，认真地做起生意来。后来，老婆也来了，变成两张竹榻。他们在竹榻四角缚牢四根细竹竿，再在顶上缚住几根竹竿，用铁夹子把一块遮阳雨篷夹住，大约五分钟时间，一个很好看的小百货铺就建成了。这是每天必做的事，从此，老周便不再怕风吹雨打了。"那时候，倒真赚了点小钱。"老周说，因为附近没有超市，也没有像样一点的商场，而商场里的价格贵得出奇，因而，光顾摊位的倒大多是城里精明的家庭妇女。她们一来二往都与老周熟了，需要什么都会让老周带。现在看来，老周当时的摊位已很成气候了。

　　老周很享受这种生活，几乎与城里工人一样，早出晚归，虽然比人家早起，比人家晚归，但生活有规律了。他开始憧憬起一些美好的事情，在淡季来的时候，也不再焦躁。也正是赤日炎炎的七月中旬，老周饭后抽了个空，钻进竹摊底下。那摊不过50厘米高，他睡下去，几乎不能翻身。但那里地势开阔，印象中风总是很大，呼呼地整日地狂吹。而这时候，老婆就坐在竹摊的一头，眼定定地朝空荡荡的泛着白光的路上望，望得紧了，就趴在竹摊上眯一下眼。正是太阳最亮的时候，那些露天的菜贩大都逃得无影无踪，只留着几个外地的无家可归的，用石头缚住一把大大的遮阳伞，软绵绵地在那里硬撑着，等待着一两个顾客的光临。

"你们下个月不要来摆摊了！"一句突兀的话，惊得老周一骨碌从摊底下滚起来。睡眼中就看见菜场里的"黄毛"，正站在竹摊前，手里转动着一块毛巾，一副凶凶的样子。

"我们是批过的……"

"批过也没有用……"

这人上次与人打架，才从医院出来。老周亲眼见他在前面逃，一人在后面追，他一个趔趄，被后面那人连砍三刀，刀刀见血。出来后，更加趾高气扬起来，仿佛做了什么壮举似的，那身上的疤痕倒成为炫耀的资本。他有一个菜摊，好像从不见他认真经营过，专门闹事。他平常来买东西，随便丢一点钱，并不与你多讲话。老周便不愿，朗朗青天，岂容胡作非为？但老婆总劝他忍耐。

"大哥，这块毛巾，你拿去……"老周嫂低眉顺眼地说。

"反正下个月我老婆要来摆的！"黄毛拿了毛巾，又凶凶地说。

到了九月份，正是小百货的旺季。有一天，老周早早赶去，竟发现自己的地盘被许多人占着。他就与人争吵，惊来了市场管理的老孙头。老孙头略略调解了一下，就用早准备好的红油漆在地上画出一个个长方形，并标了号，倒把老周的位置弄偏了一点，而且老周是两个摊位，自此便要交两份费用了。

理是无处可诉的，竞争的残酷更让老周红了眼。但逆来顺受也是老周必须具备的好品质。事情既然来了，就得面对。幸好老周时间长，经验足，虽然同行大都是本城的下岗工人，也肯吃苦，但骨子里总缺少老周那种置之死地而后生的精神。"让雨下得更大一些吧！""让寒风吹得更猛烈一些吧！"这个格式化的咒语便在那个时候成为老周心里的一种精神战法。"让雪堆得更厚一点吧！"他在心里默念着。

收入还是锐减下来。照实说，比起泥工来可不知好多少。老周渐渐适应了这种竞争的生活。他的忍让，他的乡下人特有的狡黠，也使他能与同行较好地相处。这样平稳地过了两年，这里已然是一个繁忙的市场了。每天早晨，批菜的菜贩都蜂拥着来；三轮车、自行车与人群混在一起，讨价声、斥骂声响成一片。人们在买卖完后，就会就近捎带一些日用品回家。这里红火起来了。忽然有一天，一张布告贴出来，说这里将规划建造一个集菜场与小百货于一体的大型商贸城。所有经营者限十天内搬光。老周受了这个打击，几夜都睡不安心，命运太会捉弄老百姓了。它高高地浮在半空，看见你挣扎、痛苦；当你刚安稳下来，它就浇下一瓢水来，使你又陷入痛苦不堪中。有消息说，原经营者报名，可优惠得到新市场的一个摊位。老周也去报了名，但一看那价位，老周就望而却步。无奈，他便开始卖凉粉。而他的进商场做小百货，几乎就是重操旧业。

八月下旬，早晚天凉起来，小百货的旺季来了。商场里的顾客依然寥寥，附近又开出了几个超市，它们什么都卖，针头线脑也不放过。它们张着血盆大口，要把一切小业主全吞没似的。幸而老周比一般人懂得如何绝处逢生。每天早晨，他就在自行车的后座上扎牢两只大编织袋，出发了。到了傍晚，他只带回来一只编织袋，"今天还好，碰到一个老板，买了十多套棉毛裤，给厂里的工人当劳保。"老周一脸兴奋，接着又道，"现在的农民也蛮会讨价还价的。坏人也多，他们围在一起，七挑八挑，后来我数了数，总要少了两条短裤，或者一块毛巾。唉，算了，算了，下次得想办法用绳子穿牢……"

老周的勤快是有目共睹的，但说到细节上，可不够精明。"那老太婆身上脏兮兮的，每次都要来挤热闹，可又不买。我听人说她的儿子们不管她，所以我明明看她拿了块毛巾塞进衣服里，能去揭她？"我们每天傍晚几乎都可以听到老周一些不同的话题。他每天都去附近的农村设摊，这在我们是不可想象的事。而他却乐此不疲，因为他就是摆摊出身的。

日子就这样过去。一晃老周已经在这里三年多了。大伙是看着他们的日子渐渐好起来的。唯一让大家啧有烦言的是老周嫂的吝啬了。印象中，他们的晚餐总只有一个菜，就是辣椒炒咸菜。"老周嫂，老周该补补了，你看，他瘦得要变成铅笔了。"我老婆有时要这样对她说。"他肉不要吃的，他就喜欢辣。"老周嫂说。"来，老周，这点菜你拿去，我们吃好了。"老婆把菜放到他们桌上。"你们吃好了，噢，噢！"老周这点很好，并不会有什么想法，伸了筷子就吃，倒是他老婆，反而要露出一点脸色来，但也不声不响。第二天，她必盛一小碗辣椒炒咸菜来，"王老板，你也喜欢辣的，你尝尝！"我好像从来不曾看过她夹过人家的一点菜，她就这样默默地坐在一角，默默地吃着，并不去管人家的任何事。因而，我就一再劝老婆，在他们吃饭的时候尽量不要去调侃老周。

四

九月一日，学校又要开学。老周嫂早准备了一沓钱，放在腰包里，让老周系在腰上，陪儿子去报到。儿子在三年前转学过来，在郊区四小读书，那里并不要借读费，师资力量也强，这实在是这个小城近年来所办的最大实事。然而，升初中，就要借读费了。儿子小周却出人意料地考上了涌金。这可是本城最知名的民办中学，只是学费贵，一学期就需7000元，而附近的公办三中，只要一次性交9000元，以后就与本学区的学生一样收费。特别是儿子成绩好，三中竟然打电话来，说可以免掉一部分借读费。老周嫂执意让小周去涌金，因为有多少人削尖了脑袋也挤不进去。但是，大伙都持反对意见，认为只要小周会读书，什么学校都可以出息。毕竟那里是贵族学校，学费相比也要贵十余倍啊！

"老周嫂，我看还是三中好。儿子要紧，可我们认为自己也要紧。你不如把这点钱，去保份险好呢！"

"是啊，老周嫂，小周现在好，可鬼知道长大了，讨了老婆，不会变。像我吧，想想也算孝顺的，可让我每月拿出100块给父母，我还不肯呢！"

"还是保险要紧，老周嫂，"有人强调道，"你一辈子辛辛苦苦的，也该为自己想想！"

大家七嘴八舌地发表着议论，老周是早动摇了的，他说："王老板，你帮我出出主意！"

这可真难。我说："关键还是要你们定。不过，我倒认为，你们俩，至少一个人要去保险的。"

其实，这些话从老周进商场后，大伙儿就常常谈起。确实，除了房子、户口外，老周完全是一个城里人了。然而他的某些观念，比如防老，依然保持着乡下人陈旧的意识。

"养儿子干什么呀？"老周说，"就是为了养老啊！"

"可是，你每年给你爹妈多少钱？"有人问。

老周便不响，呆呆的，露出凄楚的神情。这时候，老周嫂对于我们的好心，几乎要怒目而视了。见她渐暗的脸色，大伙儿识趣地不响了。

"你们管这么多干什么？"胖子吴说，"老周他们总有这个实力的。"

有这个实力吗？老周确乎不清楚。女儿的费用，儿子的学费，房租，摊位费，一年得多少啊。老周对钱财，一直没有明确的概念。早先，当家里入不敷出时，他只晓得老婆急急地催促，愁苦的脸容，弄得他火烧火燎，魂不守舍。后来，一个个难关过去了，家里好像一下子不必用钱了，他就更懒得去过问了。这或许与有一个会持家的老婆有关吧。说实在的，钱这个东西，大家膜拜它，可它不派用场时，就静静地躺在银行里，一无是处。现在老周吃不忧穿不愁的，还需要什么呢？所以，一个人定一个目标是多么重要啊。如果老周想在家乡盖一幢楼，那么他就要每天计算着，今天又赚了几块砖头，明天又要多赚几根钢筋，做人就要辛苦多了。然而，要说老周没有目标，可冤枉了他。只是老周觉得这个目标或者说理想过于宏大了些，在没有一定的实力前，他不敢轻易让它爬上脑海。因为他确信，太过于美好的想法，到头来，命运必定要来打击。这在他的经历中，是完全可以佐证的。有一段时间，大伙儿劝他去郊区买一套房子，那里便宜，才七八万一套。老周嫂倒同意，但老周反而嫌那儿的局促和偏僻了。我知道老周的梦想是在市区买一套有露台，环境又好的商品房，那些联建房总让人想起自己的身份。这个想法不知从什么时候起，开始在他的脑中发了芽，就像一粒种子，不知从遥远的什么地方被风或鸟带了来，总之在脑中着了床，且抽出细芽。但毕竟太遥远了，就像虚无缥缈的宫殿一样，老周便抑制着，不让它长得太厉害。

"老婆，我们到底有多少钱？"

"你猜呢！"

"五六万吧！"

老婆神秘地一笑。

落夜。俩人关上门窗，老婆从床底下，砖缝里，变戏法似的拿出一张张定期存折来，"一张，两张，这是去年存的，快到期了……三张、四张，这张是三月份的……五张、六张，这是上个月的。"老周说："老婆，我好像已经看到我们那间带露台的房子了，它在向我招手呢！"老婆说："我才不敢这样想呢！"但老周执拗地认为，美好生活已经在眼前了，又想，这婆娘也真不容易啊，他就动了情，上去抱住了老婆。老婆也不推让，俩人就在几张散乱的存单上亲热了起来，同时也设计了一下更美好的未来。

五

说没有预兆，那是说不过去的，老婆仿佛早就喊没有力气，而且，胃痛，食欲也不好，但她会走会睡，更会做生意，哪个会随便上医院呢！

这一回，老婆是自己提出来的，原因就是痛，双脚几乎迈不开步子，她的心里便有一种不祥的预兆。自己的身子怎样，自己心里最清楚。但由于各种原因，她都没敢去医院。一则价贵，二则也害怕，如果真有什么病呢？她相信只要自己注意一点，身子自有的免疫功能便会驱走病魔的。

老周嫂不得已住院了。大伙儿拎了水果去探望她，但她已不能吃了，唉，人好的时候，舍不得吃，有得吃的时候，倒不能吃了！老周嫂无力地躺着，大伙儿礼节性地劝慰着。确实，生意的事是一点不用担心的，大伙儿都轮流着帮忙，到了下班，就用信封装好，交给老周。彼此太熟悉了，价格也知道，生意几乎没有很大起落。老周嫂听着，只凄苦地点着头，勉强挤出的笑容，反而使她苍白的脸更加悲切起来。她仿佛连一句道谢的话也说不出来了。

老周更忙起来，商店医院两边跑。只一个星期，便憔悴得厉害，双眼凹陷，胡子拉碴，比他老婆的变化还大，看了让人害怕。大伙儿知道，他老婆的病很难根治，花了钱也没用，而医院又是个烧钱的地方。这点老周更明了，但能放弃不治吗？我们知道，这种想法，老周想都不会想起。他现在后悔没有好好待老婆，好像从来没有关心过她，她就像一头牛、一头羊，吃的是草，挤出的是奶。你这个婆娘啊，只知道关心别人，为什么不关心一下自己呢……

存折里的钱在一张一张少下去，老周嫂好几次决意要出院。我们不晓得老周的实力，但这样拖下去，总不是什么办法。她连一份险都没有保过，一切费用都要自己承担，很显然，照这个情形，十户人家有九家要衰败下去。现在，什么房子、计划都变得茫然起来。我们为老周悲，为老周愁，更责怪他的观念。可事情来了，责备又有什么用呢？

"要不，把摊位转了？"老周说。

"老婆同意了？"

老周便不响。这个家一直是他老婆做主，他只知道做。现在轮到他做主了，他就无措起来。这天，老周把我和胖子吴请到他老婆病床前。

"我的病是治不好的，我准备回家。"老周嫂平静地说，"家里还有一点钱，我留着，准备给孩子们用。我知道，老周的脾气。我想请大家帮忙，让老周坚持下去，摊位不能转，不能……那是我们的命，命啊！"老周嫂叹了口气，歇了歇，继续说，"我不想拖累大家。我只是舍不得孩子，舍不得老周啊……我以为，我是能过上好日子的……"

眼泪在我们的眼眶里涌出，但老周嫂却显得平静多了。她仿佛完成了一件大事似的，脸上竟出现一丝红晕来。老周待在一旁，像个孩子似的，红了眼，一声不响，只"嗯"着。

我们去问了医生，医生说一定要救，总还有希望，不过病已到晚期，希望也很渺茫。老周是决意破釜沉舟的。他几次让我写一张黄榜，内容都拟好了："老婆病重，摊位低价转让。"我几次都拒绝了。但这会儿，他几乎要动怒了。最后，他十分平静地说："王老板，我在你文具柜买一张纸，一支笔总可以吧！"

我没有办法，只好裁了四开大一张黄纸，拿起毛笔，蘸好墨汁。不知什么原因，试了几次都停下来，是的，我的笔从来没有如此沉重过，但我必须写。我用颜体毕恭毕敬地写下：

"因家里有事，摊位转让。"

树贵的两种人生

树贵被苦恼折磨着，已有段时间。这苦恼，似乎是在付了房子的定金后开始的。那天，他与老婆从房主的家里出来，一走到马路上，就想把老婆抱起来转上几圈，表示内心的狂喜。但他终究没有这个胆量，只是狂跑几步，对着天空大喊了几声，当然是掏心掏肺地喊，就在那时，一丝说不上来的什么——权且叫空落感吧，悄无声息地袭上心头。静下来，静下来，好好想想，这空落来自何处。他弯着头，很认真地思索了半晌，也寻不出个所以然。

当天晚上，他做起梦。一会儿，站在姑姑家的篱笆前，酣畅淋漓地小便，空中挂着暖暖的阳光，舒服极了；一会儿，与几个伙伴在晒裂的泥塘里挖黄鳝，明明抓住了，总是溜了；一会儿，他们在学校的空地上玩民兵捉贼，他扮演的总是獐头鼠目的贼……真是奇怪，在几乎把家乡忘得一干二净的时候，竟做起家乡的梦来，而且是那么清晰。后来他又做起恐怖的梦，梦里他竟做了出格的事，急死了，急死了，心里想，如果这事不曾发生该多好啊！现在日子这么好过，为什么要去做这样的事呢？这时候他就醒了，脑子渐渐清醒，才知不过是一个梦。庆幸啊，庆幸！他就更加热爱起现在的生活来，快速起床，早早出门奔生活去了。

生活中，当然会遇到各种各样的烦恼、委屈、痛苦，甚至屈辱，但苦恼确乎很少有，实际上究竟什么叫苦恼，树贵也不十分了然。顾名思义，也许就是苦了脑子，而脑子受苦，比身子受苦更累。身子累了，一到床上，就安妥了，舒坦了；脑子受苦，可是身子休息着，脑子痛苦着，糊涂着，一团糟着。幸好到了白天，一切被忙碌遮掩。因而最近，树贵怕起晚上来了。

树贵左手提着秤杆，右手捏着几根编织绳，走进商场。大家就与他打招呼，"死树贵，这两天哪去了。"树贵就笑："有事，有事！"一边打着招呼，一边去整个商场旋了圈，才又回到第一家。他把主人胡乱缚好的纸板一只只重新摊开，撕掉胶带，折齐整了，才用编织绳缚紧。他缚的方法有点特别，凡上山砍过柴的人都知道，那是缚柴的方法。而实际上，他弯腰，脚踩的动作，活脱脱是一个樵夫的样子。因而，他缚好的纸板，总是那么密实，那么有棱有角。就这样一家家地缚过去，把整个商场搜遍了，才回到口头，开始称分量。这时候，他的话才多起来。

"我老婆——"他总是这样起头，然后就是"我老家——"，这么些年来，他似乎活在真空里，神情举止几乎没有变化。乡音极浓的普通话，重复又重复的话语，灰、黑色的服装。倒是他老婆，大家见过，模样儿很好，举止也大方得体，听树贵说她是从很远的贵州山区来的，但大家一点也看不出来。她穿得清清爽爽，烫着微黄的发，一口本地话，哪有半点打工者的影子？另外，他常挂在嘴上的就是他的家乡，那是一个美丽的山村，有秀丽的竹林，有终年不涸的清澈的小溪，生活条件也不错，讲起这些，他总是充满自豪。

"那你为什么来城里？"有人这样驳他。

"是，是我老婆，要来！"

"又是老婆，倒是真听老婆啊！"

"不是，是……"树贵的脸便涨红，好像这句话刺痛了他的心脏。

人家才不管他的窘态，依然来上一句，"树贵，这么好的老婆，是骗来的，还是买来的。"

"屁！"树贵有点愤愤然，脸涨成紫色，喘着气，却是说不出话。

看到他的窘态，大家又是一阵哄笑。

树贵真是好脾气，无论怎样说他，不会较真。当然这样的调侃在彼此熟了后，便失去了应有的效应。他几乎每天都来商场一趟，熟不过了彼此间反而没有什么好谈。再说，又能跟他谈什么呢？他所能谈的话题也实在狭窄不过。这倒也不值得奇怪，整天风里来雨里去的，只想着多赚钱，哪有余暇去关心别的呢。近来倒是听说他要买房子了，也只闻雷声，不见雨点，每问，总是这样一句：我老婆，还没有定呢。

连着几天没有看到他，倒有点像缺了什么似的，因而见他终于停下来，就有人说："树贵，头发弄得介亮，干什么去了？"

"买房子。"树贵响亮地说。

"真买了？"

"三十五万呢！"

"一笔付清的？"

"哪里好欠一分？"

"看不出，收收废纸也有介多赚头。"

"哪有啊，一大半是借的。"

"骗谁呢！"

人家不相信他的话，他的心里越发自豪。所以在满载而归时，哼起了自编的流行歌曲：我有一个家，一个很华丽的地方……116平米的房子，顶层还有一个不大不小的阁楼，难道还不华丽？何况，树贵是决意要叫装潢公司来装修的。可在临近家门的时候，一丝苦恼又倏地涌上心头。

离开家乡有多少年了，树贵确乎已记不清。家乡的一切，似乎早已从头脑中抹去。就是做梦，也不会梦到了。而最近，确切地说是在付了房款后，家乡的一切就像鬼魅一样，如影随形。忙碌的时候还好，一空下来，它们就争先恐后，纷至沓来，让他几乎无法招架。

老包叔、母亲、弯曲的小溪、父亲、村口双手抱不过来的老树、后山的竹林……最让他苦恼的还是老婆，往常，他遇到什么烦恼、委屈，她总有办法来抚慰，现在，那个善解人意的女人不见了——非但不能理解他的苦恼，反而在增加他的烦恼。

"几时回家去呀？"树贵现在最怕听到的是老婆的这句话。

回家，在树贵的耳里，已成为一件可怕的事。仿佛这次回家，便是去断了家乡的一切，从此往后，他就像一棵树被连根拔起，移到别一个地方。而实际上，他早就是半个城里人了，但正如藤萝，无论攀越多远，它的根总归是在生它的地方。它的叶子，花，依然故我。而现在树贵的根已经扎到城里来了，才发觉，这块土壤多不适应他啊。没有朋友，没有亲戚，没有乡音。真是奇怪，早几年生活在这里，怎么会没有这样的感觉呢？

难道在城里买了房子后，自己就变成城里人了，就这样与自己的家乡生生割裂了？不，没有这样的事，家里有老屋，有亲戚，有从小一起长大的朋友，逢年过节，自己还可以去家乡探亲访友。那么，究竟是什么让自己产生如此的苦恼呢？是对未来的一种迷茫吗？还是对离开土地后，内心感到的虚空和不踏实？

老婆却没有他这样的烦恼，这个美丽贤惠的女人，这会儿正沉浸在巨大的喜悦中。当然，她有这个理由。她的家乡远在千里之外，极其偏僻贫穷，虽然同为山区，比起树贵的家乡来，才叫真正的闭塞。她嫁给树贵，很大的原因是想嫁给树贵的家乡。她与树贵的爱情也是在嫁过来后建立的。现在她又要进一步成为响当当的城里人，其兴奋是不言而喻的。树贵能体会她的心情，女人嘛，总是这样的，很会适应环境，不像自己，在城里生活了这么多年还是不习惯，或许说没有从内心真正认同——实际上，他也确实没有一个真正城里人的朋友。他的身子虽然在宽的马路上行走，呼吸着城市特有的浑浊的空气，可是他的心永远不在这里，他每时每刻都在准备逃离。尽管他早已把家乡忘却。

"小青，你说，我们以后就是城里人了？"

"嗯，你不高兴？"

"高兴。"

"可是，我怎么见你不太高兴。"

"我在想，我们，就不要家里的，土地了？"

"家里的土地有什么用，这几年还不是给人家种也不要吗？"

"可是，我总觉得，心里有点浮。"

"你这个人啊，就是胆子小。"老婆说，"想当年你来相亲，那个熊样呀，不过，我倒是喜欢的。否则，你们这里再好，我也不会同意的。因为那时候听人家说，来我们那里相亲的，不是傻子就是坏蛋。"

谈起当年的情形，树贵倒涌起一丝温情。他看了看身边的老婆，觉得自己当年的选择是正确的。那一年，树贵二十七了，在他们村，已属大龄。他当然急，可是，两间泥屋，瘦弱的父亲，哪里有姑娘看得上。就在这时，老包叔出面，带他去相亲。是帮老包打工的一个贵州佬介绍的。在这之前，树贵并没有好好搭理过老包。虽然，树贵从来没有生过老包的气——该生气的父亲也没有生气，但要树贵直面老包，总是一件难事。不过，面对老包叔的眼睛，树贵是没有办法不听从的。

事隔多年，树贵依然记得当年的情景。在一间泥屋里放着两张八仙桌，桌旁坐着十二三个姑娘，虽然是四面环山的地方，依然有姑娘染着黄发，涂着猩红的嘴唇。树贵人生第一回如此待遇，吓得手脚发软，头昏脑涨。在一阵慌乱地逡巡后，他看上了小青。小青生得素素净净，眼珠儿特别明净，一副很好接触的样子。几天后，小青就与父母一起来到树贵家，当然吃住都在老包的农庄里。而父亲，只不过在小青看房时，站在一边，嘿嘿地傻笑："小青，我们就要造新房子了。保证你嫁过来的时候，住上新房子。"这唯一的一句话就说错了，遭了树贵的白眼。幸好小青并没有放在心上，实际上在看过房子后的第三个月，小青就嫁过来了。老包在小青父母离开时，塞了个红包，小青父母坚决不收，他们说："闺女有了好归宿，我们好开心哦。我们又不是卖闺女！"小青父母这一手，着实为小青赢得了十分的声誉。可以这么说，在小青人还未嫁过来，她就给乡邻留下了一个好印象，而她真正嫁过来后，就成为小媳妇们的榜样了。

在农村如此，就是到城里打工，夫妻俩一起进的一家电子厂，小青不久就成为质检员，工作轻松，工资又高，深得领导的信任；而树贵却受不了呆板枯燥的工作，又生就一副固执的脾气，不久就辞了职。在做家庭"妇男"的那段日子里，老婆才真正显出了一个女人的贤惠。她一点也没有责怪埋怨树贵，她总是安慰他。"不是有句话叫天生我材必有用吗，急什么啊，在家难得休息几天不好吗？"有这种经历的男人，一定会知道这句话的重量，其实就是不讲这样的话，只要有这样一个心态，这样的老婆，日后总归要让男人时时记起她的好处来。

其实碰到这样的事，凡有血性的男人，是没有必要时时敲警钟的。小青自然知道自己的丈夫，所以她不急。终于有一天，小青发现自己的家里多起了一沓沓的纸板，而实际上等她发现的时候，自己简陋的出租房里凡可塞的地方都塞满了。特别是床底下，那张用水泥墩搭起的竹床已经升高了两厘米。

"你在捡破烂啊！"小青似乎第一次动怒。

"怎么是捡，我是收购来的。"

"这东西能卖钱？"

"比你的强！"

树贵原本是准备卖出第一笔后才告诉老婆的，不料一时借不到三轮车，而附近那家厂里又打电话来，让他去收，这才露了馅。所以这句话，他虽然是口不择言，其实也包含着许多的意思，他有底气，肯定比老婆赚得多，还有就是这两月闲坐家中的郁气。虽然老婆一点也没有冷眼，但越是这样他就越不安越难受，因而这句话不管合不合适，总之是必须这样说，说出来后，就仿佛落了一块心病，从此可以轻装上阵了。

而小青在呆了一呆后，并没有特别的反应，以往，树贵对老婆说话，从来不需要这样东想西想的，这是否意味着，老婆的地位无形中提高了。而这正是树贵最忌讳的。所以树贵这两月里是暗暗使劲，不晓得花了多少工夫，才选好了这个项目，作为自己崛起的起点。

这段经历后来成为夫妻俩经常谈的话题，这是他们生活的转折点。妻子的贤惠，树贵的精明，以及那时的困苦，总是那么酸甜，同时，亦成为他们夫妻的黏合剂。

树贵很快把生意做到市中心，而车子也从人力三轮车换成电瓶三轮车。他的潜力好像是一下子激发出来的，虽然还是那样讷言，但他肯吃苦，凭诚信，硬是挤掉了许多同行。刚开始，商场里的人理都不理他。"去去，不卖，不卖。"人家虎着脸说，接着又听到一句触动神经的话，"又是外地佬。"树贵知道人家是愤恨于秤杆的不准。也是小生意，几乎每天都有货，而纸板收购价高的时候，达到七八角一斤，难怪他们要如此斤斤计较了。所以树贵不气，只涎着个脸，一次次地等待，又经受住人家的考验——有时人家会先称好斤两，又故意弄乱。但树贵是抱着诚信来的，一来二去，整个商场的纸板都给他包下来了。

"树贵，几时买房啊？"熟络了，有人就这样问。

"买房子，这里？想都没想过！"

"那么你把儿子老婆带出来干吗？"

"儿子嘛，读书，总归，总归城里好。"

"可是，以后上初中了，户口不在这里，又要借读费。难不成，你还能让他回去读？"

这个问题树贵倒不曾想过，不过潜意识中，他从来没有让儿子再回到家乡去的念头，不过他也确实没有想过自己要做个城里人。所以才会在早几年把辛苦赚的钱，回家造了幢二层砖瓦房，而打的却是四层的地基。如今听人家这么一说，心里就动了。其实，在内心深处，早就有这样的一颗种子在悄悄地滋长，只不过，被强大的主观理念遮蔽了。毕竟家乡是生养的地方，那里有自己熟稔的山、土地，清冽的水，浓浓的乡音，怎么能轻易离开呢？每想起那里的一草一木，心里还会澎湃激荡起来："那里才是我的根啊！"

树贵硬生生把这颗种子压制在心的一角，同时，也把另一个心思压制在另一角，这样他就把全身心都放在赚钱上，很快，他的收入超过了老婆。当然，老婆是一如既往地贤惠，唯一让树贵心存芥蒂的是老婆几乎忘了家乡，并且连带着让自己也忘却了家乡。当然，这是有原因的，可是树贵认为，再怎么着，事情都过去这么久了，也该消气了吧。然而，老婆却不这么认为。

树贵觉得老婆什么都好，就是脾气太倔，不好通融，认了死理，九头牛也拉不回来。他曾想以自己的例子劝导她，又觉得不妥。他只有这样说："我连母亲都好原谅啊。"小青说："这怎么好比？"

确乎不好比，但树贵想说，你受到的伤害能比我大吗？其实这样的话头是刚进城头几年的事，早已不再谈论了。现在，这一切封存已久的往事，被城里的房子一撞，裂了口，汩汩地流出来，再也不能控制了。

树贵还记得那个晚上，天极黑，门外寒风呼啸，他正在昏暗的灯光下做作业。突然，门"砰"的一下洞开了，同村的两个姑姑带着一群人扑进来，径直冲到楼上。他还没有从疑惑中清醒过来，就见母亲从楼上滚了下来。两个姑姑随着跳下来，揪住母亲的头发就打，是狠命的打。而父亲就站在一边，面无表情地看。他不晓得发生了什么事，只拼命地哭。在他觉得母亲快要被打死的时候，老包冲了进来，黑旋风似的，拨开人群，把母亲往腰下一夹，大踏步走出家门，消失在茫茫黑夜中。

老包那天的形象多年后树贵还记得很清楚。那年他十三岁，刚上初中，已看过一本残损的《水浒传》，所以，他觉得老包完全同黑旋风一样，是打抱不平的英雄。但从此以后，母亲再没有踏进家门一步，甚至不敢经过村口。树贵已经清楚事情的缘由，他对母亲十分地恨起来，但对老包却始终恨不起来。这之前，老包常来家坐，与父亲也有说有笑，每次来，总有好吃的好玩的带给他，在他的心目中，可比父亲好多了。母亲自然爱他，但他全忘了，心里盛着的全是仇恨。母亲是记挂他的，好几次，她等在学校门口的转弯角，看见他了，就跑出来塞给他一袋饼干，一袋水果，但他总是不要，总是当着母亲的面，把袋子丢到地上，快步跑了。

母亲与老包住到离村两里的山上去了，那里有一间泥屋，是老包栖身的地方。老包向村里承包了几百亩荒山，在山上种一些水果、茶叶什么的。树贵不能再见母亲的面了。他初中毕业即承担起家的重任，父亲，好吃懒做的父亲，瘦弱的父亲，早想把家的重任交给他了。他稚嫩的肩膀就这样挑起了重担。他会下田，会上山，他会安排父亲干这干那。他想不清楚，出身农家的父亲竟然不谙农事。从懂事起，树贵就知道父亲只会看牛，然后就在一本破烂的本子上记着什么，后来才知道，父亲兼着小队里的记账员。父亲长得也实在瘦小，因而队里的体力活总不叫他做，所以父亲几乎不懂得农事的具体细节。因而在包产到户后，父母便开始吵架，印象中，父亲是害怕于这么多田如何种，他一点也没有别人那样的欣喜，而是害怕，极大的害怕。所以，有段时间父亲是别人取笑的对象，懒惰的代名词。

小青嫁过来后，父亲依然如此。但这时树贵早支撑起整个家。父亲要做的无非是辅助工作。小青来后，树贵还怕他们难以融洽。因为父亲的一些习惯品性只有树贵知道，是不足为外人道的。小青刚进门那会儿，每餐都有两大碗好吃。父亲有一天对树贵说："你媳妇这么会吃，不会吃倒糟。"树贵吓了一跳，按说，现在的生活条件，吃得再多，也是不在意的，可父亲就是这样的人，每天吃饭，总用眼睛瞟着小青的饭碗。树贵对父亲说："亏你做得出，她不吃下去，有力气挑这么重的担吗？"

父亲说："你不心痛，管我屁事！"

树贵陌生地看了看父亲，这个人虽然没有什么可取的地方，但一直文文弱弱的，从来不会说一些粗话——也许可以这样说，从来没有向树贵说过这样意气用事的话。树贵不想去过多地驳斥他，自从娶了小青后，确乎冷落了这个男人，虽然先前也没有特别的话语，但自己确是完全沉浸在妻子的温情中——有多少年没有得到过女性的温情了。倒是小青，在向他散发出母性温情的同时，也向年老的父亲发出女儿的温柔。

父亲还有什么不满意的呢？小青为他煮饭，洗衣，那么一脚盆浸了肥皂粉的衣服，她"嗖"一下就夹在胳膊下，一径走向村口的池塘。她挑起满担的肥料，脸不红气不喘地就到了里把远的田里。她采茶叶又快又好，而炒茶的功夫，在家乡就已学会了。特别是孝顺——譬如她总是把饭端到父亲的座位前，把父亲爱吃的菜移到他面前。而衣服，以前父子俩总是各洗各的，现在，小青全包了，包括父亲的内衣内裤。对于这些，树贵看在眼里，乐在心里，他有时倒觉得小青是否对父亲太好了，当然这也不过是想想而已。问题是时间久了，父亲便把这一切当成理所当然。不过，父亲对媳妇的态度也日渐好起来，有时，他会露出慈祥的眼神，呆呆地看着小青。

自从孙子出生后，父亲更多地担当起侍候小孩的责任。他会抱着孙子与小青一起去田里干活，洗衣服的时候，也跟着去，往往小青在溪边洗，他与孙子在岸上捉蚂蚁玩。

　　树贵那时正在邻村修路，他对现在的生活十分满意。然而，有一天他回家，小青向他哭诉。他不相信，他真的不相信，小青说父亲是畜生。小青拿出了一张纸条。他看了，是父亲的字，跟他的人一样，瘦弱不堪地弯在上面："我与你洗澡，同意最好，不同意的话，就撕了纸条。"树贵当即蒙了，他立即明白发生了什么，但他特别冷静，因为他发现他竟然没有发泄的对象。小青还在喋喋不休地讲事情的经过，他已经没有很好的耳膜来听了，但也没有制止老婆，因为他也想知道究竟发生了什么，尽管那是多么痛苦的事。今天一早，在树贵出门不久，父亲便抖抖索索地递给她这张纸。小青一时反应不过来，还问他，是什么呀。后来那畜生就动起手来，小青发了火，与他扭起来。后来就夺门而逃，一边逃一边大声说："我要告诉树贵去。"老畜生就来追她，两人就沿桌子转起来，老畜生气喘吁吁地央求她把纸撕了。她如何肯，她终于跑出了家门。

　　树贵说："不要这样响，不要这样响，人家听到了不好。"

　　小青说："你要我闷在心里啊！"

　　树贵说："不是不是，"一急，脱口而出，"你自己也有责任，我早同你说过了，不要对他这样好。"

　　"可，可他是长辈啊，你要我怎样对他？"小青涕泪交流，伤心、委屈一齐汹涌而来。作为丈夫，树贵是不能对她说出"过犹不及"的话的，但他确实觉得在这个问题上，小青也有责任。但许多话他说不出口，或者说难以用确切的词来表达。这使他更加痛苦。

他已忘了那几天是怎么度过的，封存的记忆里，终究有一些是打不开的，或者说是不愿意去打开。但他可以想象，那几天大家坐在饭桌上，是冰冷冰冷的，小青不再把父亲的饭端到桌上，而做的饭菜也大不如前。这时候，树贵就有了远离家门的打算。当他终于把家里的情况透露给老包听的时候，他是想得到安慰的，哪知老包一脸严肃地否定了："不不不，这样的事你怎么好相信呢？没有的事！没有的事！他不是这样的人！"

"可是我有证据。"

"不不不，你不要相信。没有的事！"

想不到老包一再否认，甚至不让他把话说完。最后，老包说："树贵啊，你也不小了，有些事，你可要……"老包摸了摸树贵的头，叹了口气，"他也是个苦命人啊！"

过了几天，老包来请树贵一家去吃饭，说是他母亲生日。树贵说，就不要叫父亲了，免得尴尬，但老包执意要叫。"如果他肯来，就让他来好了。"老包说，"树贵，这么些年，总是他与你在一起生活啊！"

就是这么一句话，触动了树贵内心最软的地方。他慢慢地点了点头。

酒席上，树贵向母亲敬酒，老包向妻子敬酒，小青向婆婆敬酒。唯有父亲坐着，仿佛隔了一堵墙，呆笑着，自斟自饮。倒是老包不时站起来，叫一声："老哥，来，碰一下。"他便欠一欠屁股，干笑一声，喝上一口。

树贵看他的神情实在落寞不过，也动了恻隐之心，但表面上是绝不会露出谅解的神情的。

做什么都得付出代价，树贵想，就这么原谅了他，不是太简单了吗？但骨子里，树贵愿意就这样结束这场痛苦的冷战。唉，要是没有发生过这样的事该多好啊！树贵的头痛了起来。酒席散后，树贵微醉了，父亲更是醉得跌跌撞撞。走在弯弯曲曲的山道上，树贵的步子总是迈不大。小青一再催他快点快点，但他记挂着后面的人！

很小的时候，也是这样的晚上，父亲带着他走在窄小的山道田埂上。父亲手执松明，在前面走，不时转过身，嘱咐，当心点，当心点。当在凉凉的水沟里，发现一条粗壮的黄鳝的时候，父亲就站着，一根手指竖在嘴中央，朝他用力地眨眼睛，招呼他过来，让他用带齿的钳子，去钳黄鳝的头……

原来自己也有过这么美好的童年，而正在后面蹒跚着的父亲也曾给过自己如许的爱。不知从什么时候起，父亲在自己的眼里，变成了冷漠、无能的代号了。

日子还得一天天地过，可是这是什么样的日子！小青已经不再叫爸爸了。树贵也不好过多地要求妻子什么，但他是多么的希望妻子能在表面上给父亲应有的面子。这么小的村，又多的是长舌妇，每家有点风吹草动，立刻就会演变成大风大雨，何况是这样丑陋的事。而且不晓得是自己敏感，还是真的已经露出了风声，树贵已经感到有特别的眼神在瞄他的背影。与其闹得沸沸扬扬，不如远离此地，等事情冷却了后再回来。树贵是一个恋家的，他一点也不喜欢闯荡。家里多好，刚修整的房子，赚点钱也不像以前那么难。造房子的人多起来，各村都要通水泥路，像他这样的土工，正是抢手的时候。可以说，他的离家闯荡，并不像大多数人那样，纯粹是为了赚更多的钱，有一个宏大的梦想，而是不得已而为之。

一旦决定，他就决然而然。他把儿子托付给老包和母亲，与父亲简单地告了别。父亲自始至终没有多讲一句话，他默认了。父亲当时是什么表情，树贵早忘了，但有句话，他记忆犹新，父亲说："贵啊，不管到哪里，记住这里是你们的家，你们的根在这里哪！"树贵当时想，真是老糊涂了，真是讲不出一句有用的话。这里是家，是根，还要你讲，你难道怕我们不回来了？说难听点，我们是去避难的，一切还不是你害的，难道我们喜欢背井离乡？

开头几年，每到过年，夫妻俩都回家。父亲总是把家里打扫得干干净净，孙子也早带在身边。小青对父亲也客客气气，但终于没有了那种亲人般的融洽。他们为父亲买来了新衣服，还买来了彩电，总之，在外人看来，这是一户其乐融融的家庭。但自从他们在城里立着脚，把儿子接了来后，家乡已不可避免成为一个道义上的名词。还记得那次接儿子进城的情景，那是少有的几个留存在脑里的父亲的形象。那是一个雪后的早晨，父亲紧紧抱着孙子，直送到三里外的车站，车子开动后，父亲蹒跚了几步，突然摔倒在地……

唉，回忆，为什么要回忆啊？人家说回忆更多的是甜蜜，可我的回忆，都是让我泪流满面。有多少时候没有想起过家乡，想起过父亲了？家乡怎么了，父亲怎么了？

快到家了，树贵竟然害怕起来。他怕面对老婆，怕老婆这样问：“几时回家去啊，木工都快进场了。”

老婆在买了房子的当天，就想着如何装修。而按树贵的意思，是先放放再说。何必这么快呢，刚买了房，手里已经没有多少钱了，去借，有这个必要吗？然而老婆的一番话，让树贵打消了这个念头。老婆说："我们现在租房要不要租金？我们的房子潮不潮湿？我们的新房子亮不亮堂？"

树贵不得不佩服老婆，老实说，他不是没有想过这些浅显的道理，也许他懂，只是实力不够，不想奢谈罢了。归根结蒂一句话："钱呢？"

老婆说："要变点钱还不容易，只是你肯不肯的事了。"

树贵可是想不出他还有可以变出钱来的地方。老婆说："老家，我们只不过过年才去一趟，这么好的房子留着又有什么用呢？"

"什么，你想卖老家的房子？"树贵的眼乌珠都瞪了出来，"亏你想得出。"

"空在那里有什么用，你还会去住啊？"

"爸爸呢？"树贵的怒是一下子爆出来的。

"不是还有个旧屋吗？"

"什么，你要爸爸住老屋？门都没有！"树贵的气是从来没有的，以至于老婆被他的样子惊吓，呆在那里动都不敢动一下。

"他愿来，就让他来好了。反正有两层楼。"小青小声嘀咕了这么一句后，就跑了出去。

是这句话，让树贵暴怒的心熄了点火焰，当时他连揍她一顿的念头都有了。当晚，两人讲话都小心翼翼，实际上，树贵压根儿也不想跟小青讲话。但过了一夜后，树贵竟然认为小青的话不无道理。接父亲到城里，让他享受天伦之乐，同时，儿子明年要上学了，也需要个接送的人。这样做，对于乡邻来说，也过得去。可是，他总觉得这样做，哪里不对，是哪里不对呢？单单是没有征求父亲的意见？肯定不是，那么是什么呢？树贵似乎明白，又似乎不明白，他总抓不住具体的意象，来表达，来倾诉。他陷入了深深的苦恼中。

禾吉的房子

一

禾吉想不到，才十年时间，就轮到自己拎只皮箱出门了。十年，真的是弹指一挥间啊！

禾吉是有过美满的家庭的，妻子贤惠，儿子懂事。妻子总是把工资一股脑儿交给他。他不抽烟，不喝酒，精打细算地打理着这个清贫的家，并使它渐渐地显出一点殷实的气象来。不和谐是从纺织厂倒闭开始的。妻子无事可干，迷恋上麻将。有时候，他下班回家，客厅里，一桌子男女，乒乒乓乓，酣战正畅。他还得赔着笑脸，说，吃饭吗，吃饭吗？没有一个人理会他，就像他是一个影子。终于有一天，影子显形了，显得十分威猛，竟把一张桌子掀翻了。婚姻走到头了。

禾吉想不通，这么好的一个女人，怎么会变成这样的。想想自己，真的一点错也没有。然而，挽留有什么用呢？离就离！儿子当然归禾吉，财产呢？妻子说，什么也不要，净身出户。房子呢？倒是麻烦点，是妻子的房改房，她的名，但无论如何有禾吉一半份。

最后那个晚上，妻子说，你是好人。禾吉的心着实温暖了一下，但妻子接着说，你不是一个男人。

有一种酸楚从脚底升起。什么是男人？难道必得会麻将，酗酒，牛皮吹得呱呱叫？不错，自己是有一点小家子气，那不是为了这个家吗？如果妻子能够负起持家的责任，一个大男人，何以要那么婆婆妈妈？

这样一想，酸楚已然变成酸痛了。以前为了这个家，所受的委屈、苦楚，一齐涌了上来。然而，这个妇人，已成陌人，有些话，以前既然没有说，现在更没有必要讲了。同样，她的话，也用不着耿耿于怀。但心里的隐痛难消，这么些年来，在她的眼里，自己竟然不是一个男人。为什么不早知道呢？

女人坐着，全没有伤感的蛛丝马迹。她是大大咧咧惯了。她甚至提出要不要去饭店一起吃顿饭。禾吉觉得自己真的被时代抛弃了。"净身出户""散伙饭"，这种新名词，竟然从朝夕相处的女人嘴里跑出来。他心里想，自己这辈子再不会有女人了，因为他已经看不清这个世界了，当然更看不清女人了。

她是早有男人的，禾吉知道。那男人跟自己差不多，是个下岗工人，只不过开了一家杂货铺，里间放了两张麻将桌。禾吉觉得不可思议，这就是自己的女人所要的幸福生活。"是的。"女人说，"你不懂。"又说，"儿子大了，用不着我来照顾了。"

禾吉说："房子的名字……"

女人说："你到底细心，我会把它改成儿子的名字的，到时你只要签个字就好了。"

女人说到做到，该办的都办了，然后，拎了一只皮箱轻松地走出家门。

二

父子俩生活，竟有点别扭，但尚可相处。说不上亲密，也不生疏。这样的家庭，也许都这样的。职高后，儿子住校，一星期回家一次。禾吉开了家电瓶车修理部，没有固定作息。但儿子回来的晚上，总是早早关门，烧上一桌好菜。回校，总给足生活费。还有，儿子的衣服都是趁空洗的。说相依为命是不为过的。当然，两个男人，是不可能促膝谈心的。后来，儿子工作了，住宿舍，见面的时间倒更加少了。直到有一天，儿子带来了一个姑娘，禾吉才发觉儿子长大了。

准媳妇很懂事，活泼大方。禾吉很高兴。禾吉有一天对儿子说，卖掉旧房，去体育场路的"金色花园"买套大的，"你也不小了，"禾吉说，"差价么，我们两人凑凑，不要贷多少的。"

对于这个提议，儿子总支支吾吾，顾左右而言他。然而，空的时候，禾吉总要跑到"金色花园"，看啊看的。有三个房间，一个书房。书房朝东，长方形，畅亮。孙子，必得让他好好读书。说实话，儿子读书，确实没有关心过，就像跟自己没有关系一样。为什么会这样的呢？必得在孙子身上弥补。

儿子生日，竟然提出在家里过，并且一切都由他们安排。吃过蛋糕，儿子准媳妇陪在身旁，有一搭没一搭地聊着天。禾吉是尽享着这天伦之乐，又津津乐道起"金色花园"。

"爸，你真准备跟我们一起住啊？"准媳妇说。

禾吉脑子一片空白，足呆了半晌，才清醒过来。他先是惊，然后是恼，接着便是尴尬，最后几乎要无地自容了。妻子提出离婚，尚试探，婉转，未过门的媳妇，却是如此直白。禾吉又看不懂这个世道了。或许真是自己的脑子少一根弦，没有看出儿子他们要过两人世界，也许他们早暗示过，只是自己装作浑然不觉，还一厢情愿地忙东忙西。是的，他们一定认为自己是装出来的。

这一晚仿佛跌进苦海，从每个角度细细思量，都以苦涩作结，只是不晓得为什么会变成这样的。房产证上写儿子的名，是夫妻俩谈判的结果。妻子是把自己的一半给了儿子，那么自己的一半也给儿子了？好像没有这一说的。可是又好像是有这一说：给儿子做婚房。那么，无论如何，自己是不应该再住在家里了；每住一天，就是耽搁儿子的婚事，岂不是罪过？得尽快搬出去。然而，搬到哪里去呢？去租一套，又觉得不对的。

还是两个妹子，听到这个消息，赶来嘀咕了一通，才使禾吉的底气略微高昂了一点。然而，谈判，与自己的儿子谈判，总是一件艰难的事啊。

他又想起与妻子的谈判，如果决定分手的那天的谈话也叫谈判的话。当两个彼此充满仇恨的人，一旦决定彻底分离，倒都有了一点温情涌上心头，毕竟没有怎样的打闹，而且，又共同生活过十多年。因而，妻子除了那句"不是一个男人"稍嫌触痛外，可是没有半句伤人的话。而儿子呢，上来就是一句，这是你们给我的婚房，是你们三对六面讲清的。

"那么我呢，我住到哪里去呢？"

"我不晓得，反正这是你们自己说的。"

"那是你母亲，我的一半，我有份的。"禾吉的喉头缩紧，胃里恶心，干呕。

"那妈呢，她不是也不在家住吗？"

"你……"

禾吉知道，自己与儿子的亲情是永远地断了。以前的一切，一切……都烟消云散了。

后来，他便不再响了，是两个妹子全权帮他谈定的。父子俩共同出资买一套小套，首付由禾吉负责，按揭由父子按比例支付。当然，禾吉过辈后，房子便是儿子的了。

"这样才好，你有一套房子，下辈子是不用愁了。"妹子说。

三

禾吉现在的主要任务是尽快找到一套房子。房子当然不能大，不能太旧。做起来，才知道事情的复杂性。难，真难！禾吉是希望在家的附近寻一套的，这样相互可以关照一点。后来就往郊区找，终于找到一套满意的，价格也合适，可是再去打听了一下，说曾有人吊死在里面，吓得寒毛直竖，好几天缓不过气来。

儿子来家的日子多起来了，对禾吉也亲热了许多。然而，言谈已没有了那种随意，变得字斟句酌。这一天，儿子好似随意地说：

"爸，你这么急煞煞的，哪里寻得出满意的，不如临时租一个，毕竟是一辈子的事啊。"

禾吉觉得很有道理，点了点头。

儿子说："喏，小芬家边上刚好一套小套要租出去，你去看看，很亮畅的。"

禾吉竟然有点激动，他几乎要说出"好"字来，忽然就觉得脑后有一阵阴风吹过，兀自颤了一颤，似猎物感知到猎枪般，"噢，"他说，"你姑姑刚来过电话，说看好了几套，让我明天去看看。"

"又是姑姑，"儿子说，"她办得好什么事啊。"

禾吉抓紧了寻找的进度，他尽往外围找。他要远离城市，远离这里的一切，这里确实没有值得留恋的。他终于在离城市最近的镇上，找到了一套满意的小套。

签合同的时候，准媳妇说，爸爸，不如把小禾的名字也写上。

"为什么啊？"

"爸爸，你不会就这样一个人生活了吧？"

"一个人生活？还有谁啊！"

"不是，"儿子白了小芬一眼，"芬的意思是……"

禾吉明白了。禾吉无话可说。禾吉在合同上写上了儿子一个人的名字，并让儿子签了名。

禾吉觉得这个临时的决定很好，是神来之笔。写上儿子的名字，儿子才会关心这个房子，才不会忘记每个月必须要付的份额。

四

路虽然很好，但晚上，禾吉骑车到高架桥的红绿灯时，心里便会涌起一种凄凉的感觉。从这里开始，路灯没有了。一下子陷入无边的漆黑中，很不适应。电瓶车的光柱只有五六米，加之路况不熟，他只好放松把手，睁大双眼，缓缓地骑。间或有车子驶过，强烈的光柱划过隔离带的植物，给了他加速的机会。然而，这条路刚建好不久，车子并不多，大部分时间，他只能凭着微弱的光前行。二十分钟的路程，他总要半个小时才能到。每天晚上骑到这里，他都有一种从天上掉到地狱的感觉，真的是太暗了，几十年来的城市生活哪里有过这样的黑暗。

然而，人是最会适应环境的动物，几个星期后，禾吉便适应了。到后来，他干脆不骑人道线，而是直接骑到马路上，这样就可以借助来往车辆的光芒而快速前行。车辆不多，但光柱强烈，迎面的早在百十米远就可借光了。而后面的，就要快一点，刚从身边呼啸而过，光就随之而逝，这时候，禾吉就会像小孩子一样，激起玩兴来，飞快地追逐，追逐那逝去的光波。

一般情况下，禾吉在九点左右能够到家。几乎没有装修，家具是从家里搬来的，儿子倒大方，全搬去全搬去。然而，有什么用呢？似乎只有电视机是不可缺少的。一日三餐都在外面吃，早餐简单，中晚餐基本是快餐。但吃得久了，会生出厌恶来，并且胃也好像出了毛病。生意说不上好，说不上差，只是每年的养老保险费，实在过于高，交的时候，心里总是不舒坦。这时候，他就会憧憬起六十岁来，想象到了那时，多么惬意，一月工资总在毛二千，加上修理部的收入，日脚不要太好呵！

儿子的事，他已看开了。他现在亲的是母亲。儿子并没有在老屋里住，而把老屋卖了，然后在"金色花园"买了一套。前妻的丈夫去世了，听说她与那边的子女一直很僵，后来打了官司，赢了，便把房子卖了，与儿子一起买了这套新房子。他一点儿也不晓得儿子与母亲是怎么接上关系的，记得儿子对母亲是恨之入骨的，而且这么多年来，他们几乎没有来往过。

空下来的时候，禾吉是会看一会儿报的。报上这种事多了多了，杀父的事也是有的，因而，总这样想，比之，自己的儿子不算差了，至少他还在按时付着按揭款。

过年，禾吉是一个人过的，正月里，儿子也没有上门来。这是有生以来第一次孤身一人过年。禾吉是有点喝多了，但尚清醒，这样很不错，不如意便醉去，快乐便朦胧地闪现。毕竟，现在生活是好过了，吃穿无虑，那么还要什么呢？

禾吉起床往城里赶，在立交桥附近总是看到那个扫地的女人。女人三十多岁，或许四十多岁。她总是戴着一只白色的口罩。禾吉注意她已有多日，这很正常，凡一个男人，总是会关心女人的，或者说会关心自己感兴趣的女人。这个女人朴实，然而一点儿也不土气。虽然，口罩遮住了她的大半个脸，然而，她的眼睛似乎很亮，是中年妇女很少有的那种，明澈，又带点羞涩。她总是在那段路上，孤独一人，在不停地扫扫。开始，禾吉是把她当作一个风景来看的。这条路上，总是少人，一路骑过来，一片空茫，少有活物，因而这个清洁工，便成为他关注的焦点。一个人一旦对一样事上了心，他便会生发出别样的情怀。现在的禾吉已然没有什么事让他操心了，那么，寻一个操心的事来，也在情理之中。

两人认识并不复杂。一天，禾吉中午回家，见那女人正拖着电瓶车走，便停下来。他是修理电瓶车的专家咧。车子坏了，毛病不大，但没有工具。禾吉便捎她回家。她是镇上的人，离异，有一个女儿，不过跟父亲。她的境遇竟然比禾吉差多了，当然这是后来逐渐知道的。她是很远的人，在镇上打工认识丈夫的。结婚后，才知丈夫是一个粗鲁的人，常毫无理由地遭打。便离婚。她竟然毫无所得。她说是自己提出来的，只要脱离苦海就行。禾吉听了，唏嘘不已。妻子的所谓净身出户，实是思谋已久的诡计，而且一切责任都在她。而这个叫静静的女人，她的净身出户，实是暴力所致。

两人颇有点同病相怜，由相怜到相知，甚至于到萌出爱意，竟是如此平淡。但是都被婚姻伤害过，内心都生了一堵墙，自觉不自觉地抵抗着情感的蔓延。特别是禾吉，是绝不敢随意开启情感的闸门的。因而，很长一段时间，他们是属于真正的马路爱情。路上碰到，或有意碰到，便会站住，聊一会儿天。有时候，禾吉会买一点女人爱吃的零食，放到她的车兜上，女人呢，投桃报李，会烧一只鸡，放在保温杯里，让禾吉带到店里。禾吉现在听了女人的劝，买了高压锅，在店里自己煮饭。这于禾吉来说，实在是一种温暖。同时，他又有了记挂，或者说是盼望。这样活着才有意义呵！

所以当禾吉有两天没有见到她的时候，便有点失魂落魄的感觉，生意也索然无味。第三天的时候，禾吉便停下来问那个代替她的老妇。妇人很健谈。"你不晓得啊，她住院了。大家想不到的，她竟然胆子这么大，拿刀子捅胖子。结果，她倒是受伤了。不过，这回后，胖子总不太敢惹她了。嗨，你不晓得的，她经常遭胖子打的。离婚后胖子还不放过她，经常去找她的。听说最近她不肯了，胖子就把门踢破了，她竟然报了110。这两个星期，110都来了好几次了。可是这种事，除了骂几句外，又不能去关他的……她真胆子大啊，那么胆小的一个人，竟然动刀子了。你看，你看，这个社会，真是什么事都会发生的。"

禾吉惊讶不已，原来她还有这样的苦衷。他真想马上跑到医院去，去安慰她，陪伴她，然而，他没有这样的胆量和勇气，而且心里还庆幸与她交往不深，否则，自己该如何应付这个场面呢。

然而，接下来的日子，禾吉是生活在痛苦不安中的。直到有一天，他又看到了那个身影。他远远地望见了，定了定心，才走过去。"你，你来了。"

"嗯，我去了趟老家，才回来。"静静轻轻地说。

"噢，"禾吉说，"我还以为你不做了呢。"

"做的，不做，干什么去啊！"静静的声音突然提高了一些。

静静搬进来，似乎是顺理成章的事。禾吉是重新有了家庭的温暖。然而，当静静提出结婚这个字眼时，禾吉却害怕了。结婚，这实在是一个可怕的字眼啊。他是一个实在的人，结婚，就要对对方负责，可是他能负起多大的责任呢？最基本的一条，他能给静静什么呢？虽然静静一点也没有提出要求，但不代表她心里不想。

看上去他现在什么都有，固定的收入、房子，可是房子他只有使用的权，没有真正的所有权，哪一天自己过世了，这房子就是儿子的。而且可怕的是，他至今没有把这个告诉静静。

这天他的店里来了一个人，说换一只电瓶，禾吉量了量，说，还可以用的。那人说，你废什么话啊，我让你换就换。禾吉就帮他换了。待换好了，那人突然说既然还好用，那么就不换了。禾吉说，你这个人怎么这样的。谁知他的话音刚落，那人就拔出拳头，朝禾吉当头打来，禾吉不曾防备，仰面就倒，那人又上来踢了几脚，边踢边骂着一些乌七八糟的话。禾吉才知道，这个人肯定与静静有关。果然，他走时，又狠狠地骂了一句："趁早离开她，否则，见一次，打一次。"

禾吉没有报警，报又有什么用。他这一辈子，都是小心翼翼地生活着的，除了离婚——那也实在是妻子太过分了。现在对他来说，是遇到了一件十分害怕的事。他一点也不想染上这样的冲突，他怕随时遭到报复。这一天回到家里，静静看到他的样子，便说："他来寻过你了？"

禾吉原来编了许多，被静静这样一问，只好点了点头。静静说，你不报警吗？禾吉说，算了，也没有大伤。静静重重地叹了口气，便不再说什么。当晚她便极尽温柔着他。然而，禾吉总是提不起兴致。

不晓得儿子是怎么知道的。儿子从结婚后，一直没有来过。这天晚上，他们两口子突然来了。猝不及防，禾吉竟不知道怎么应付。而静静也是呆在那里，不知所措。

儿媳倒是贤惠，放下手里一大包东西，对禾吉问起长短来。其亲热的程度连禾吉都难以适应。"爸爸，小禾早就想来了，可是单位里就是加班加班，一点空也没有。你知道，现在我们多紧张啊，这不，上个月我生了个感冒，就花了三百元钱。这个月的按揭款都紧张了。"

"那，那我来付。"

静静泡了茶出来，禾吉说："她是静姨。"

媳妇并没有朝静静看一眼，而是继续着话题："这怎么成，毕竟是小禾的房子啊，哪里能让您付的。我们再困难也不能要您的钱的。"

禾吉在心里说，不要讲了，不要讲了。然而，媳妇说："其实，我说，爸爸，现在妈妈一个人在家也冷清的。你有空也可以去住住的。"

禾吉瞟了一下坐在一角的静静，发现她正绞着手，像个小媳妇似的坐立不安。

好不容易儿子他们走了，禾吉如释重负。静静说："这房子不是你的？"

禾吉说："当然是我的。"

"哪……"

禾吉颇费了番口舌，才讲清了这房子的来历。总之一句话，这房子是禾吉的，绝对是禾吉的，但只有使用权，而没有所有权。

"你的儿媳，很贤惠的。"整个晚上静静才说了这么一句话。

禾吉这两天的左眼皮一直跳，心神不定的，做起事来也了无头绪，仿佛要发生什么似的。这天，关门迟了，他着急要赶到家里去。静静虽然没有说什么，但禾吉知道，静静是准备离开自己的。静静不是一个贪图富贵的人，这一点，他看得很清楚。而实际上，她甘愿委身于他，虽然有实际的原因，但不用言说，自有真实的情意在里面。前夫凶恶，禾吉善良，前夫粗鄙，禾吉温厚。她是做了嫁给他的决心的，因而不惜以生命相搏，以伤痕累累作代价，换得一个自由之身。她的勇气、果决，为此付出的身体心灵的苦痛，禾吉是感同身受的。然而，自己呢，却没有像她那样的勇气，给她以保护、安慰，而采用敷衍了事的态度。

禾吉想，我必得与她好好谈一次，是的，不能再这样窝囊了，他想。他在宽广的马路上骑。前面有车过来，灯极亮，他把车把旋到最大挡，突然，他的前轮被什么激烈地阻挡了一下，整个人便飞了起来……

五

禾吉在骨伤科医院住了两个月，儿子和媳妇来过几次，其间都是静静照看他。儿子媳妇都忙。实际上，他们来也帮不上什么。但他们对静静的态度却和善起来，这让禾吉很欣慰，甚至于觉得这次受苦很值得。几千医药费，都是禾吉付的，只是按揭款，儿子独付了两个月。恢复后，禾吉的腰包也空了。

静静在这个时候提出结婚。这让禾吉吓了一跳，禾吉说，我什么也没有了。静静说，只要有个窝，我不求什么的。禾吉想说，这个窝也不是我的。然而，他终究没有说出口，他觉得自己是多么需要静静啊！如果没有她，不晓得该怎样生活，生活着又有什么意义。

以前他从没有这种感受的，当他躺在病床上，他痛苦，他觉得自己将变成一个废人，他想起将来的生活，他不寒而栗。不如死去，不如死去！是静静，她不离不弃，那么细心地呵护他，忍受着他的无理取闹，他的无中生有。世上再不会有这样的一个人，会这样待他，包括母亲。她没有一丝埋怨，或掺杂一点儿施恩，或哪怕半丝别的念头。她只有一个念想，安心，安心，听话，听话，会好起来的，会好起来的。她所做的一切在禾吉心里，形成了一个观念，她是自己身上的一根肋骨，就是她，她是上天眷顾自己，让自己终于有了一个依靠，是的，是依靠，心灵的依靠。

他找到儿子，对儿子说，想把房子的名字改成自己的。儿子付出的那部分，他会如数归还的。儿子听了，大惊失色。他又说，他们死后，这房子还是归他的，他可以写下遗嘱的。然而，儿子还是不答应。

过了几天，他回家，发现静静已经离开了。他知道儿子找过她了。"这个小畜生。"怒气一下子涌上心头，然而，却是无处发泄。他去找静静，遍寻不着。静静已经辞了工作。现在，这条马路上，再没有什么风景了。他孑然一身，静静也是孑然一身。两个孤独的人，为什么不能够在一起呢？

"女人到底是怎样想的呢？"禾吉自言自语，她们也许都是一样的，从此，他便不再去找她。

禾吉好像变了，变得更加沉默。他已有好几个月不去付按揭款了，儿子也不敢来向他要。禾吉，开始收上门来的电瓶，原来他是不收的，因为他知道那是来路不正的。禾吉，他的脾气暴躁起来，他会干没良心的活了，明明是一根线断了，他会说控制器不好了，他会支走顾客，举手之劳，赚取一笔黑心钱。顾客发现了，他会死不认账，并且学会拔出老拳。禾吉不去家里睡觉了，他把房子租了。他睡在店里，一张钢丝床，白天收起，晚上放好。他似乎不再认真于白天的修理，总是晚上活动。第二天，到九点钟，才睡意蒙眬地拉起卷闸门。

禾吉有了一些朋友，那是一些身上藏刀的人。他们昼伏夜出，神出鬼没，他们把夜里所得藏匿于禾吉的店里，禾吉总能很快地把它们处理掉。禾吉的小心、谨慎，在这里派上了用场。禾吉想不到，他竟然成为团伙里的军师，他的话，竟然让那批穷凶极恶的家伙言听计从。

然而，禾吉的内心是排斥这样的生活的，"我不是这样的人。"他每处理完一笔赃物，就要暗暗地说上一句，他确信他心里的神会听见，并且会原谅他。他下定决心，一旦目标达到，他就收手。他尽量不去参加团伙的聚会，他只与极少的人联络。

一年很快过去，禾吉有了一些钱了。在郊区，他买了一套联建房，预付了一部分款。房主是团伙的老大老胡，禾吉认为他是一个讲义气的人。在签的合同上，他写上了静静的名字。

该去寻她了，禾吉想。他便开始寻，其实，这么小的一个地方，又晓得她的一些社会关系，怎么会寻不着呢？在郊区的另一条马路上，禾吉果真看到了她。

"静静！"

"是你——你来干什么？"

禾吉飞奔过马路。

"我不想见你。"

禾吉一下子抓住了她的手臂。现在的禾吉，粗野多了，他才不管马路上人来车往，"跟我回家去。"他命令道。

"凭什么。"

"凭这个。"禾吉的手里捏着一串钥匙。

禾吉当然不晓得这一年静静是怎么过来的，但看她的样子，这一年好像没有什么波折，也许有过什么波折，但至少现在她依然是禾吉认识的那个静静。她甘愿做着这种低微的工作，而不去做别的一些什么，说明她还是一个纯洁的人。

"结婚，立即结婚。"禾吉说。虽然一年未见，可是禾吉觉得，他们并没有离开过几天，他们是那样的相知相识，只有真正灵肉结合过的人，才会有这样的自信。一年来，自己何曾有一刻忘却过她。

静静软化了。

也许是彼此思念得太久太久了。重新相逢，真若干柴烈火。结婚，结婚，这个从心底流淌出来的字眼，已经溢出了它本身的范畴。

两人结合了。禾吉把新房做在自己的房子里，而把静静的房子，租了出去。他觉得自己以前实在窝囊，太窝囊了。现在，儿子怕他了，他早就不付按揭款了。儿子来催过，他竟然毫无预兆地就把扳手扔了过去。如果当时手上拿的是榔头，他也会照扔不误。

禾吉断绝了与团伙的往来。每天早晨，禾吉吃了静静做的早餐，准时赶到修理部，晚上五点就关了门，买上一点卤菜，赶到家里。这时候，静静正烧好饭菜，等着他呢。静静还酿了他喜欢的米酒，静静在给他倒满的时候，也会给自己倒上一小碗，静静喝上两口的时候，静静的脸就微微地红了。禾吉看着他的静静，心里就涌起一种莫名的温情。这时候，如果要禾吉解释幸福的含义，他会这样描述的：爱的人坐在触手可及的地方，了无心事地喝着自酿的酒。

禾吉希望这样的生活定格下来，永远永远。然而，以前的朋友找上门来。禾吉不想让静静受到一丝儿伤害，他们走到小区的阴暗处，争吵，说狠话，甚至亮刀子，然而，禾吉心意已决，禾吉甘愿忍受身体和精神上的磨难。可是，房主老胡去找了静静。他多卑鄙啊。禾吉不晓得他与静静说了什么，总之，他吓得要死。静静回来了，静静哭了，怎么办，怎么办，这么多钱，一下子怎么还得出？

禾吉长吁了一口气，"没有什么的。"禾吉轻描淡写地说。

禾吉隔三岔五地又在店里过夜了，静静问，他总说接了一批组装业务。静静劝他不要太辛苦了，说那个老胡其实也是个不太坏的人，好好去说说，他是不会太难为我们的，现在的日子，平平安安的，两个人好好地赚，还掉那点欠款是不需要多久的。她甚至于某一天晚上赶到店里，为他送去了一锅鸡汤。

禾吉第一次对她动怒了，那是大火，毫无理由的火。静静委屈极了，温顺的静静，尖下心来，好几天没有理他。

禾吉现在不太理会静静的感受了，他认为女人都是一样的，都喜欢男人钱多。他就把所有的钱都交给静静，可是他好几次看到静静哭了。然而，他顾不及这么多了，这一年，实在太过劳累，他的身体已经不允许他再劳累了，他并且晓得，他身体里某个器官正在变质。可是，他还是扑出了命地干。他好几次想停下来，可心里总有一个声音在喊，最后一次，最后一次。他头发已然半白了，每当看到静静黯然的神情，他的心也会痛，也会软。但他知道，自己已是一辆坏了刹车的车子，只能一径地向前向前，再怎么着，也已不堪，总要掉到前方的悬崖下去。也许，在掉下去前，还可以与静静过上一段幸福的日子。终于，他脱离了那个樊笼，房子的款也付清了。他确乎相信，幸福的日子来临了。

禾吉恢复了正常的作息。闲下来时，他喜欢坐在修理部门口，眼睛定定地望着前方。然而，马路上的一点波动，都逃不过他的耳朵，而一辆警车的驰过，他就会心惊肉跳。后来，他对一切麻木了，对什么都力不从心。有时候，他会在脑子里算算，修理部每月有两千来块，房租有五百来块，再过几年，退休费也有近两千。想到这里，心里会倏地被什么触动一下，整个人就虚空了似的，再提不起精神。他知道，冥冥之中，他的命运之神，正在朝着自己认定的路线向他驶来。

夜　奔

十八岁那年，我有一天从杭州回家，半路上车子抛锚，到站，暮色已降。我步出车站，急匆匆往家赶。走了好长一段路，才发现后面跟着一个姑娘，离我几步之遥。在我转入还没有成形的猴山路时，她还跟着我。我有点害怕。这条路坑坑洼洼，到处是一人高的土堆、凌乱堆积着的沙石；没有路灯，几乎没有行人。我因为要抄近路才走这条路。

那年，我刚从偏僻的山村来到城里，人生地不熟地生活了几个月，后来，因为父亲一位朋友帮忙，进了一家镇办企业。企业很小，职工都是些五十多岁的老娘们，我一进去，就受到重用，把我送到杭州去学习铣工技术。我一般两个星期回家一趟。所谓家，不过是父亲工厂里的一间七八平米的宿舍。今天赶回家，是因为要过中秋节。不料车子抛锚，到站已是向晚了。

我说这些话的意思是，我对这个城市并不熟，而且还是一个诸事不懂的小青年。当我遇到这种状况，就想尽快摆脱。我突然加快步子，她也加快了步子。我有意绕过一堆沙石，她也跟了上来。

我只觉头皮发紧，除了甩动双脚外，不敢做过多的动作，更不敢回头。

"你好——"气喘声就在耳边。

我几乎跑起来。

"为什么，跑？"她的脚步沉重凌乱，呼吸急促紧张。

我继续向前，但脚步是慢了半拍。她说："喂，你知道，教育局吗？"

"就在前面转弯。"我说，并不回头。

"噢，"她缓下气，"我是来报到的，可是车子抛锚了，我找不到路了。"

"就在前面……"

"你带我去好吗？"

我的脚步缓了下来，也许是她的声音吧。很多年过去了，我还会细嚼这一幕。我让她的声音重新震颤在耳际，她不多的话，一遍一遍在脑海中闪过，我给它们加上不同的语气，想象到底是哪一种语气，让我无法拒绝——就那么一下子答应她，带着她偏离了去家的方向，去她的目的地。

实际上，到那时，我还没有看清她的模样。只知道个大概，略圆的脸庞，齐整的黑发。老实说，这不是我喜欢的类型。我那时候虽然年轻，少不更事，还没有与女孩子接触过呢，但与生俱来的对女人的好感，总使我偷偷地在暗处注视她们。她们的美、温柔、一颦一笑，总让我倾心，暗自咀嚼。

现在，这个与我相仿年纪的姑娘，让我生出一种好感，一种英雄救美的勇气。我开始与她有一搭没一搭地聊起来，当然是她说得多，我几乎没有说，只是简约地用嗯哦应答。我就是这样的人，沉默寡言，木讷无趣，这个秉性，就是人到中年也没有改变，依然羞于在女人面前侃侃而谈。

走到十字路口，我有点犹豫，我的家与教育局正好反方向，但我毫不犹豫地走向离家越来越远的地方。

"这个城市好大啊！"

"不大。"

"可是，要是我一个人，就迷路了。"

"嗯！"

"你是工人？"

"铣工。"

"铣工？我不懂的，很大的机器？"

"很大。"

走到教育局门口，我与她告别。她向我道谢，我目送她进去，转过身就往回走，我急着赶到家里去。但我走到一个转弯角的时候，却停下来。我站在那儿，眼睛望着教育局的大门，过了五六分钟，我看见她出来了。她的神情很无奈，站在门口，朝路的两边看了看，打不定主意该往哪边去。过了一会儿，她又走进去，不一会儿，一个老头陪她出来，朝我的方向指了指，就径自进去了。门用力地关上了。

她站在门口，有十来秒的样子，就向我的方向走来。我忽然害怕起来，仿佛做了什么见不得人的事，转过身，飞快地跑起来。

她的眼真尖，一下子发现了我，也跟着跑起来。我跑出南山路，她追过南山路；我穿过达夫弄，她追过达夫弄。当我跑到进家的胡同口，略微呆了一呆，竟没有转进去，而是往观山上跑。当我跑到一个山坡上，真是累极了，累极了。我一屁股坐下来，后面已不见了她的踪影。

我跑什么啊？冷静下来一想，忍不住哈哈大笑起来。"你跑什么啊？"一个声音在背后响起，我浑身一颤。这时候，夜已覆盖了大地，山坡上一盏路灯掩在树荫里，发出凄迷的光。我回转身，见一个小女子，穿一件白色的衣衫，弯着头，正眼含羞涩，鸟语般地说："跑得这么快，害得我鞋跟也脱落了。"我才发现她的手里拎着一双半高跟的鞋，头发有点乱，嫩脸上泛着红晕。分明是她，跟了我一夜的陌生姑娘。

"跑什么啊，我还以为有坏人呢。"

"我没跑，我……我要早点回家。"

"你家在山上啊？"

"嗯，在山下，在东门。"

"噢，是这样啊。"她露出失望的神情，"你能不能帮帮忙，帮我找个旅馆？"

"我不熟的。"

她露出不快，"你不是这里人吗，会不熟？"

我实在是不熟的，然而，她何以会信？我为这句话难为情起来。"在富春路或许有，要么，我带你去看看。"

"可是我的脚崴了。"她说，就坐下来。

我的心平稳下来，我不再怕什么，而且喜欢起这样的场景。真是情窦初开的年龄，尽管木讷，两个人的时候，我也不会害怕说说话。

在半山腰靠江的一边有个亭子，四周树木森严，格外幽静，我常常在星期天的下午，拿着一本书，靠在柱子上读。这里很少有人光顾，似乎是我的书房，我熟悉周围的一切。我带她到亭子里，她靠在一根柱子上，我也靠在一根柱子上，面对面，开始了聊天。从八点到九点，几乎是转瞬的事，从九点到十点，也很快过去，不知不觉间就到了十二点，我真正害怕起来。我从来没有这么晚回家过，到家，不晓得该怎样向父母解释。我涌起一个念头，不回家，就在这里坐到天亮。时候已是初秋，天并不寒冷。我这样对她说，时候不早了，我送你去旅馆。她说，还早呢，我一点也不困。后来，她说，我没有住过旅馆，我怕呢。

我已经对她产生了，怎么说呢，依赖（不可思议），或者说好感，不对，不正确，但总之是，仿佛应该对她的诸如安全什么的，要负起责来。这真是奇怪的事！我从来不曾有过这样的感觉，我觉得我的心充满了勇气，仿佛自己长大了许多。

我们就这样心有灵犀，不再提回家或寻旅馆的事。在半山腰的那个亭子里，一直坐谈到最黑暗的时刻到来。真静啊，整座山里只有我们两个人。这时候，风吹到身上有点冷了，而怪鸟的啼叫也增添了寒意。她坐到我身边，很自然地贴到我身上。我的身子抖了一下，整个人就僵住了。"你冷么？""不冷。""我想睡一下了。""你睡好了。""你一个人不害怕？""不是有你么？"

"可是我睡着了，就什么也不晓得了。"

我没有经历过这样的事，心里有诸多想法，却不晓得如何表达，如何实施。"骗你的，"她突然把脸转过来，定定地看了我一眼，飞快地用手刮了一下我的鼻子，"今晚谁都不睡，一起数星星。"

我们真的就这样坐谈到白昼来临……

我不晓得这算不算我的初恋。她后来分配到郊区的一个学校。我们再见面，是两个多月后的事。其间，我去厂里领工资，有人说，有个姑娘找过你，那人还露出暧昧的神情。我一下子就猜到她，除了她，这个城市，还有别一个这样的姑娘么？

在我培训好，回到厂里正式上班后，我也没有去找过她。我说过，我是一个胆子很小的人，又刚刚踏入社会，那么颠颠地跑去见一个姑娘，是不可想象的事。然而，这并不表示我不思念她，相反，我想得她好苦。

有一天，我听到有人找我，跑出去一看，是她。真好看，圆月般的脸蛋，含羞的眼睛，鸟语般的声音。"见你好难呵？"她大声说。我吓了一跳，脸滚烫滚烫，慌忙领她跑到车间外面去。我正在修理机器，手上满是油污，一套油迹斑斑的工作服，头发无疑也是乱蓬蓬的。

这一次会面，很短促，因为她也是在课间跑出来的，我也不便深谈。我一个刚进厂的普通工人，根本没有坐坐的地方。她便与我约好晚上在老地方见，就走了。

这是我第一次真正意义上的约会。我吃好晚饭，就坐立不安，挨到夜幕降临，就向目的地走去。她似乎早到了，我在下坡处，就看到她的背影，一身橘黄，头发飘飘。她见了我，就眯起含羞的眼睛。然而真奇怪啊，我却没有多少激动，我们重走了那天晚上走过的路，但我们的话却言不由衷，当经过亭子的时候，她提议坐下一歇，我却说这里太冷清了，不如去沙滩上走走。就这样，我们走过一级又一级台阶，钻过树林，走过沙滩，然后告别。

自此后，便常接到她的电话，出纳经常跑到车间来，说，小伙子，电话，姑娘找你呢！后来便说，快点，快点，电话！再后来便说，电话！我们厂小，只有一部电话，车间里的职工很少有人接听电话的。她打电话来，总这样说，晚上有空吗？有两张票。我总是推托不掉答应下来。然而，我与她的感情并没有随着接触的日多，有所加深，反而日渐淡漠下来。人生有许多不可思议的事，没有见面的时候，想她，见到了，反而没有感觉。也许我骨子里是一个传统的人，我喜欢的是小鸟依人的姑娘，而她太外向了。而且我对那天晚上一个姑娘家肯与一个男人待上一夜，也心存疙瘩，总觉得她是一个不同寻常的人，是一个很难把握的人。我就是这样一个人，没有理由也要寻出一个理由。加上那会儿，我正好在本地报刊上发了几块豆腐干，正是充满幻想的年龄，我想象自己终将成为一个了不起的人，一名伟大的作家，我的名字将四海传扬，我的身边自然会有一大群美女相伴，而我所爱的也将是一个绝色美人，她温柔可爱，对我是百分之百地依恋。现在想来实在可笑之极。实际情况是，我初中毕业，个子不高，身体纤弱，要人相没人相，要财产没财产，要才学没才学，但这并不妨碍我的想象。后来，我们的约会变得毫无趣味，到后来，几乎成为一件痛苦的事。这时候，我做了一件很不明智的事，给她写了一封信，信的内容现在想起来还会起鸡皮疙瘩，无外乎大谈理想，要集中精力读书，努力钻研技术之类的，她知趣，虽然还约过几回，不久便冷淡下来，总之于了无音讯。

当我们再次见面，是在二十多年以后了。我经历了人生的诸多磨难，下岗，外出打工，做废纸生意被骗……甚至于沦落到帮人家看果园。我的妻子是一个只读过小学的人，脾气暴躁，又在生孩子的时候受了一点精神上的打击，变得神经兮兮。人到中年，我还一事无成。后来，总算在亲戚的帮助下，在一家商场开了一家小小的文具店。生活依然窘迫，但总算是稳定下来。稳定下来，我又拿起笔。在家庭生活得不到安慰的时候，精神多么需要充实啊。实际上，我一直没有真正放下过笔，我有意无意地总在本子上记下一些什么。现在，我把这些东西投到本地的一个文学网站，竟然引来了一片叫好。并且引起了一个人的注意，她转弯抹角地邀我参加了一个聚会。我去了，当即蒙了，原来是她。

我们又有了联系。我到现在也不确定我们算不算恋爱过，我们曾约会过，但时间并不长，我们在一起的时候，谈论的总是文学啊、工作啊之类的琐事，并没有触及爱。也许她的眼神里闪出过那么一丝爱的火星，但马上被我的冷漠浇灭了。但我知道她爱我，而被一个姑娘爱，总是一件自豪的事，它是会提高男人的自信心的。也许正因为这样，我很感激她。在我的心灵深处，她牢牢地占据着一个位置，这个位置没有因岁月的流逝而有所动摇，反而如酒，越久越醇。她是多好的一个女人啊，比我活泼、勇敢，我是一概不如啊。有时候我这样想，假如我们热恋，结婚，我的人生将是怎样的呢？

我现在对文学产生了特别浓厚的兴趣，仿佛要把以前失去的都追回来。她如今已是市委宣传部一个不大不小的官，正是春风得意的时候。老实说，在她面前，我有点自卑。然而一接触，她还是她。这可真让人奇怪。岁月是磨损了她的光洁，她的墨黑的头发，但是她的动情却是丝毫没变，在我看来，她依然是当年那个纯洁的，眼含羞涩的姑娘。

我们又交往起来，她自有一个圈子，都是一些有学识、儒雅的人，在他们面前，我自惭形秽。我木讷，寡言，一急就结巴。加之人又长得精瘦，坐于他们中间，就有鸡入鹤群之感。他们的谈话也是我不感兴趣的。我在意的是文学，而他们说的是政治，虽然腐败是大家深恶痛绝的，但是我除了发几句牢骚外，说不出个所以然。他们却很有见地，说起西方的各种制度，说起同为亚洲国家的日本，说起台湾，说起香港……在我参加了这样的几次聚会后，她看出了我的窘境，便不再邀我前往。

但我们似乎从未分开过，我们都关心对方的文章，彼此有文章发到网上，总是第一个跟帖。特别是她，总是用热情赞美的话鼓励我，支持我。我一直觉得她的眼睛在关注我，那是一种温柔的，能够穿越一切的光。每当我的第六感官出现这样的感觉，我的心里总是充盈着温馨。当我烦闷、无理由地患得患失的时候，就会想起她，我多么希望与她好好聊聊啊！

　　我打开她的QQ，虽然隐着身，还是不可抑制地向她倾诉起来。我的妻子过来了，我的心里一阵紧张，慌忙把QQ关掉了。其实并没有见不得人的话，可是我的神情暴露了我的内心。妻子的脸色一下子变成青色。"跟谁聊？"她凑过来说。

　　"没跟谁。"

　　"你瞒得了我吗？"

　　"真的没有。"

　　"把它打开。"

　　妻子不懂电脑，我随便打开了几个。她突然夺过鼠标，就朝她的头像点去。

　　正在这时，她的头像亮了，我在心里说，不要说话，不要说话。然而，她说话了："好久不见。"

　　我多么想与她聊聊啊，可是我心里说，不要说话，不要说话。我看见她的笔又动起来了，我看了一眼身边的妻子，我的脸色一定很难看。妻子的嘴角浮现出幸灾乐祸的神情。

　　"你在忙吧，那再见。"

　　多么懂事的女人。我觉得她的心感应到了我的心。谢天谢地！

　　然而，妻子并没有因为这样而放过我，她执意地认定我在其中做了手脚。无论我如何发誓，她就是不信。实际上，妻子一点儿也不晓得我与她的关系，我从来也没有跟她说起过我们的事。不过，奇怪的是，妻子似乎知道我与她的前因后果。在我们重新有了交往不久，她来我这里购买过一点办公用品。我向妻子做了介绍，我说，这是文友。妻子很热情地接待了，然而，在她转身不久，妻子就说，这是个妖女，哪里像个公务员，你看她的眼睛，色眯眯的。我说，我怎么一点也看不出来呢？她说，你被她迷住了。真是天晓得，我被她迷住了！

我被她迷住了？在我空下来的时候，我的脑子里果真闪现出了她的影子，而且越想越觉得有味道，她自有一种温暖人的魅力。这魅力是随着岁月的历练而渐渐成熟起来的，是以前所没有的。她优雅，说话不急不缓，而且带着点教师对学生那种循循善诱的亲切感，总之，与她交谈，她是把你当作她的一个学生来对待的。男人对于欣赏你的女人总是抱着感激之情，面对成熟婉约的她，我不可抑制地思念起她来。

我知道她的家庭不幸福是偶然的。开始的时候，我是有过怀疑，她这样一个有家庭的人为什么能经常跑出来聚会。我想起自己，跑出来没几次，妻子就横眉怒目了，以为我在外面做了什么见不得人的勾当。有一天，她邀我去参加聚会，似乎是用命令式的口吻。酒席上，大家都向她敬酒，后来，又拿出一个蛋糕，我才知道今天是她的生日。这让我很尴尬，因为我两手空空，什么也没有准备，而且作为一个好友，对她的生日毫无所知，总是一件难为情的事。那天，她明显喝多了，醉意朦胧地讲起以前的事。大家便怂恿她，让她说说初恋情人。我吓得要死，怕她会说到我。这会儿，她说出一句让大家惊讶的话。她说，我的初恋情人，你们都认识。真静，面面相觑。你看看我，我看看你。接着，互相调侃，就是没有人针对我。我那时候才十八岁，十八岁，够年轻吧，哈哈！我刚从中师毕业，来，来这里报到，可是，半路上车子抛锚了，我一个人人生地不熟的，害怕啊！后来，我发现了一个小伙子，我跟着他走，可是我也害怕啊，怕他是一个坏人。我就若即若离地跟着他，有时候故意把脚步踏得砰砰响，有时候，又弄得悄无声息。我是在试探他呢。我实在没有办法了，我身无分文，我竟然把放证件的包忘了带。我只有壮着胆子，决意要在紧要关头向他求援。现在好了，我知道我碰到了一个正人君子，至少是一个善良的人。不过，素不相识，如何开口呢？后来，后来……他送我到了教育局，可是碰壁了，我真的走投无路了，可是，我发现那个小伙子还在那边等我，他见了我就逃，于是我拼命地追，我不能放过这最后的一根稻草。那一夜狂奔啊，就这样留在了我的心里，直到现在，也没有忘却。

大家来了兴致，纷纷问结果如何？她说，后来，我追上了，他陪我坐到天亮……

不可能吧？有人说。

真的，天一亮，我们就分手了。

不发生点什么？

那个年代啊……

不相信。

这些话如鼓点般打在我心上，我开始紧张，后来，见她远离了事情的本来面目，就放下心来。然而，有个清醒的人发现破绽，他说，你怎么说这个人我们认识。

是认识的，她说。她的眼睛从左到右，慢慢地扫了一遍，她在我的眼上停留了一小会，百分之一秒吧，也许只有我才能感觉到。

然而，我的心已奔跳如球。

她说，他是一个骄傲的人，一个自以为是的人，他一点也不顾惜人家的感情，他从来不会为别人着想，他是一个不懂爱情为何物的家伙。

大家说醉了，真醉了，为一个一面之缘的人，痛苦到现在。他妈的，这家伙真值了，有人说。我说，为这种人记忆这么久，不值得的。她一横目，说，值得的。那气势，仿佛要吃人。我马上说，值得的，值得的。

我很想单独与她聚一次，然而，我懦弱的性格总是下不了这样的决心。我不想我们之间有什么芥蒂，我觉得有许多话要与她说，这种话必须在她一个人的时候。我并不明白要讲什么，实际上，我是喜欢现在这样的状态，若即若离，心却相印。这样多好！

我买了一本书，用大信封包好，写上她的名字，放到她单位的传达室。然后，发了个微信给她。那本书我很喜欢，说一个新娘在新婚之夜因为害怕而逃离，夫妻一辈子不再见面。我不晓得为什么会送这样一本书给她，用意何在？难道仅仅是为了我喜欢那本书？

我有段时间没有听到她的消息了，她的微信朋友圈也有段时间没有更新。我说过，我的朋友很少，也不喜欢热闹的场合，更不会主动去联络人。有一天我看本地新闻，竟然看到了她，那是一个欢送会，送一些干部去偏远的山区任职。我的心里忽而一痛，这是不是意味着我们又将好几年不再见面？这样一想，不由悲从中来。

晚上，我与妻儿在屋顶上赏月，突然收到她的微信，说，你在哪儿？我说，家里！她说，你敢出来吗？我说，真的么？那么我飞过来。她说，就在那个亭子里，给你十分钟，如果你不到，我就沿着台阶下去了。开始我还当作玩笑，现在知道她真的去那儿了。必须去，我下意识地决定了。可是边上是妻子和儿子，特别是儿子，很少有机会与他在一起。但我必须去，一定要去。在去之前，我得想出一个天衣无缝的借口。从家里出发，到老地方，走得快点，刚好需要十分钟。可是我花了五分钟时间，才找到借口，于是我又一次开始了狂奔。可是，没有她的影子。我在四周转，后来又沿着台阶走到沙滩上，依然没有她的影子。我发微信，打电话，都没有回音。我走到亭子里，坐到曾经坐过的地方，靠在柱子上，闭了眼，让记忆潮水一样，漫上来漫上来……

交个城里朋友

老板娘来开门的时候，我还在沉睡。这是一家水果超市，去年才装潢过，今年又花这么多钱重新装潢，真是不可思议。我是油漆工，已经刷了第一遍，虽然已习惯了油漆味，嗓子眼还是干涩。不过不用跑远路回出租房睡觉，够满意了。

老板娘脸色不太好，一定是看见我们这么迟了还在睡。我捅了捅小鬼，他嘟囔了一声，翻个身，又打起鼾来。我朝老板娘尴尬地笑笑。老板娘一转身走了。老板娘不晓得我们昨晚做到多迟。我晓得，这是寸土寸金的地方，每耽误一天，损失就很大。小鬼说，难道有几百块？我说，怕是上千元呢。小鬼啊呀呀地叫起来。实际上，一千算什么呢，一个月也不过三万，一年也不过三十多万。听说这里的房租就要十多万，还有十多个小工。收银的就分两班制，刨甘蔗皮的都穿着统一的制服，这些都是要本钱的。

我晓得做生意的许多事情，如果没有超出成本很多的利润，店面是不会动辄装潢的。我来到这个城市很久了，我甚至比本地人还要了解这个城市。我看着它一点点大起来，楼越造越高，路越建越宽。许多新楼盘，我都去干过活。只是我还是跟原来一样，几乎没有变化。当然，要说没有变化也是不确切的，至少我很想融入这个城市，通俗点说，就是交几个城里的人做朋友。这个想法，近来变得急促起来，尽管我并不想成为这个城市的居民。我一点儿也不想。如果我稍微聪明一点，早点听老板娘的话，或许早就是这个城市的一员了。我会有一个属于我自己的装潢公司。房子自然早就有了。当然，现在打死我也不会有这个想法了。

我懊悔没有早点把老婆接出来。早先我赚了点钱，听老婆的话，在家乡造了幢三层楼房。风光是风光了，可是到现在也没有增多少值，说起来，我家还是乡政府的所在地，三层楼房立在一条像样儿的街上。前几年回家，那条街比原来凋敝了许多。这就是我家乡的现实！大部分青壮年出外讨生计了，一些人则做起废旧塑料加工生意，弄得整个村子污水横流，空气浑浊。他们从更偏远的地方找来了工人。我让多余的房间空着，我宁愿让它们发霉，也不愿租给那些外来人。要是造房子的钱，在城里买一套房子，现在不晓得增值多少了。当然，后悔没有用。现在的房价，想想都可怕。

跟我一起出来的几个老乡，比我有气魄，早早开了公司。无非是租个门面，办个执照而已。员工都是临时叫叫的，然而，他们都赚了钱，买了房子，孩子也到城里读书。可是，他们算真正融入了城市么？不是的，他们交往的还是我们这些老乡，而且这两年又回到家乡造了别墅式的洋房。这说明，他们是随时准备回家的，透彻一点说，他们是希望孩子成为真正的城里人，自己还是眷恋着故土。衣锦还乡才是他们的真实意愿。

昨天晚上有点热，我突然想起家乡。我白天去油漆店的路上，看到菜场边出现了许多卖佛宝的摊位，那些红红绿绿的挂联纸，金光闪闪的元宝，黄色的佛经，还有纸糊的活灵活现的别墅啊轿车啊美女啊，我才知道清明快到了。已经有好多年没给祖宗上坟了。实在应该去的，可是生活这么忙，肯定是去不了了，而且还有那出奇贵的路费。

这么疲劳，我还做起梦。油菜花开得闹满满的，我尽在里面跑，可是脚总被什么钩住。祖宗没有出现，倒出现一个女人。正是白天去油漆店的路上看到的那个。她骑着辆红色的电瓶车，头发微黄，那头发是做过的，名称我说不上来，总之是一根根竖着很清爽的样子，风吹过，说不上的好看。她忽然出现在油菜花里，就在我前面，还回过头，用力地看了我一眼，突然我觉得似曾相识，可不是老板娘的模样么？可她的脸色很冷漠。我竭力要她给我一个笑脸，我正在努力的时候，老板娘开门进来了。

我很想把这个难得的梦续下去，看来是毫无希望了。这时候我想起老婆。她当然没有梦中女人那样漂亮，不过她是温顺的，很听我的话。我也欢喜她。但我总是想别的女人。当然，只有想想而已，我没有别的意思。她曾经要跟我一起来城里，我不同意，我不想让她看到我真实的生活。说起来，我在老家也算一个有本事的人。按乡人的想法，我在城里应该很风光。不说花园别墅，总归住在高高的楼房里。实际上，对于生活我没有多少奢求，睡、吃，人生的两件大事，在我倒是最次要的。我的生活就是做、做、做，别的根本无暇顾及。这次让她来，是我提出来的。她在家里开了家小店，度度日还是可以的。可是，我看到许多老乡都成双搭对的，特别是孩子都在城里读书，心里就滋长了一个念头。现在正好有这么个机会，就让她来了。

如果不是儿子到了读书的年龄，我还不想让她这么快来。至少，我得让她知道我在城里过得还不错。我认识很多人，有老乡，也有城里人。为此，我还与几个东家通了电话，说我老婆要来了，会带她去看看我装潢的房子，如果可能的话，希望给她介绍个工作什么的。这几个东家人很好，一直以来，家里有什么坏了，总是打电话给我。虽然，我与他们并没有实质的交情。但是，他们答应我去拜访他们。我很感激，我的目的达到了。有时候想想，做人实在够辛苦的。

我原本想与老板娘解释一下，昨天晚上因为老婆要来，半夜了还去租房里清扫了一下。如果解释一下，老板娘就会体谅的，可是我就是木讷，想不出怎么说才妥当。来城里这么久了，我还是不会当地的方言，普通话更不准。虽然说什么话都可以，但我一开口，就自卑，怕人家听不懂，有时候要解释好几遍，才能弄明白。我很羡慕那些说话流利的人，包括小鬼。小鬼是老婆村子里的，也许与老婆还带点亲眷关系。小鬼初中未毕业就不读书，跟我已经两年了。我从来没有把他当学徒看，他也没有拘束过。他很灵光，就是没有进取心，到现在也不能够独立操作。但他模仿语言的能力很强，才来半年，也没有与本地人怎么交流，就能说一口本地话了，尽管他很少有时间与人说。有几次我与人家谈价格，差点谈崩了，我脸红气急的时候，他就讲出了一句本地话，就是勿要急勿要急，各退一步的意思，气氛就缓和下来了。他好像对前途从来没有打算过，就这样过一天算一天。难怪的，他才二十岁，别的人还在学校里胡乱用着爹娘的钱，他已经在赚钱了。我总这样对他说，好好做，等有了钱，在这里买套房子。这里多好啊！他就硬邦邦地回答："有什么好，一个人都不认识。"

这是实话，他跟我这么久，除了几个老乡难得聚一下外，确实没有一个朋友。这是没有办法的事，谁会平白无故与你交往呢。大街上人来人往，各有各的归宿、圈子。晚饭后聚在一起打麻将啊，打扑克啦，谈论世事啦，那都是一些意气相投者，同学，朋友，邻居，同事。一个人是不会随便与陌生人交往的，你要融入别一个圈子，就像一滴水要融入一壶油里一样难。

老板娘挎着一只紫罗兰的包，在店堂里走进走出，我说，这里气味浓，你回家去好了。她说她不怕的，她说你以为只有你们能忍受啊，我像你们年纪的时候，苦多了。她说完这一句，发现错了，就用手指了指小鬼，"像他那么大的时候——大约十九岁吧，我在一家塑料厂工作，那个气味才浓呢。我的一个亲戚偶尔来了一趟，回家就对我妈说，那么毒的地方再不能待下去了。听说那种毒，闻多了，生出小孩来要残疾的。我妈急煞了，可是又没有门道，寻不到更好的工作，后来，我就一狠心辞掉工作了。"

"幸好辞掉了。"我说，一边往柜门上刷着油漆。

老板娘蹲下来。老板娘四十岁不到，不过，如果说她三十五六岁，也是可以的。老板娘说："幸好辞掉？你说得倒轻巧，你以为是现在啊，是二十多年前诶！那时候，个体户是被人家瞧不起的。我摆摊卖水果，一辆三轮车，沿街叫卖，风里来雨里去的。早晨四点钟起来批货，晚上九十点钟回家。我到二十五岁的时候，就积攒下一笔钱了。后来我就有了自己的店面，就这样一点点大起来了。"

"你真有本事啊！"我说。

老板娘的手机响起短信的铃声。她站起来，走到门口去。她低下头，看短信，发短信。手机是最普通的东西了，功能也越来越多，然而，我就是学不全。短信，我还从来没有发过呢。我曾试着用过，可是多麻烦，写一句话，要花费多少时间，还讲不清意思。我看见人家在发短信，就有一种厌恶感，是节约几毛钱吧。不过实话实说，我倒真想学会它，可是想想竟没有一个人需要用短信来沟通。老婆倒比我灵光，到时候也会发一个来，无非是好吗辛苦吗之类的。我就是不回复。我们有个约定，不回复，就是好的。别人觉得这是违背常理的，但我就是这样的。当然，到了晚上，我会打一个电话，我觉得只有听到声音，才是最实在的事。这会儿，我看见老板娘发短信的神情，似笑非笑的样子，就认定，老板娘是在发暧昧的短信。

这样一想，我就产生一种失落感，虽然，老板娘与我没有一丁点儿关系，但看见她的那种神情，心里还是不舒服。我就是看不惯那种神情。

"你刚才说我真有本事？"老板娘走过来，又蹲到我身边，"有什么本事啊，我做人是失败的，你知不知道！"

我一点儿也看不出她有失败的地方。我认识她总有七八年了吧。她家的房子是本城最有名望的装潢公司装潢的。那时候，我还是那个公司的职工，其实说是职工，一点儿保障也没有，生活来了，就包给你，没有生活了，就让你闲着，一分工钱也不付。在闲暇时，还不准自个儿揽活。不过他们的活儿真忙，一年下来，空的时候也不多。就在那几年，我的许多同事或跳槽或自己去办公司了。油漆是最后一道关口，我帮她家刷油漆时，她间或也来看看，似乎很满意，就常拿一些水果来，吃剩了，硬让我们带回去。这样我们就知道了她是卖水果的。后来，她的店里什么东西坏了，要电工要木工都打电话给我，有的我动手帮她弄好了，有的就叫人帮她做。我也搞不懂，这么些年来，她还是没有电工和木工的电话，遇到什么还是托我帮她叫。就说这次总体装潢吧，就是全权委托我干的，从设计到叫木工电工。她这么信任我，我自然不能在背后搞小动作了。可以这么说，我们是相互信任的。我似乎与她很熟的，可又不是很熟。但我知道她是个女强人，她家的一切好像都是她在抛头露面。她的丈夫我见过，说不上好也说不上差的那么一个人，无疑，他是有点怕她的。所以，我觉得无论从事业还是家庭而言，她都是一个成功者，然而她说："我离婚了。我离过两次婚，你知不知道？"

着实吓了一跳呢！我一丝儿也看不出来，她那么风光的一个人，竟然会离婚，而且离了两次，真是不可思议。

"我二十多岁不是赚了点钱吗？可我找了几个对象，都因为我是个体户而告吹。你说好不好笑，那些人也是最底层的小工人，一个月才拿几百块钱，竟然还嫌弃我这个比他们赚得多的女人。那会儿，我虽然风吹雨打，脸是比较黑，但我毕竟才二十多岁哪。后来，我嫁给了一个裁缝。他是一个好人，手艺也好。那年头，不像现在这样都买衣服穿，都是扯布叫裁缝做。他生意好的时候，我也歇下来去帮他。他教我画样、裁剪、缝纫，他几乎像教小孩子一样教我。我原来也手巧的，后来做水果生意，粗枝大叶惯了，手便不灵活了。他多耐心啊，我也好强，不多久，我就学会了一切，当然到现在我也没有学会做西装。几年时间，我们就买起了房子。后来做衣服的少了，我们就开起了服装店，生意也很好。可是他查出毛病来了。是恶病，花掉了我们所有的积蓄，在我决定卖掉房子的时候，他吞下了一瓶安眠药。我守寡了两年，又做起水果生意来。我从头开始。后来我又结婚了，他也是摆水果摊的。我们多艰苦啊。当转下一个店面的时候，我们身边连进货的钱都没有了。我们恩爱的。我与前夫没有孩子，与他生了一男一女。有了孩子后，我就忘掉前夫了，我甚至于忘了自己曾经结过一次婚。我们都是卖水果出身，两人联手，真是如鱼得水。我们很快有了更大的房子，有了轿车。可是问题出来了。我到现在还懊悔，买了那辆绿色的轿车。是那辆车害了我也害了他。有了车子后，他借口联系业务、送货，常常一个下午不到店里来。还借口照顾我，叫了一个小工，自己就不太来店里了。店面扩大了，生意也确实好。你们不晓得，我们的生意，表面上忙忙碌碌，其实没有多少赚头。我们赚的是学校的钱，特别是那些大的幼儿园，每天都要送很多水果，这样的学校我们联系了很多。以前，他总是一送到就回来，后来他要磨蹭很久才回来。我早就看出苗头了。我劝过，苦口婆心，然而我没有证据，也没有时间去跟踪，我得顾店。我不想逃掉一点生意。我真傻啊！"

　　我刷漆的动作都有点变形，我想我应该插上那么一句，但一句也说不出。我恨自己，这么无用。我应该劝慰她，说几句宽心话，再怎么着，骂几句那个狼心狗肺的男人也好。我知道女人正沉浸在痛苦中，她的痛苦无处排泄，或者说没有可以倾诉的人。这让我奇怪，并且感动。难道她也与我一样，没有一个可以掏心掏肺的朋友？这不可能吧，她那么大气开朗的一个人，而且是真正的本地人，有的是同学朋友啊。她却对我敞开胸怀，把我当作一个可以倾诉的人。我有点受宠若惊，没来由地紧张。我不晓得该怎样应付，哪怕接上一句也好。我就是笨。我确实没有像今天这样与人交流的经验，来到城里后，我似乎只有业务需要，才与人交流，但那是硬绷绷没有感情的，只有钩心斗角；就是老婆，何曾真心真意地交流过。这会儿，我才想起老婆来。我看了看表，她应该准备出门赶长途车了吧。忽然，我动了个念头，我不想让她来。我取出手机，与老板娘打声招呼，走到一边去，我僵手僵脚地开始给她发短信："不、要、来。"那边回答："为什么？""总之不要来。"

　　老板娘看见我的神态有点特别，就问："给谁发短信啊，要这么神秘？"

　　"是，一个老乡。"

　　"老乡啊，"老板娘说，"我看你还是少与他们来往的好，我发现你们那里的人都不太诚实。当然，你除外。"

　　"这个，好的还是多的。"

　　"真的很少，你要在这里立脚，还是少与他们接近的好。"

"嗯，我听你的。"

"你也太老实了，这么些年，早该自己干了。"

"没有实力啊，没有人帮，我是不行的。"

"如果你有这个想法，我倒可以帮点忙。"

"真的啊，你愿意……"

"当然啦，我们认识这么久了，还不了解你啊。"

"……"

"没什么的。"

我的心里涌起一股莫名的热流，似乎身体要飘起来的样子。我应该有所表示，诚然，自己也不晓得究竟发生了什么，但我觉得我的整个人生从此要发生某些变化了，这个变化好像曾经在梦里发生过。难道梦想果真能成真？

"那男人真坏。"我不晓得缘何会说出这样一句话，也许我是想说，老板娘啊，你这么好的一个人，竟然被一个丑男人背叛，或许想表达这样一个意思，你这样好的一个女人，要是换成我，捧在手里还怕化了呢。

"是坏啊，所以我对不诚信的人深恶痛绝。"

"是啊，我也一样。"

"你当然是诚信的。"

"嗯！"

"不过这样也好，长痛不如短痛，现在我可轻松了。"

"你总是有本事的人。"

"可不能这么说，我是受过折磨的，也许昨天还痛苦着。"老板娘意味深长地朝我看了一眼。

"你是怎么摆脱了的？"

"很简单啊，"老板娘的话轻松起来了，几乎像水流一样，源源不断，"后来，我抓到他们了。我有了证据。他哭求我，然而，我是什么人哪。我又离婚了。不过，我把现在这套大房子给了他，当然还有那辆车子。我只要那套旧房子，还有现在这个店面。人家都说我傻，因为那套房子现在值两百多万，而那套旧房子，面积很小，只有五十来个平米，满打满估，也不过五六十万。而这个店面，也不是我们的，是向人家租的，但我享有租赁权。你也觉得我太亏了吧。我是亏了许多，可是要那么多钱干什么呢？我曾经拥有过那么多，不是转眼都失去了。你一定觉得，竟然这样，还要这么辛苦干什么？你不要摇头，我晓得你心里一定会这样想。其实谁会怕钱多？我依然很缺钱啊。当然，如果我现在一点也不干活，这辈子我也能很好地生活。可是你试试在家坐坐看，保证不出一个月就要毛病缠身的。"

"是的，是的，这个我信的。"其实，我才不信呢，在家坐坐要生病，听都没听过。要是有条件，我坐一年给你看看。然而现在，这个女人说什么我都认为是对的。因为我与她的关系已经发生了质的变化。不是吗？她的话，怎么会不对呢？现在，我似乎愿意为她做任何事，她提出什么条件，我保证会一口应承。如果这个女人让我去教训那个好色的前夫，我也会在所不辞。

然而她说："你不信的。"

我只好坚持说："我信的。"

“你不了解的。”

“我了解的。”

“你真的能了解？”

“当然。”我觉得我的话突然变得流利起来，好像真的理解了她所说的话。我高兴起来，我终于有一个真正的城里朋友了，还不是一般的朋友。是一个老板娘，一个气质高雅的女人，一个对我有好感的女人。有一瞬间，我想入非非，以至于我的动作都变了态，把几点漆溅到了老板娘那身漂亮的套裙上。

“哎哟，对不起。”我下意识地拿起身边的脏毛巾，去帮她擦。

老板娘嘴里说着不要紧不要紧，但我还是感觉到她脸色轻微的变化，那是一种将要皱眉或者厌烦的前奏。

“对不起啊……”

“跟你说过不要紧的。”老板娘慢慢地站起来，又从坤包里取出手机。

“对不起，”我小心翼翼地说，“我老婆，她，不来了。她……”

“嗯，也好。”老板娘直起来，拿起手机，脸上露出了少有的妩媚。

“这样，你又要招人了。”

“什么，你刚才说什么？”老板娘突然大声说，“说好的事啊！不行的，时间来不及了。反正，这里一开业，她就要来上班的。”一边说一边走了出去。

凉　亭

　　妻与我提起她家乡的凉亭，源于我写了一篇文章，考证本地的凉亭。我有一个习惯，写好文章，总要先读给她听。我坐在电脑前，边看边读。她则站在一边，聚精会神地听。妻不喜欢看书，但很乐意成全我。就在我读那篇文章的时候，她说，你怎么不写写我村的那个凉亭？我说，有什么好写的，那个破凉亭！她说，就凭你去坐过啊！我说，总归要有点典故之类的。她说，有啊！那个凉亭我确实去过一次，当然是她带我去的，极普通，没有一点特色，离村子有里把路。现在，那条路已经荒芜了。不过，凉亭的边上有几株古老的大树，倒有点沧桑的味道。她说她还在村里的时候，一到晚上村里的一些年轻人会去那里约会。那会儿，恋爱还是羞涩的事，相恋的对方在白天是不敢手拉手的。但晚上就不同了，有些年轻人胆子大着呢，就在凉亭里做起那事来。村里都知道的，但谁也没有说。

　　"这就是典故啊？"我开玩笑说。

　　"一定要典故吗？"

"至少要有点值得写的东西啊。"

"肯定有的。"

"你是说，你晚上也去过凉亭！"

她听了我的话，就把脸虎下来，半天不与我说话。她不与我说话，我也不与她说话。我知道，她心里肯定很难受。结婚这么多年，相互不说话的情况很少，不过近来这样的情况多起来了，也许责任在我。我有时候觉得生活太平淡了，又寻不出别的波澜来，就喜欢开一点小小的玩笑，就像今天这样的，我说，你晚上去过凉亭吗？

实际上，像这样的玩笑，我们也很少了。岁月无情，消磨了我们之间的许多传统，无论好的坏的。事业有成后，我喜欢起文学来，妻是不喜欢的，但是，她对于我喜欢的，她都喜欢。然而我知道，在我读给她听的时候，也许是在惩罚她。我现在经常出差，有时候要在外面逗留好几天，而原本是不需要这么多天的。在家里，她看电视，我就到书房里看书或敲几个字。我们之间的话变得很少很少，当然这个过程是渐渐的，以至于当我突然感觉到的时候，并没有觉得有什么大不了。

正月初一，我与她到她娘家拜年。是个大好的天气，气温总有十七八度，大家都说，没有碰到过这么好的正月。吃了中饭，我提出去走走。她说好。出了村，就拐上一条羊肠小道。路上长着厚厚的草皮，全枯了，现出温柔的样子。我们踩在上面，软软的，很舒服。"原来，这条路很宽的，现在走的人少了，就变成这样了。"妻说。

"是啊，什么东西都这样的。"

"就在这里，我碰到大忠的。"

"这里吗？"

"喏，就在那个塘的坝上。"妻用手指了指，"那年我二十一岁。我推着辆独轮车，去大唐坞的田里拉稻草，路过这里的时候，看到他的。他一个人，赤了个膊，在坝上走来走去，嘴里咬着一根青草。"

"然后，他叫你了？"

"没有叫，他只是走过来了，边走边穿好上衣，跟着我。"妻说，"跟了有一段路，我有点害怕起来。当然不是那种害怕，而是另一种我说不出来的害怕。他穿一身军装，一米七五的个子，我后来愿意与他交往，就是喜欢他的个子，与我很般配。"

我的心里酸了一酸。瞄了一眼比我还高半个脑袋的妻。但我不动声色。

"那是七月里最热的日子，下午一两点钟的样子，农忙的还在家里休息。我不休息，是因为这点活迟早要我做的。我的两个姐姐都在城里做小工，弟弟还小，我戴着顶笠帽，穿一件厚厚的外衣，我怕被太阳晒黑了，我想我会马上到城里去的，我天天跑村口的小店，看有没有我的信。"

"我写了信，可是你说没有收到。"

"不晓得你到底有没有写？"

"我发誓。"我说。

"我的心一点点冷下去了，"妻说，"但我还是想到城里去。

我准备农忙一结束就要爸爸帮我去城里看看。"

　　"原来我不来找你，你也要来的？"

　　"但不会再到你们厂了。"

　　"这么说，如果我不来，我们恐怕不会再见面了。"

　　"很有可能的。"

　　"这么说，我来对了。"

　　"这是你的事。"

　　我的心有点受伤，我不喜欢妻这样的口气。她一直是温顺的，但我不能把它说出来。这算得了什么呢？

　　就是那天，她带我去看了那个凉亭，在我眼里，那实在不是什么值得炫耀的地方，那么破败的一个东西。可是，在那同样破败的小山村，确实没有比这个更好的地方用来陪客人走走了。那时候，我还年轻，懂得什么是真正的风景呢？

　　"我在前面走，他就跟着，一声不响的，"妻接着刚才的话头，神情柔和起来，"跟到田里了，他才问我，你是这个村的，几岁了，叫什么名字？我都问一句答一句。问到名字的时候，他从袋里取出一支笔，在手心里写下我的名字，再张开来让我看，是这样写的吗？"

　　我特别看了一下妻的脸，看到了一种神往的神情。

　　"然后，他帮你推车了。"

　　"我忘了。但他肯定帮我缚好了稻草，车子好像还是我自己推的。不过，不过……因为独轮车会的人很少。你不是尝试过，不是走不了几步，就摔倒了。"

我不去理会这些。我推独轮车，纯粹是一种玩乐。

"第二天，供销社的小良带着他来我家玩，说起来，小良还是我的远房亲戚。他向我爸爸介绍说他叫大忠，是源溪部队的司务长。这次他们拉练到我们村，大约要驻一个月。爸爸参过军的，也觉亲切，就与他聊起来，聊得还算投机。后来，他一有空就来我家。"

"你们就这样确定关系了？"

"没有，从来也没有确定过关系。"妻叫道，"其实从一开始，爸爸就不同意。他的老家在安徽，爸爸问他复员后能够留下来吗？他支支吾吾的，没有痛快地回答。他是志愿兵，如果有这个想法，是可以通融的。"

"你说他竟然不想留下来？"

"我开始也不懂，"妻说，"问他，也期期艾艾的……"

"是什么原因呢？"

"也没有什么。"妻淡然地说。但我还是看出来，她的思绪有那么一会儿神游到很远很远。"……他这个人有个缺点，很大男子主义，说话又直。有一回在我家吃饭，竟把吃剩的饭一股脑儿地拨到我碗里，全然不顾及我的感受。他走后，爸爸就说，我阿丽不需要这样的人来管制的。以后不要与他来往了。"

"可是据我所知，你们以后还继续了很长一段时间。"

"是他经常来找我的。我这个人就是心软，他来找我，我又说不出太绝的话。何况，一个女人，有人喜欢心里也是高兴的。"

这句话让我很不是滋味。

"可是，不久我就来找你了，让你再去我们厂里做，你马上就动身来了。"

"是啊，你一来，我就什么也不顾了，第二天就到厂里报到了。"

过了这么多年，我还记得当时的情景，她见了我是那么地欣喜。一年前，她与许多乡下妹到我们厂里做小工，她长得特别好看，我就喜欢上她了。可是，大半年后，厂里形势不好，要辞掉一批人，她也在其中。我当时是厂里的机修工，如果我坚持，她是可以留下来的，但是我竟然害怕起什么来，就没有提出来。离开厂里的时候，她们这些姑娘都哭了，尤其是她，哭得声泪俱下的。要知道，那时候来城里打工，是一件不容易的事。

"你到厂里后，应该知道我的心意啊。"我说。

"你从来没有提出过。"

"但你应该晓得的。"

"你不响，谁知道？那时候，你一直高高在上的。"

我很喜欢她，但我的父母不喜欢乡下妹。不过，我一直把她当作女朋友的，然而，我没有从行动上明确地表现出来。

"这么说，如果他留在杭州，你会继续与他来往？"

"我也不晓得，"妻说，"但在他决心离开杭州，问我愿不愿意跟他一起去他家乡的时候，我就断然拒绝他了。"

"你的意思是，如果他留在杭州，你就会跟他了。"

"他不会留在这里的。"

"他如果留在这里呢？"

"他不会留在这里的！"妻坚决地说。

"总之，你拒绝了他——他什么态度呢？"

"我忘了。"

"你忘了？"我扯了一把带齿的毛草，"这种事你说忘了？"

"什么这种事？"妻说，"本身就没有什么事。"

"哼，吃剩的饭都拨到碗里了，还说没事。"当我喊出这句话来的时候，连我自己都吓了一跳。

妻呆呆地看着我，好像不认识一样。我这样的形象，是她从来没有见过的。

然而，怎么会没事呢？事多着呢！我先说一样小事吧，我记得很清楚，二十多年前的那个晚上，我走出厂门小便，发现在离厂子不远的电线杆下，你与他挨得近近的，然后，你把一样东西塞给他，转身跑了。

妻睁大了眼睛，仿佛被谁剥掉了衣服一样。我原本还想把心里的秘密讲给她听的，看了这模样，就决定永远缄默下去了。那个晚上，就在她跑进车间的当儿，军人追了过来，我拦住了他。他的神情很痛苦，他与我讲了许多话，絮絮叨叨的，像个老娘们。然后，他把一只袋子交到我手里，让我转交给她。我答应了。我打开来一看，是一双大尺码的男式皮鞋。它成为棘手的东西。我曾经把它放到她宿舍的门口，后来我改变了主意，我把它偷偷地丢到厂后面的渠里去了。男人说，他不会再来这里了。

那时候，我正热恋着她，这多奇怪啊！我只在心里爱着她，表面上却一丝也不表露出来。我太年轻了，我得听父母的，但我知道，终有一天，我会娶她为妻的。

"有这样的事么？"妻说。

"我亲眼见的。"

"真忘了。"

"真忘了？"

"多久的事了！"

"有些事，多久了也记得住的。"

"也许我真的还欠他一样东西呢。"妻说，"你要听么，是他的一双鞋子。它也许还在老家的鞋柜里呢！"妻的神情让我捉摸不透，"还是第一次碰到他的时候，我的一只凉鞋，扣子坏了，不好走路了，他就把自己的鞋子脱下来，往里面塞了许多稻草衣，蹲下来，让我穿上，而他自己赤了双脚，一直就这样走了。后来，他没有要去那双鞋。"

"一双绿色的军鞋？"

"大约是吧。"

"你不会生气吧，"妻说，"这都是你要我说的。"

"我会生气吗？"

"实际上，我是不会跟他的。"妻说，"他曾隐约跟我提起过，他在家乡有一个娃娃亲——他们那里都这样。他不喜欢，可是又觉得对不起人家。这方面，他是个懦弱的人。加上我的坚决，他就没有坚持了。"

妻走到前面一点，我不能看到她的神情。我看了看她的背影，还是那么苗条，我想象她二十一岁的时候，走在这条小路上时的情景。我同时也想象起那个一米七五个头的军人，赤着膊，咬着一根青草的样子。

"喏，就是前面——咦，几时没有了？"妻自言自语。

我看时，见路边的一块空地上有几个圆圆的石磴，边上是几堆倒塌的泥墙。这就是凉亭的所在地，她念念不忘的地方？"过路人避雨休息都在这里的，"妻说，"倒了，真是可惜。"

妻蹲下来，抚摸着那些刻着纹理的石磴，她似乎在想着一个遥远的往事。她的伤感，颇影响了我。但是，一个凉亭而已啊，没必要这样吧。

"你在这里坐过吧。"

"当然了。"

"与大忠也坐过吧。"

"不是也与你坐过吗！"

"我是说晚上。"

"你怎么了？跟你说过的，我们从来不在一起散步的——除了第一次在这里碰到。"

"那你们的恋情是怎么发展的？"

"我们不算恋爱的。我们只是彼此有点好感而已。我们没有实质的东西的。"

"可是，后来他拉练结束，你还和他来往，并且帮他的两个妹妹寻好了工作。"

"这是没有办法的事啊。他这个人就是这点不好，自作主张。他就那样不声不响地叫来了两个妹妹，带到我做工的地方，让我介绍工作。我没有办法啊，既然来了，好帮忙还是要帮忙的。刚好厂里招人，就进去了。"

说得真是轻巧啊。可是当年，厂里谁不在后面议论啊，还没有过门的人，要这么尽心竭力地帮男方，租房子，买生活用品，忙忙碌碌的。

"他其实是个不错的人，他爸早没有了，娘也常年生病，下面又有几个弟妹，他像个爹似的。"

"确实是个不错的人。"

"是不错。"

"听说，他原来是想把全家人都搬到这里来的。"

"我也不晓得，这是他的事。"妻淡然地说。

现在我还能记起来那两个姑娘，瘦瘦的，胆子很小，仿佛被霜打过的青菜一样，而且动手能力很差。几个组长经常到我这里告状，说没有见过这么笨的人。我承认，当时已是副厂长的我，确实动用了某些职权。她们好像做了没几个月，就走了。也许是她们真的不适合这里的工作。其间，大忠还经常来，名义上是来看望他的两个妹妹，与她也没有特别的亲昵表现，然而大家还是看出来，他主要是来看她的。

"听说，有时候晚上，他睡在你们的集体宿舍？"

她的脸色陡变。"你信么，那是人家造谣。"她说，"是有一夜吧，我们两个女的上夜班，他与我同事的男朋友借宿过一晚。"

"可是，我听说，有时候，你们四个一起同睡一个房间。"

她生气了："你这个人怎么变得这么龌龊了。"

我在心里想，我才不龌龊呢，龌龊的是你呢。然而，毕竟没有亲眼所见，但这些流言蜚语一直郁积在我的心里。在我与她约会，与她有了实质性的接触时，她并没有我想象的那样扭怩、羞涩，这更增加了我的疑惑。然而，当时的我，从来没有亲近过女人，并不懂得个中奥秘，一品尝到女人身体的美妙，就忘了别的事情，只把这点疑惑，闷在心里。后来结婚，整个生活几乎倒了个转，一切抛头露面的事都是妻在做。我因为做过几年副厂长，尽管是一个不起眼的乡镇企业，下岗了，也不愿意再去打工，就待在家里，坐吃山空。而妻不在乎这一点，一个人去摆摊，卖水果卖蔬菜，什么都干。后来进了商店，我才肯帮她点忙。可以说，我们的家是妻一手支撑起来的。现在，我们的生活好了，开出了几家连锁店，每天都有大把大把的钱进账，我呢，也光鲜起来，出入于生意场所，人家也黄总黄总地叫。但我却害怕起来了。妻变得病恹恹的，她说她感到吃力了，她说她想好好休息了。我害怕妻真的什么都不管了，我一旦完全脱离了她的束缚，我的心就会活起来。我甚至于会很较真于她以前的一切，我会认真地询问她以前的许多细节。如果她说"是的，就这样"，"你不是一清二楚吗？"我该怎么回答？我的心里会不会产生一种厌恶感。从此，我的生活将会是另一种样子。

我会不会为了补偿，而去出轨，纯粹是为了尝一尝处女的味道。她会怎么样呢？她会痛苦吗？她会大哭吗？她会离开我吗？

至少现在我还不会这样尝试。但这似乎是悬于我头顶的达摩克利斯剑，不晓得何时会落下来。

今天，这么好的日子里，妻却与我讲起我的怀疑来，而且是那么的坦然，也许只有心无挂碍，才会如此坦诚吧。也许她真的在心里记挂着他。又也许她觉得丈夫与她的关系实在太过融洽，没有什么能够影响到他们的关系。实际情况就是这样的。我并没有因此而生气，反而一遍遍地问她以后的故事。然而，每每讲到紧要处她就不讲下去了。而我呢，也不便太过赤裸地问下去，否则会使她生出别的想法来。

但这块心病，却是生了根，抽出了芽，怎么也压不住它了。

我于是说，如果对面突然走来了大忠，你会怎样？她说，这是不可能的。我说，如果可能呢？她说，就笑笑了。她说，如果生活不愉快，会有别的想法，像现在这样，想的时间也没有啊。我大笑。

我说，不晓得他现在怎样了？她说，他不会差的。我说，但也好不到哪儿去！如果他变成董事长，他可能会想方设法来寻你，但如果只是一个普通人，就不会有这个心思了。她说，怎么能这样想呢——不过，他也不会差到哪儿的，我说他不会差，是说他不会成为一个混混的，他至少会是一个驾驶员，是的，他肯定会是一个好驾驶员的，就是那样的。她这样一说，我的心就放下来了。

我们在石磴上坐下来，从遗址上看，凉亭比记忆中的还要小，它处于一个高坡上，从这里可以看到很远的地方。我们来的路比较平缓，而在另一边却很陡很长。这个凉亭应该是为了另一边来的人而建的。他们走累了，就在这凉亭上歇息，缓过劲来，继续赶路。

我站起来，想到凉亭的另一边去看看，妻说，那里没有好看的东西。我说不是有一口泉水吗？她说，这么久没有人打理了，早荒芜了吧。是很好的一口水，很甜的，大家渴了，就直接趴到水里去喝。我说，你一定喝过吧。她说，当然啦，真的很甜呢。我走过去，果然发现那里被一大片杂草树木掩住了。我只好回来，坐到原来的石磴上。

这时候，妻已走到那几株古树下，我发现她的脸色突然变得苍白，她的一只手轻抚着粗糙的树干，脸几乎凑到树干上。她听到我的声音，就回过头来。

"他来找过我的，"妻突然说，"……他找到我阿妹，她工作的地方他去过的，问我的情况，阿妹没有告诉他，只说我已经结婚了。他也就走了。"

"他肯定到过厂里的。"我说。

"也许吧，"妻说，"但那时候，厂早卖给房产公司了，那里已经是一片废墟，就像这里一样。"

"这是多久的事？"

"我们结婚四五年后吧。"

"他是特意来找你的？"

"不可能的，"妻说，"肯定是路过的。他不见了我，也就走了。这方面，他做得很决绝，他知道我不喜欢他的家乡，就不再勉强了。不过，实际上——就是知道他来找我，我也不会见他的。我就是这样的人，既然分手了，就断了，我不喜欢婆婆妈妈的。"

这个我信的，妻的表现有目共睹。我们的生活够和谐的，可以说是人见人羡的一对。不过有时候我会这样想象，他果真来了，并且与妻见了面，他会不会像我一样，看见一蓬杂草几株树木的拦阻，就放弃了追索的念头。

我走向那几株古树。妻说，回去吧。我说，还早呢。古树确实很老了，有一人围大。我不晓得它叫什么名字，这方面我总是欠缺。我在那几株树旁逡巡，妻说，走吧，时间不早了。我说，还早呢。妻好像生气了，转了身就走。

到了晚上，妻与几个姐妹开始聚在一起聊天看电视，我被人拉住了去打扑克。中途，我找了个借口，一个人走到凉亭去。在一株古老的树干上，我用手机微弱的光芒，看到了几行用刀刻着的字：

　　　一九九四年，忠，丽

　　　一九九五年，忠

　　　一九九七年，忠

　　　二〇〇二年，忠

　　　二〇〇七年，忠

我不是木头人，我承认看到这几行字的时候，我的血都倒着流了。一切最明了不过了。我与妻结婚是一九九四年，第二年，我们的儿子出生了。忙着生意的妻，很少外出，但后来，一年里，她必有两次回到娘家去。一次是春节，一次是农忙。春节不用说了，我陪着；农忙，她就一个人去，她说必须去，农忙是什么啊，对农民来说，是比春节更加重要的日子啊。后来，父母年纪大了，子女生活好了，田早不种了，她还是去。看望父母，还有比这更好的借口吗？现在看来，那是她的节日啊！我的手机快要没电了，我在这里耽搁的时间太久了。我已经走出几十米远了，我又转回身，因为我又想起妻的神情。我走回去，拿出随身携带的小刀……

清明那天，我与妻到湖边的公园散步，这样清闲的日子实在不多。在湖边，在山脚，在草坪，我们尽情地玩，有那么一刻，我觉得回到了二十来岁的时候，我发现已经不太会开玩笑的妻，又恢复到少女的样子。这会儿，她似乎真的放开了。我逗了她一下，她竟然追起我来，就像电影里的小情侣一样，她喊着，我怕你么，你不要逃，不要逃，就在树下追起我来。我一时有点恍惚，似乎时间倒流，一边跑，一边竟有点难为情起来。原来，我也放不开了。我忽然觉得，与妻似乎有了某种陌生感。这个陌生感时不时地像雾一样地把我们彼此淹没，当它来的时候，我们都变得模糊起来了，我竟然不敢与她随意地亲近，有时候，我又觉得她与我并不是夫妻的关系，而是某种契约似的关系。

我们累了，坐到湖边的长凳上。我突然发觉像这样的玩乐，竟然有二十多年没有过了。二十多年啊，我们在干什么呢？就这样一天一天地过来了。忙是最大的理由，然而，别的呢？我又想起二十多年前的事。我与她竟然没有认真地谈过恋爱。我与她有好感，并没有深入地发展；她与军人好上了；她与军人分手了。这时候，我们的厂倒闭了，我们又走到了一起。我们开始相依为命，从早到晚地忙碌，几乎没有一歇的空闲，就这样忙碌、拼搏，拼搏、忙碌，一直到现在……

我竟然寻不出我们可以回忆的"老地方"。大忠有凉亭，还有她送给他的那一双鞋子，而我呢，有什么呢？结婚前，我确实没有送过一朵玫瑰花给她啊。

"二十多年前，你送了一样什么给他啊！"我问，在这么高兴的时候。

"是一双皮鞋吧。之前家里急着用钱，向他借过一笔钱，到爸爸不同意了，就还给他了。后来他要走了，我就买了一双鞋子给他，也算还了他的情。"

"还了？"

"还了！"

"真的还了？"

"你这个人怎么了，脑白金吃多了？！"

妻这样一说，我就不响了。

日　记

我突然记起两件事。

一件是妈妈带我去一家商店。妈妈似乎与店主认识，买好东西后，店主坚持不肯收钱，妈妈执意要付，后来店主终于收下，那极可能是象征性地收了一点，因为我看到妈妈的脸上露出了"这怎么好呢"的神情。肯定是我在的缘故，妈妈才没有把更多的话说出来。经过了这么多年，在我步入中年，记忆力严重衰退的时候，那天的细节中还如此清晰地跳出来的应该是妈妈的脸。那天妈妈的脸突然生发出一种特别的光泽，这样的光泽我以前从来没有在妈妈的脸上看到过，那是一种类似于天外来的音籁，我无法用正确的文字来表达。我似乎记得妈妈的脸上飞扬起两朵粉色的蝴蝶，使我敏感的心洋溢起一种温情，并伴随我很久很久。我奇怪极了，因为妈妈从来没有在爸爸面前展露过这么美的一面。告辞的时候，店主拿出一盒包装精美的水彩笔，那是我向往已久的。我用眼睛死死地盯着店主，看他怎样用毛巾细细地擦了一遍，又把它装进一只漂亮的包装袋里，递到我面前。然而，妈妈坚决地拒绝着，可是我已经毫不犹豫地把它攥紧在手里。这可是36色的西瓜太郎啊，那红色的图案，多么惹人喜爱！妈妈露出了无可奈何的神情。"快谢谢叔叔！"我很脆地叫了一声。

如果没有记错的话，那一年我大约八岁，好像刚好上学。学校里正需要这么一盒水彩笔，但妈妈买给我的只是一盒杂牌的24色。

另一件也是关于这个店主的。是我带爸爸去那儿买一些文具，选好后，店主又把它们装进一只漂亮的包装袋里，说真的，这只包装袋，要是在别的文具店里都需要好几块呢。他递给我，满脸的微笑。爸爸说，便宜点。店主说，好。爸爸又说，再便宜点。店主说，就整数吧。可是，可是，爸爸又说了句，再便宜点。

这时候，不要说店主，我也早变了脸色。我都已经拉爸爸的衣襟三次了，然而，爸爸依然说，便宜点。

我发现店主的脸色陡然变了，变得那么凶狠，凶狠中带着一点厌恶，但他马上意识到什么似的温和下来，他朝我微微一笑，"这是你爸？"我点了点头，好像受了莫大的委屈似的。爸爸终于有了反应，"你认识？"

我用力点了下头，飞快地跑了出去。

不用说，我一直对爸爸没有好感。这包括许多，比如对妈妈的态度，就是对我，也记不起他究竟做过什么让我心生温暖的事。

让我突然记起这两件事来的是妈妈的一本日记。妈妈老了，似乎有老年痴呆症的前兆。近来，她更多的是坐在阳台上，眯着眼，望着远处，陪夕阳慢慢隐入青山。我的家在临江的一幢高楼上，前面没有什么阻挡。妈妈一直很喜欢水，她的许多作品，都有对水的深刻描绘。现在，她似乎对这条优美的江失去了兴趣，她的头很少低下来望一望这条曾经给过她无数灵感的江。也许水并不能留下什么，它去了就去了，现在的水已经不是以前的水了，就像汨罗江里的水，已经不是屈原的水一样。在步入老年的时候，妈妈就写过这么一篇文章。而实际上，妈妈后来的文章已经失去了应有的水准，有些在逻辑上也站不住脚了。我觉得妈妈的才气已然消失，果不其然，妈妈不久便停止了追求一辈子的写作。但要说妈妈突然对山有了兴趣，也是牵强的话。因为妈妈本来就深爱着大山，她就是从大山深处走出来的，然后才见到了水，才有了事业，有了爱情，如果那也叫爱情——但总之有了我。现在她那么爱着大山，也许可以这么说，除了大山外，她又能去看什么呢？

当然，她有时候也会看一点书，双手捧着，微仰着头，慢慢地看。精力不济了，她抱怨着，小说已吃不落看了，只有看看哲理性的小品文了。但饶是如此，她也坚持不了多久，就放下书，揉揉太阳穴，用手帕擦擦眼。那几天，我看到她在看一本黑皮本，看的时间很长，很专注，好几次我看到她会心地笑了。所以一整天如果没有什么事，我尽量不去打扰她。只是后来起风了，我去关窗门，才知她弯着头睡着了。她的嘴巴微微张开，已然凹陷的两颊比原来丰满了一些，神情很安详，仿佛正在做一个温馨的梦。她的手边摊开着那本黑皮本。

出于好奇，我没有唤醒她，而是捡起黑皮本，我读起正翻开着的文字，看了几行，我的心辄然跳了一下，有一种似乎要发生什么似的感觉。这时，妈妈醒了。我赶紧合上本子，搀扶她进了屋。

帽子不见了

　　那是一本日记，日记是私密的东西，因而没有母亲的同意，我也不好随便翻看。生活上母亲不是一个严谨的人，但她对日记似乎颇为认真。记忆中，当母亲翻开日记本的时候，总是挥手让我出去，好像她要做一件神秘的事一样。而她创作的时候，我却可以随意地在书房里看书写字。

　　印象中，母亲的日记都记在相同的黑皮本上。这样的本子现在已经绝迹，但母亲的抽屉里从没有断绝过。有一次，我打扫卫生，见一本没有记过的黑皮本放在桌子的中央，本子的封面上，贴着一方白纸，上面写着这样几行字：呀，这么快，十一点了/好在还有明天/好在我们还年轻。我问母亲是什么意思，母亲的脸忽地变了一变，那是极其迅捷的变化，只有做女儿的我才能感觉到，那似乎类似于少女的隐秘被人发现，又似乎孩子的自以为是的谎话被人看破。这让我很为诧异，尤其是随后母亲那含糊其词的应付。现在，我又看到了黑皮本——母亲的日记本，无疑这是一本很早的日记，奇怪的是，它的封面上，也写着这样的诗句——如果，这也叫诗的话。但让我真正感到惊讶的是那一页日记。虽然只是匆匆地一瞥，但其中的几句句子，已使我平静的心湖波涛汹涌。

　　怀疑自己的身世是由来已久的事。从我懂事时起，父母就经常吵架，记忆犹新的是某个雷雨交加的晚上，父母的争吵升级，终至动起手来，他们从客厅扭打到卧室，又从卧室扭打到客厅。我躲在阳台一角，用窗帘紧紧裹着身子，一遍遍地叫着："你们不要打了好不好，你们不要打了好不好。"两人全然不顾我的哭喊，一边扭打，一边相互谩骂。我从父亲的嘴里听到了可怕的"杂种""婊子"，从母亲的嘴里，听到了"无耻""小人"。外面的电闪雷鸣已使我胆战心惊，屋里的歇斯底里，给我留下的是永久的伤害。我忘了自己当年多大了，对他们的吵架也懵懵懂懂，但我已然觉到，他们的争吵似乎与我有关。往常，母亲对于父亲的黑脸、怒骂，总是以轻蔑的沉默来对待。因而他们的争吵总像暴雨前的乌云，越来越黑，越来越沉，结果总是少有动静，这样的冷战阴影却比战争还要让人窒息。我幼小的心灵时时刻刻担心着什么灾难会突然降临。果然，这次大吵后，母亲就把我带到了外婆家就离家出走了。可以说我是在外婆家真正成长的，在外婆家，我并没有得到人间应有的温情。妈妈好像经常打电话来，并且总能及时寄给我所需的学习用品。我很奇怪，远隔千里之外的母亲，如何会那么了解我们学校里的情况，而近在咫尺的父亲却从来不来看望我。就在我上学的第五年，爸爸妈妈却复婚了。当然，这些情况是我后来知道的，因为外婆跟我说的是，爸爸妈妈到很远的地方打工去了。这时候，妈妈已成为一个小有名气的作家，并且在本地有了一份体面的工作，而爸爸依然无所事事。我百思不得其解的是，在妈妈有了很好的社会地位后，为什么还要与爸爸复婚？难道果真是为了我，让我有一个健全的家？像妈妈这样的知识女性，这样的思想又是怎样产生的？

　　我不晓得后来我还去没去过那家店，但在我的印象中，那是一个温暖亲切的地方。也许后来我曾去过，并且得到了很好的款待，但后来不再去了，似乎爸爸妈妈都不喜欢我去。再后来，我上初中、高中，就远离了那里，直到现在，我再也没有去过那个小区。尽管同在一个城市，开车也不过二十来分钟的路程。

但那地方永远在我心里留下了一丝温馨，那应该是因为母亲留在那里的那少有的笑容吧。

我突然想起一个龌龊的念头，偷窥母亲的日记。当然这是一件不容易的事，母亲总是把那一大堆日记锁在保险箱里，密码只有她一个人知道。我曾经转弯抹角地建议她像许多作家一样，整理一下自己的日记出版发行。她总是缓缓一笑，说，也许等我死后吧。

我又举出鲁迅、郁达夫的事例。她说，真正的日记，又岂能在当事人还在的时候面世呢？

真正的日记，这句话让我的心震了一下。照这么说，已经发表的日记都不是真正的日记。

世上没有真正的日记，她说，大部分人在记的时候，就在提防有朝一日被人偷窥了怎么办这个问题。

"那么你的呢？"

"也一样，"她说，"只不过真实情况不同罢了。"

"是否也可以这样说，看问题的角度不同罢了。"

"也可这样说。"

从此以后，母亲便把早时的日记给我看。我发现她早期的日记几乎可以说是散文的合集，字体工整，句子优美，有些分明是写好后才抄上去的。后来她又给我看了一本中年时期的，我看了，几不忍睹，字体潦草，短，枯燥，还有错别字，所记无非是一些琐事而已。也许这才是母亲说的真正的日记。然而，母亲没有给我看另一部分日记。

　　就在母亲弥留之际，她讲出了保险箱的密码，我终于读到了一个动人的爱情故事。当然，与我所料相同，男主角并不是我的爸爸，而是一个叫W的人。而这个人我一下子就猜到是那个店主。我不晓得为什么妈妈从一开始就没有把他的真名写上，也许妈妈早有预感，这是一段注定没有结局的情缘。那么是否可以说，妈妈的这部分日记，也不是完全的心灵记载。我在被这个故事激动的时候，产生了要让大家都知道的想法，但最后我否决了这个想法。因为里面牵涉着太多的人和事，而一个人的真正内心独白，又怎么能轻易示人呢？然而，母亲说，我什么也不管了。

　　我不能够理解这话的确切含义，"什么都不管了"，是什么意思呢？也许母亲把钥匙交到我手里的那一刻，就把责任推到了我身上。也就是说，怎么处理，由我决定。不过在读日记的时候，还是有深深的遗憾，因为母亲的日记已经少了好几本，这让我深感痛惜。我曾经努力想从中看到母亲与店主人的进一步交往，然而，总让我失望。在日记中，母亲把他写成一个在困难时，就会像超人一样出现，然后就默默退却的人。而他们的爱情的阻力，也写得模棱两可。那时，母亲是打工妹，他是一家书店的小老板。他们相识于"五四青年节"的登山活动。那天，母亲爬到一块高高的石壁上，朗诵了一首诗。那石壁很陡，顶上只有两个巴掌大的平地，母亲站在上面，风摆柳叶似的，而他就站在石壁下面，一脸紧张地仰看着这个刚认识不久的黄毛丫头。这之后，他们便开始交往，他们总是在周末，一起登山，然后当场写出一首首诗歌。母亲总是喜欢爬到高高的石壁上，对着远山大声朗诵。日记中母亲把他说成是正人君子，榆木脑袋。而实际上他们真正交往的时间并不长，后来母亲便到离城很远的镇上去打工了，他们总是通过书信互诉衷肠。可以想象，一个远离故土，在外漂泊的小女子，是多么看重这种友谊啊！而其中萌动的少女情怀，自然使母亲有倾诉的欲望，不言而喻，母亲的写作生涯正是从那时候开始的。而在他们互相倾诉爱慕之情的时候，他们甚至都没有拉过一次手。后来，在他们应该如胶似漆的时候，日记中断了。我在认真研读了前后的日记后，发现他们的关系是突然冷却的，仿佛是母亲在熊熊燃烧的大火上浇了一盆冷水，之后便不再有任何来往。在隔了许久，母亲结婚后，他们才又重新有了往来。至于个中原因，我有许多猜想，但都得不到母亲的认可，或者说，母亲自始至终，对这个话题充满了抵触。母亲我是了解的，如果有重新唤起她情感的往事，她是不会这么无动于衷的，那么到底是什么呢？也许只要找到那失却的日记。但母亲说，那些本子早在搬家时弄丢了，我自然不相信这个说法。我想，也许母亲把它藏在一个更隐秘的地方。母亲很快发现了我的这个疑问，她说，永远没有了，它或许早变成灰烬了。

当我再一次梳理母亲日记的时候，发现了一段空白期。不错，是空白期，是母亲停止了日记。它不是曾经写好了然后像母亲说的那样"弄丢了"或者"变成灰烬"了，而是母亲有意识地中止了一直坚持着的日记。算起来，那段时间正是母亲仕途得意、佳作频仍的时期，也正是在那个时候，母亲与爸爸复婚了。

关于母亲年轻时的一些绯闻，在这个城市，远比她的小说更为人津津乐道。但我自始至终没有相信过。倒并不是要为母亲忌讳什么，而是因为人们猜测的主角都是当年这个城市的大人物。那个时候，母亲已是这个小城的文化名人，她所接触的不是高官，就是富翁。而母亲特有的身世也确实有让人捕风捉影的理由。人们是喜欢想当然的，母亲从一个名不见经传的人，一下子成为城市的风流人物，其间肯定有什么见不得人的勾当。他们不晓得母亲的成功是付出了多么大的努力，或者说是身心的代价。如果说母亲不与父亲结婚，就不会有离婚的痛苦，不离婚，就不会有那么许多关于女性生存问题的佳作。母亲成功了，几乎是一夜之间的事。她的小说得奖了，拍成了电视剧，她被故乡请回来。我觉得母亲后半生的风光完全是顺理成章的事，可人们乐道的永远是事实以外的假象。也许正是为了掩住人们的口水，母亲才与父亲复婚的。

其实，我对母亲的绯闻从来没有产生过不好的感觉。我甚至觉得像母亲这样的人，是不应该与父亲生活在一起的。只不过我给母亲臆想中的情人，应该是一个风流倜傥的文人，而不是人们传说中的那些官僚。

我赶到那店里的时候，门才开，接待我的是一个比我小十多岁的男子。不晓得为什么，我一眼看到他，就让我记起店主。我简要地讲明了来意，也许我并没有怎样讲，但他早知道了是怎么回事似的。他跟店员吩咐了一下，就带我到了家里。店主的头发已然花白，但身体看上去还硬朗。奇怪的是，他一眼就认出了我，并叫出了我的小名。不过我们并没有过多的寒暄，立即赶到了医院。

母亲似乎刚好醒来，而且神志也现出少有的清晰。当店主弯腰去握她手的时候，她只平静地说了一句："你来了！"好像他们非常熟悉，又时时在一起一样。而店主却激动多了，他连一句话也说不清，只是不停地流泪。"你呀，你呀……"他就说着这么一句话。

这时候，我发现母亲的脸上又呈现出那种光泽，不过现在我可以形容它了，那是少女般的光泽。母亲在生命的最后一刻，回复到她最美的时刻。她似乎要挣扎着起来，可又不能，就那么坚持了一会，又躺下去，闭上了眼，露出了安详的微笑。其间，老者就那么弯着腰，握着她的手，仿佛僵硬了一样。"这么快，我们老了/我们还有明天吗/我们还有明天啊……"当医生来宣布母亲去世的时候，他整个人扑到母亲的身上，喃喃着……

总有一天，我要把母亲的故事写下来。

寻　访

一

　　吴一凡的父亲临终前留下遗嘱，嘱托他一定要找到高祖父的老家，给高祖父的衣冠冢培培土，烧炷香。

　　吴一凡来到南江市，走了许多部门，到档案馆才停下脚步。他查找了许多发黄的资料，没有一点线索，只好留下联系地址和电话。出门时工作人员说，吴姓在南江也不多，不如去找找。

　　吴一凡租了辆车，一个乡镇一个乡镇，一个村庄一个村庄地跑。正是深冬季节，公路两旁的田野上呈现出一片荒凉的景象，不过对吴一凡来说，却是不错的风景。他暗忖，这就是我的根脉所在地？这样一想，心里就涌起一股暖意。如果真的找到了自己的族人，该是怎样的情景，他们的生活状况如何，彼此面目里有共同的因子吗？不确定的东西实在太多，他竟然生出"近乡情更怯"的情绪。下午五点光景，车子在离三吴村不远的地方抛锚了，他是真的累了，行程就此结束。这天他一共跑了三个乡镇，七八个村庄。晚上，他接到父亲病危的电话，第二天一早即赶回天津。

　　吴一凡是中学历史老师，会写会聊，但缺少了应变能力。也是事急，来南江前他只查了下地图就起程了。到南江后才茫然起来，想不到一个小县城也如此繁华。他打的到市政府，登记的时候还不晓得该找哪个部门。他去了市政协、市文化局、市文联、市史志办……客气的泡杯茶，不客气的直接推诿，渐渐地他感觉到，他不过是一介布衣，问讯的也不是大事，关键是人家问吴天培什么级别的时候，他都说得含糊不清。其实也怪父亲，他曾多次问过自己祖先的情况，父亲都说到爷爷辈就不说了，一直到临终前才向他透露他们的祖先来自南江，一个偏僻但风景特好的地方。实际上父亲并没有去过南江，他的生活圈子很小，一辈子没有出过省界。"一个偏僻但风景特好的地方"应该是爷爷或者说爷爷的爷爷留下来的话吧。处理完父亲的后事，吴一凡开始收集资料，凡与"甲午战争"有关的史料或买或复印。这让他原先清汤寡味的书房有了一点历史厚重感。有一本70年代出的书，原价两元五角，他三十元淘了来。

　　高祖父的事迹一点点明朗起来，他的底气越来越足。他觉得应该把高祖父的事写出来，但仅仅靠这些显然是不够的。

二

　　三吴镇原宣传干事吴应退休后住到城里。儿子做生意发了财，给二老在鹤山脚下买了套房。早晚去山上走一圈，再到江边透透风，生活得不亦乐乎。这天他接到三吴村村支书的电话，请他去主持吴氏族谱的修订，他觉得义不容辞。他是三吴村人，参军回来后就到镇政府上班，一待就是几十年，他倒是在许多部门待过，就是升不上去。当然也可以用他自己的话解释，"弄不来那一套"。他平时喜欢写点小文章，很是结识了一些城里的写作朋友，什么电视台编导、报社记者、民间故事协会会员，都与他称兄道弟。他没多少权力，但资格老，又在自己的老家任职，不知不觉间，俨然成为地方上一个文化泰斗般的人物。上下都尊重着呢！

他组建起一副班子，挂出一块牌子，名唤"吴氏族谱委员会"，他是当然的主任。委员会由村委领导、企业家、几个在外做官的本村人组成，实际上真正干活的就他一个人。他有点雄心壮志，希望能够在族谱里发现几个历史人物，好好渲染一下，打造成金名片，为村里的新农村建设争取点资金，也不枉村里对他的信任。他认真翻阅旧谱，才知道自己的先祖一直要算到战国大将吴起身上，这有点遥远，他毕竟搞宣传出身，胆儿再大也不敢造次。接着，他看到始祖吴奎的图像，一个将军，威严，手按在剑上，似乎力有千钧。关键是文字记录得明明白白，宋朝枢密使，他为包拯撰写的墓志铭还好好地保存在河南包拯纪念馆里。始祖是北方人，还是南宋小王朝的中兴之臣。这是一张多好的金名片！他就弄了一个"吴氏史料座谈会"，邀请了一些写作朋友，言定价格，让他们每人写一篇文章，然后集成一本书，书名就叫《吴将军传说》。事先他约了村里八十岁以上的老人，一对一交流。他说，只要有一点影子就编，离谱点没问题，好看就成，可是聊了半天，那些所谓的文化名流都抓耳挠腮的。吴主任很失望。忽然其中一个指着谱中一页说，这个人倒可以挖一挖。吴主任一看，原来说的是吴天培。他早就注意过这个条目，也动过脑子，但谱中写得实在太过简单，只说这个叫吴天培的，从军到天津，后殉国。他曾问过村里年纪最大的一个老头，说晓不晓得一个叫吴天培的，说没听过。他又问有没有一个打过仗的人。老头拍了拍脑袋说，这个有的，我听爷爷说，村里有个在天津当兵的曾经来村里省亲，还背了一支长枪，枪法蛮准的，停在树梢上的麻雀也能一枪打下来。他爷爷问，你们打仗都用枪？他说，不用不用，我们喜欢用大刀。枪不方便，打一枪换一颗子弹，不如大刀来得方便，唰唰唰。吴主任兴奋起来，可再问的时候，老头说就这些了。后来老头又想起什么来了，说那个兵那次是来养伤的，后来听说要打仗，伤未养好就走了。家里人劝他，他说，天下兴亡，匹夫有责。吴主任苦笑了笑，从此便放弃了这个条目的研究。现在，当他的眼光再次定格在"吴天培"身上的时候，似乎被这三个字勾住了。晚上回家，他翻出那本已积了灰尘的《南江县志》，终于有了一个大发现，接着又上网查了一些资料，一个朦胧的人物出现了。

三

吴天培十六岁那年找了份撑船的生活，10吨重的盐船，连他在内一共四个船工，往返于南江与杭州之间。撑了一两年，太平军打下了杭州，水路也不安全。一天，船停在一个埠头，过来一队长毛，吆喝着他们把盐拉到附近的兵营。船老大又是打揖又是赔笑脸，被一个兵一脚踢到水里，其余的便乖了。天培不服气，攥紧拳头，被另一个兵一枪托捅到腰上，哎哟一声蹲到地上。

他们把盐搬到岸上，那些兵一把火烧了船，断了他们的后路。他们把盐运到兵营，一个军官看他们年轻，发给他们每人一套军服，一杆枪，他们算是太平军一员了。

天培的家庭有习武的传统，他六七岁就随爷爷练基本功，后来爷爷生病死了，就跟爹学，爹有一身功夫，却不认真教他，爹觉得应该让他早点去闯荡江湖，学点赚钱的本领。让他去撑船，就是让他偷偷学会生意之道。这两年他在船上风里来雨里去，用力撑杆，臂力已非同小可。现在被强掳当了兵，很不服气，时时在寻找逃跑的时机。

清军进攻杭州的时候，吴天培假死。晚上，他连夜往家赶，不料被太平军发现，慌乱中躲进路边的一口池塘，太平军对逃兵是格杀勿论的。那些兵见刚刚还在前面逃的兵不见了，就往池塘里射了一阵排枪，又用刀往杂草丛生的池边捌了一阵就走了。天培的头被枪尖捌去一块皮，他忍住了痛，等太平军走后，湿漉漉地上岸，决定不回家，直接去投清军。

在太平军的时候，他不出力，投了清军后像变了个人，冲锋陷阵，奋勇杀敌，没几年就升了职，清军攻陷天京的时候，他已经是游击了。

四

明年是抗日战争胜利七十周年，本地报纸向全县的写作者约这方面的稿。吴主任就把县志上看来的吴天培抗倭的事简约写了一下。题目有点吸引人：《南江抗日第一人》。文章发表后，颇引起关注，有记者上门来，说要好好挖掘挖掘。记者是真有本事，一绕两绕倒真绕出一些事来。吴主任想起小时候每年清明，必定要走很陡的山路去上一个很大的坟。这个坟显然有点来历不明，他问过爷爷，爷爷说是一个死在外面的祖先，又说里面葬着的是他身上的一样东西，具体就不得而知了。后来爷爷死了，父亲继续带他去上坟。六十年代后期，墓前的一些石板被撬去造水库，上坟的事就停了下来。父亲死后，他也就忘了这件事。吴主任的祖宗三代都是农民，到吴主任这里算是有点光宗耀祖的意思。现在被记者抽丝剥茧地盘问，一个念头忽地闪现在脑中，难不成这个墓与吴天培有关？记者说，肯定有关的，你不是想为你们村弄张金名片么，这是一个多好的机会！吴主任说，我的那个文章写的是史实，是抛砖引玉的意思，这个墓还需要考证的，不能来真的。记者说，人家西门庆的故居都出来了，现在树个"抗日英雄"正是时候。吴主任表面说好，心里却暗忖，就算真是吴天培的墓，也没什么意思，像他这种级别的人是上不来场面的。所以他还是把精力放在吴枢密使身上。

五

1884年，吴天培随提督聂士成率军入朝，渡过黄海，到达朝鲜牙山。此时朝鲜国内政局混乱，东学党结社起事，朝鲜国王向清廷求援。清廷是朝鲜的宗主国，对朝鲜的安全有不可推卸的保护责任。日本自从明治维新后，国势渐强，对朝鲜早垂涎三尺。但清廷是瘦死的骆驼比马大，日本还是有所忌惮。日相伊藤博文曾说过，欲取中国必先取东北，欲取东北必先取朝鲜。中日迟早必有一战这一有目共睹的事实泱泱大国竟然很少有人看清，不过对日本要吞并朝鲜的野心倒达成了共识。此时，清廷没有了帝国的威势，架子还在，又通过洋务运动，渐有中兴迹象。所以接到朝鲜国王的救援信，即决定出兵。

游击吴天培是一员骁将，但这种战略上的态势还不是他这种级别的人能看清的。接到命令后，即告辞家人，登上运兵船。

那时的运兵船已经非常先进，他立在船舷旁，望着茫茫大海，心情非常不错，毕竟他们要去镇压的是一群乌合之众。上半年，日本公使策划的政变，还不是袁大人一出手就解决了。他还想到了家里的妻儿，儿子才八岁，应该让他到新学堂读书了。他也想到了老家，那个偏僻的山村，在富春江边，风景秀丽。离家几十年了，很少回去，如果这次出征能顺利归国，应该告假回去好好住上一阵。对，带儿子一起去。

牙山是一座不高的山，根本无险可守，提督聂士成征询他的意见，他也觉得不利扎营，便移师成欢驿。成欢驿位于朝鲜忠清道平泽县东南，是汉城通往天安、全州的南北咽喉要地，丘陵环绕，安城川河两岸沼泽密布，地势复杂，易守难攻。但他们不晓得，日军已偷偷派兵埋伏在此。

战争在五更前打响了。

六

吴一凡淘到了一本叫《姚村陆军小学堂传略》，才知道这学校的厉害，它是保安武备学堂的前身，后来赫赫有名的黄埔军校的许多教官就是保定武备学堂的毕业生。这本书的前面部分全是近代史上有名的人物，包括蒋中正、朱德等。他怀着紧张的心情一页页地翻看，终于在最后一页看到了吴孔嘉三个字。于是，他又淘来了《保定武备学堂传略》，果然在最后几页里又发现了这个名字，不过与别的名字后边有籍贯地址不同，吴孔嘉的后面是空白。这让他百思不得其解，高祖父出生于江南南江，曾祖父吴孔嘉在高祖父随军驻扎的天津出生，也许他出生后，没有入籍，但还是能够标明自己的来龙去脉的。不过让吴一凡高兴的是，在表格的最后一栏大部分名单空白的地方，写着"留法预习班"几个字。终于与传说对上号了。

与高祖父不同，曾祖父在他们家既是传说，也是梦魇。从他记事起，这就是一个小心翼翼的话题。多么奇怪，曾祖父的遗物家里一样也没有，而远隔一百多年的高祖父倒留下了许多痕迹。一只信封，黄色的纸糊成，中间贴一长条红纸，上面写着"吴雨昆胞兄大人亲启"，收信地址是天津芦台副中营。当然写的是繁体字。另外还有清政府抚恤的凭据和据说是高祖父用过的毛笔。这些都是父亲临终前交给他的。至于副中营是什么职务，他想当然地以为是营长，后来他查了资料，果然级别不高。这让他有点失望，但他马上从另一堆资料上发现高祖父殉国后，清廷追封他为副将。这就不同了，就是说，他的高祖父是一个将军，抗日将军的称呼是真实的。而且他相信高祖父有过英勇的行为，否则清政府不会追封他为将军。

七

突然遭到进攻，清军一时乱了阵脚。日军有备而来，装备精良，训练有素。吴天培占住一个山头，命令士兵齐射，才压住了阵脚。日军动用大炮，呼啸而来的炮弹几乎把山头削平。吴天培率清军后撤至第二道防线，一座林木密布的一个小山坡，他让每个士兵都站在树的后面，端枪，等待蜂拥而来的日军进入射击范围。他打出了第一枪，密集的子弹呼啸着撂倒了许多敌人。日军赶紧卧倒或寻找掩体，随即更密集的子弹尖叫着飞了过来。清军没有一个慌乱，但也没有一个见机行事，移动位置寻找更保险的掩体。他们坚守着原来的岗位，一板一眼地朝前射击。不断有士兵倒下，伤者凄惨的喊叫声在四周响起。眼看日军还在不断增多，吴天培命令身边的马弁去炸掉日军后面的河桥，那应该是日军增援的唯一通道。战争的胜负有时候往往取决于一两个细节，而实际上，这座桥的重要性是如此的显而易见，但清军并不知道日军早已进驻成欢，而日军根本不把清军放在眼里。马弁绕过一个山谷，正好看到一队日军小跑过桥头。在第二队日军还没有过桥的时候，他背着炸药包匍匐着爬到离桥三分之一的地方，把炸药包安放好，然后端枪埋伏在桥头。不多一会儿，一大队日军从对岸小跑过来，待他们跑到桥中间，马弁点燃了引线，刺刺声格外地响亮。马弁的心紧张又激动，他不晓得，他的这个勇敢行为，后来惊动了日军的最高层，整个成欢战役日军真正战死的并不多，而这时轰的一声——桥断了，十多个日军当场被炸死，二十多个跌到桥下被湍急的河水冲走了。战役最终还是以清军败退平壤结束，因为日军得不到更大的增援，清军才没有全军覆没。

还是在大战来临的那天晚上，吴天培被聂士成叫到大帐，说是大帐也不过是一间稍微大一点的农房而已。

"听说你的始祖是吴奎。"

"是。"在大帅面前，吴天培有点紧张。

"你对战局有什么想法？"

"我听大帅的。"

聂士成皱了皱眉。

"已有儿子了？"

"嗯。"

"老家哪儿的？"

"很远的南江，富春江的江边。"

"唔，不错，真想去看看啊！"

"大帅要去，我陪你去。我也很久没回去了。"

聂士成苦笑了笑，端起茶杯喝了一口。吴天培退了出来。

回到营地，吴天培还在琢磨大帅的话，一会儿问到始祖，一会儿问到家庭，一会儿又问到老家，什么事儿呢？与战局无关啊！

八

聂士成殉难纪念碑吴一凡曾经来看过，来过一次便不再来了，比起丁汝昌，聂士成在甲午战争中的名气并不大。实际上，许多国人认识的甲午战争也就是甲午海战，很少有人知道甲午战争真正始于陆战，而海战不过是日军为了阻止清军向朝鲜增兵而爆发的。至于后来聂士成在八里台抗击八国联军身先士卒，英勇殉国的事迹，老实说知道的人更少。吴一凡是土生土长的天津人，又是历史老师，多少晓得这段历史的真相。当然，有这样的理解，还是得益于他的父亲。父亲是一个普通工人，一直沉默寡言，也不见他看过什么书，但在他大学毕业即将走上讲台的时候，却对他谈起历史来，别的也没有什么新意，讲到近代史，却说出一段闻所未闻的话。大意是，一个国家强与不强，或者说要成为一个世界强国，海军是最最重要的。以前在国内打来打去，靠两条腿跑还勉强，但一涉及有海洋阻隔的地方，就得用上海军。北洋水师覆灭后，日本取朝鲜就如探囊取物。因为陆军再强，也运不过去一兵一卒，唯有望洋兴叹。

吴一凡对父亲没有好印象，父亲一生唯唯诺诺小心翼翼的，所以吴一凡对他的话也爱理不理，但这段话的意思却埋在心里了，以至于在他教近代史的时候，时时要偏离教材生发出去一下。

清廷对立军功者有立祠的传统，但级别要够高，聂士成是一方大员，又为国捐躯，够上号了，就要立祠纪念。吴一凡再一次来，是因为自己的高祖父与他有过交集。他想如果成欢战役中高祖父活了下来，假以时日，也会升到聂将军的位置。吴一凡当然不知道一百多年前在朝鲜成欢的那次谈话，简单的几句回答决定了高祖父的命运。当然命运是不可测的，也许逃过成欢战役一劫，在其后的平壤战役中也可能战死，但至少高祖父还可以活上一段时间。

"你对这次战局有什么想法？"

"我听大帅的。"

这句话放在平时是最正确的，军规森严，上司也不想下属有太多主见。实际上，这时候的清廷都是一些唯唯诺诺的官员。但在非常时期，该有非常之举。既然大帅单独召见你，就应该把自己的想法表达出来。而他其实是有想法的，不这样大帅也不会单独召见他了。

九

所以当第一颗子弹击中吴天培胸脯的时候，他反而涌起了从未有过的豪情。他相信，源源不断赶来的清军终将打败日军，当鲜血越涌越多的时候，这个信念就越坚定。当第二颗子弹击中他左腿的时候，他才感到了疼痛。当第三颗子弹洞穿他胸脯的时候，他才发现自己训练部下是有问题的。这时候的清军，虽然武器没有日军精良，但毕竟不是鸦片战争时的冷兵器与热兵器的较量，如果训练得当，再加以谋略，用奇兵之法完全是有胜算的，而且此时朝鲜的民心还是向着清军的。最重要的是，如果他把自己的所思所想告诉聂将军，也许这个战役根本就不会发生，当然他更想不到的是他寄予厚望的北洋水师就要全军覆没了。但这时候他的意识开始模糊，他跌到地上，感到了疲惫，同时又觉得踏实。有一个愿望，非常强烈地从胸脯的血洞里升起：回到家乡去，那个偏僻但风景特好的地方去，那儿天高皇帝远，纯朴、安宁。那里的一切是如此熟悉，一条江，婉约清澈，几只小船游弋于平静的水面。在灵魂飞升的时候，他就这样认准了方向，一路前行，漂洋过海，翻越重重关山，到达老家，并在老家的空中、山林间游荡。

十

吴主任接到吴一凡的电话，惊呆了，实际上，他一听到吴一凡的电话就知道是谁了，但脑子还是转不过来，在电话里沟通了两三分钟后，才心口合一起来。

将军，你说的是将军？

吴一凡说，是的，是镇国将军。

吴主任的口气更响了。

有证据吗？

得到确切的回答后，吴主任当即邀请吴一凡来南江。当年七月的一天，吴一凡再一次来到南江。那会儿吴一凡已退休两年，看上去才五十多岁的样子，面皮白净，举手投足间尽显儒雅。他一到车站，就被吴主任接到家里，接着村里的领导在一个农家乐里宴请了他。吴一凡看过相关布置后，连夜决定把所有的资料制作成幻灯片。吴主任留下来帮他。

真的谢谢你，吴主任。

叫老吴。

老吴，你晓得我为什么要如此执着这个事儿吗？

这是应该的，每个人都有了解自己从何而来的责任，何况你的祖先又是不一般的人物。

吴一凡说，我们共同的祖先。

吴主任说，是的，是的。

吴一凡说，其实也是极普通的人，游击，也就相当于现在的营级吧。

不对，是将军。

吴一凡说，对，是将军。

吴主任说，又是壮烈殉国，而且在国外。

吴一凡说，这是一方面，另一方面，我在收集资料时，也想弄明白，我们的海军这么强大，却败得如此彻底，有没有除了书上解释的之外别的原因？另外，我们其实是一个有担当的大国，当藩国或者说邻国有矛盾的时候，我们是会去解决问题的。当然，第一方面才是最重要的，我想让我的后辈知道，你是从哪儿来的。太远的我们不去说它，但祖宗三代还是得了解的，不是说有基因么，那么我也要看看，我的血液里流的到底是什么血。

吴主任说，我一看到你就有亲切感，我们的血是一样的，归根结蒂，我们还是老实本分，安于现状的人。

吴一凡说，是的。

呈主任说，不过我们的祖先倒是比我们有血性。

吴一凡笑了，什么叫血性呢？譬如我在收集资料的过程中我享受到了乐趣，并且还想成为甲午战争的专家，你说，我这么大一把年纪了，算不算有血性？

算的，吴主任说，就像我吧，一辈子搞宣传，弄出过什么实质的东西来？现在，我打算拼着老命要把"抗日纪念馆"建起来，也算有血性吧。

两人相视大笑。

　　第二天一早，他们一起去看了吴天培的衣冠冢。很大的一个土堆，不久前刚培过土，四周也整洁。一切祭祀用具吴主任都备齐了，吴一凡做的不过是上香，叩拜，礼节性地在坟头上培土。

十一

　　马弇赶到战场的时候，就像戏文散场，一片狼藉。他不晓得上司是死是活，按照上司以往的作战方式，他预感这次凶多吉少。今天面对的不是国内那些乌合之众，而是装备精良的虎狼之师。他炸桥时已经看出这是一支很难对付的军队。当桥炸断时，确实引起了一阵慌乱，不过几分钟，队伍就镇定下来，他看见一个军官模样的人命令部队向后退去，一边命令一些士兵向对岸射来密集的弹雨。在他向敌人射出一粒子弹的时候，那些兵立即卧倒在桥面，接着，一阵尖锐的呼啸声传来，炮弹在他身边飞起漫天的泥土。

　　吴天培喜欢冲锋陷阵，清军的训练也是如此，面对敌人只晓得冲锋。有了火器后，也没有改变战法，人站得直直的，一边走一边向前方射击，不晓得根据战场情况寻掩体或蹲下或卧倒。马弇很快就找到了吴天培的遗体，因为军官的衣服，特别是那顶花翎子格外地显目。上司的身上中了许多子弹，但脸上完好无损。他选了个朝海的山坡，用刀挖了个坑，把上司的遗体抱下去，准备往里填土时，突然想起什么，跳下坑，割下了上司的一绺头发，塞进胸口。

　　后来马弇又参加了惨烈的平壤战役，跟随聂将军转战东西，上司的辫子一直藏在怀中。

十二

吴一凡回天津前，又一次与吴主任去看吴天培的衣冠冢，在坟前，吴主任突然一拍大腿，说，我记起来了，这应该叫辫子墓。他记起他的爷爷曾与他说起过的一个故事：一个侠客，带来了将军的辫子，策马奔腾而来……

吴天培战死的噩耗传来，家里乱成了一团。清廷派员来抚慰，并以副将的待遇抚恤。天培的夫人用这笔钱在塘沽一个偏僻地买了块沼泽地，又取出一笔钱，请马弁把吴将军的辫子盛在一只精致的木匣子里，送到老家，入土为安。

老家得知消息，就忙开了，要按照最高礼数举办葬礼。有人说得通知衙门，但被族长否决了。这时候，与日本的屈辱条约已经传到山野偏壤，天培虽是为国捐躯，到底是败军之将，清廷没有怪罪，反而优抚，他们已经感恩不尽，没什么好宣扬的。最后族人一致决定丧事尽量低调，但一切还是以最高的礼数进行。

天培的夫人与儿子因为路途遥远没有来，马弁代表他们尽了礼。马弁说，吴孔嘉成人后会来家乡祭拜父亲的，从此扫墓的任务便归到了吴主任祖先这条支脉上。

马弁便是爷爷说的故事里的侠客。海战失败，北洋水师全军覆没，签订丧权辱国的条约，这一切，对离京师几千里远的南江确实没有多少影响。中国实在太大，加之信息不畅，实际上正常的朝廷公文往来也需几个月，何况这些屈辱的条约政府也不想让更多的人知道。但马弁知道。实际上这次战役的失败可以溯源到鸦片战争的失败，那次失败，统一的看法是由于道光帝撤了林则徐的职，但私下里人们早在议论，真正的原因在于武备的荒废，武器的悬殊。马弁亲历过与日军的战斗，知道无论将军多么英武，哪怕是林大人再现，结局都是一样的。

他跟吴主任的先祖说，这百年内我们是打不过日本的。

十三

清廷后来选送了一批殉难将士的儿子去军校读书，成绩优异的又被派到法国公费留学。吴一凡想起父亲说过的一件事，说是戴高乐将军要来访华前，曾委托中国政府寻找圣希尔大学的同学吴孔嘉。父亲说，曾祖父曾与戴将军是上下铺，关系非常好。戴将军学的是陆军步兵，因为他觉得只有陆军才是战争的魂，而吴孔嘉学的是工兵，同一班应该是没问题的。但在那张保存良好的同学照上，却没有戴将军。所以他决定赴法国一趟，听说那里的档案保护得非常好。

吴一凡提出一个大胆的设想，戴将军对中国的好感是不是从他与中国同学的相处开始的。这样的猜想有点小说味道了，但谁能说没有因果关系呢？

清末，朝廷还是比较明智的，它终于认识到自己的不足。派出优秀官家子弟出国学习，是最好的办法之一，就整个民族而言，这是大进步。所以观照近代史，清末民初的开放是值得大书一笔的。后来的抗日战争时期，政府也一直重视教育，而这时候，许多留学的人才陆续归国效力了。

十四

　　三吴村的"抗日纪念馆"终于竣工了，坐落在吴天培墓的山脚下，由几座四方形的建筑组成。因为有了政府的支持，一切都非常顺利。吴主任成为第一任馆长，吴一凡是名誉馆长。在纪念馆的一侧有一间吴一凡的创作室，他开始创作《吴天培传记》，而吴主任负责的《吴氏族谱》也接近尾声。这天，两人在纪念馆旁的竹林里散步，吴主任说，吴天培的故事远了，凭资料，凭传说，凭想象，八九不离十吧。但你的曾祖父呢，那个与戴将军同过学的吴孔嘉呢？这个人物，肯定有一段不同凡响的经历吧。吴一凡说，还是不说了吧。吴主任说，就我知道好了。吴一凡说，简单得很，学成归国后，被授予国军少尉军衔，参加了许多对日大战役，后来在解放战争中被俘，坐了牢，出来后分配在一家单位工作，受了一些大家都知道的苦，过早地去世了。吴主任又问，那么你爷爷呢？爸爸呢？吴一凡说，更没有好说的，都是极普通的人。与我一样，吴一凡说。

帽子不见了

　　小偷聚道改邪归正，做了一名橱柜装修工。这一年，业务繁忙，老板又是加薪又是奖金，腰包里石硬。临近年关，他早早打电话给老婆，口气从来没有这样响过。但老板说，年前还得帮他干点活。这活要紧，老板说，不做好它，我过年不踏实。

　　"过了年不行吗？"

　　"不行，不能再拖了。那样，我的耳朵会生冻疮的。"

　　聚道"噗"一下笑了。

　　"这是真的，这么冷的天，我的耳朵好好的，可到了过年那几天，我的耳朵就要生冻疮。你的耳朵生过冻疮吗？那滋味可不好受。"

　　"我才不会生呢，我整天戴着帽子。"

　　"你那帽子多难看。"

　　聚道笑了笑，这顶帽子是某年春节去一个庙里游玩上香时，庙里的师父送他的，虽然不太好看，但戴着舒服啊。

　　聚道到了主人家。女主人开门，很好看的一个人。聚道就多看了一眼。聚道喜欢琢磨人。女主人戴一条铂金项链，手腕上却戴了一只银镯子。聚道觉得有哪儿不对，不搭配吗？但他一门心思要早点把活做好，这念头只闪了一下。打过招呼，聚道走进厨房。厨房在正门的左手边。女主人很惊讶，说，阿冰不来吗？聚道说，老板忙死了，还有很多钱没有讨进来呢！女人便露出不快。她把大门关好，又去打开来。她倚在门框上，看着聚道。聚道觉得后脑勺上有一股灼热的光刺得他不自在，忍了忍，终究忍不住，转过头去便与女主人的眼光对上了。聚道一惊，忙转回来，蹲到地上。他从工具包里拿出一些物什，一把一尺多长的起子，一把半尺长锋刃闪闪发光的凿子，接着是美工刀、榔头，后来又拿出一只电钻。女人有点害怕，渐渐退到客厅里。聚道并不理会，蹲下来，打开一扇橱门，旋起螺丝。女人泡了一杯茶，笑眯眯地说，师傅哪儿人啊？聚道说，安徽的。女人说，那儿真美啊！女人不久前去过宣城，惊讶于那儿保存完好的古建筑，连绵起伏的群山，随便站在一个山坡上往下看，就是一幅幅极美的山水画。

"竟然还有这么好的地方，还是那么大的一片，那些白墙黑瓦啊……"女人大概是文化人，说起话来一套一套的，但聚道才不感兴趣呢。"总是这里好。"一句话就堵住了女人的兴致。聚道最恨人家问东问西，查户口似的。女人没有问下去，走进卧室，换了套衣服出来，拉开门跟聚道说要出去一下。聚道转过头才发现女人像变了个人似的，似乎有一个太阳落在他眼前，明亮得使他不敢再抬一下头。女人到门外时特意打了个电话："哎你呀赶紧回来，我有要紧事啊，大过年的，你放心啊？赶紧的！"挂完电话跟聚道又补了一句，我老公马上就到。

门"砰"一声关上后几分钟，聚道才轻松起来。他伸了个懒腰，走到厨房门口。这是一幢跃层，装修得还算豪华。聚道涌起想参观一下房子的念头。他干这门手艺好几年了，干活的房子，大多还没有住人。他有点犹豫，似乎再进一步，就是超越禁区。最终他还是走进客厅，在米黄色的沙发上坐下来，颠了颠屁股，然后，站起来，顺梯子走到二楼。二楼是一个平台，足有二三十平米，偌大的空间里放着一张乒乓台桌，除了角落处几张藤椅，别无他物。靠阳台处是书房，紧贴着的是卫生间。卫生间的门关着，聚道握着把手竟然打不开，书房门却虚掩着，推开一看，里面放着密密麻麻的书。他坐到书桌前，按了按皮靠椅的坐垫，坐上去。他拿起笔筒里的一支毛笔，往空中画了几个圆圈，甚至还晃了晃头。他没有握过这么精致的湖笔。忽然他意识到什么似的，有点慌乱地站起来，顺楼梯跑了下来。

聚道曾经是个好学生，特别是书法，得了乡村教师父亲的真传，写得很有骨架。逢年过节，乡亲们要写副对联什么的，父亲就把这个好事交给他。他往往能得到许多美食，一碗猪血豆腐，一碗余鸡蛋。初中毕业后，父亲生病死了，他与许多村民一起上城里打工。工作哪里好找，走投无路的时候，就干起小偷小摸的勾当。也不晓得是怎么陷进去的，反正肚子饿了，情急吧。先去建筑工地上顺点东西，换点钱，塞饱肚子，后来，干起大的来，撬门，爬窗。他到底也算有点文化，不久就干得比人家巧妙且有技术含量。但他能控制自己，够度日就好。这不，自从学会这门手艺，有了固定收人后，不再冒险了。

　　这会儿，他跑到厨房里，喘了几口气，蹲下来，又开始工作。大约十分钟，男主人还是没有来。他又站起来，要去卧室看看的念头，越来越强烈。卧室就在客厅的右边，女主人大约走得急，忘了锁门。暗红色的床罩，米色的床架，在上面躺一下会是什么感觉？脚上套了鞋套，踏在结实的木地板上。衣服可真脏，得脱掉外套，裤子就不脱了，反正就躺那么一会，拍一下不会留下痕迹的。现在，剩下的就是男主人到底几时来。得算好听到钥匙声，自己从床上起来走到客厅的时间。凭自己的身手，三秒钟，就可到餐桌前，问题是得稍微整理一下床罩。有了，在大门口放上那只材料箱，足够阻挡一下的。妥当了，就行动。聚道脱掉外套，现在才觉得，真是够脏。其实衣服的质量不错，但穿过几次后，就随便了。刚开始穿的时候，躺在地上拧螺丝，总要填张报纸，后来就不管不顾了，反正地上也很干净。

　　他走进卧室，摸了摸软软的床罩，躺下去。真的很舒服。他还想翻几个身，仰躺、侧躺、俯躺。他忽而想起女主人，那么白的皮肤，那么暧昧的眼光，那么亲切的声音……

　　传来钥匙与锁芯轻微摩擦的声音，声音是如此轻微，几乎不是耳朵听到的，而是心里感应到的。聚道迷糊了大约0.1秒吧，在门被推开的一刹那，他起身，还不忘拉了一下床单，行走了十来步路，整个动作一气呵成，堪称完美。

　　"忙着哪。"

　　"嗯，嗯。"

"两块换好了。嗯，不错。"

聚道不自然地笑了。

"一颗螺丝锈掉了，拆不下来。"聚道侧身躺到地上，把头伸进橱柜。

"歇一歇。"

聚道把头探出来，立起，接过一支烟。

男主人身材瘦小，有点萎靡不振的样子。聚道想，这小子倒有艳福。

男主人不抽烟。看见聚道抽完，又递上一支。然后走到客厅。突然聚道的汗毛直竖起来，他一摸头顶——帽子，帽子遗在主人的卧室里了。

"大哥，大哥。"他叫道。

"什么事？"

"橱柜下来的水管也有问题了，要弄好它，需要一个工具，我没带，能不能……"

"叫阿冰。"

"老板肯定没工夫。"

"狗日的！"男主人拿出手机，"阿冰，你这师傅说有个工具没有带，我呢还有事要出门，什么？你……放心？你让我放心？我当然放心你了，有事你负责，好好，你说的你说的……"

聚道听出来，男主人还有事要出去，不放心他呢。他暗喜，但不动声色。他看见男主人焦急地走来走去，就说，大哥，怎样啊？明天我要回家的。男主人说，要不，你在家里等？

聚道说："一个人啊？"

"麻烦你了。"

"有快餐面吗？"

男主人说，有啊有啊，露出不好意思的神情。又打了个电话，确认阿冰下午一定来才放心。出门前，他特地在房内走了一圈，锁上了所有的门。

现在，或者说几个小时内，这个房子是聚道的世界了。不过他可活动的地方并不多，除了客厅，就是厨房和卫生间，这颇有点束缚住手脚的感觉，聚道有点无所适从。继续换了一块橱门后，他就坐到客厅的沙发上，泡上一盒方便面。沙发斜对着卧室门，枣红色，"七"字形的锁，不是那种复杂的锁。男主人走得急，也许没有走进卧室，也许进去过，不过，先填饱肚子再说。快餐面是不够塞的，最好弄点饱肚的干货。茶几下有一只紫红色的饼干铁盒子，打开来一看，是各种形状的饼干，拿几包，应该没问题，快餐面和着饼干味道不错，但总是缺点什么。这时候，他看见了那只酒柜，它卧在那个弧形的楼梯下面。没有锁，里面有许多高档的名酒。聚道其实是个诚实的人，但是喝上一点点无关紧要吧。他就拧开茅台，倒了一小杯。这酒谁不知晓呢，谁不想喝一口呢？好的听说要上千元。他抿了一口，觉得与二锅头也差不了多少，但总归香味足。虽然还想喝，但他是节制的人，就点到为止了。然后，他又看到了红酒。这种酒倒是尝过一回，正月里回来，老板请客，老板说尝尝、尝尝，很不错的。聚道就喝了一小杯，可实在吃不出好味道来，那几乎就是葡萄酒坏了的那种味道。他最喜欢的还是啤酒。啤酒不多，是听装的，打开就少一听。这时，聚道倒有点为难，他不想被人看作小偷，虽然喝一罐啤酒不算偷。他就喝了一听，他想等老板来了，直接与主人家讲清好了，反正老板与主人家是朋友，一听啤酒算什么呢？其实两听啤酒也不算什么，这么着聚道又喝了一听。虽然是隆冬季节，酒的度数也低，但聚道本不是好酒量，这一来，就有点晕乎起来。他靠到沙发上，想迷糊一下，头一靠到软绵绵的沙发，竟睡过去了。

总是不踏实，但就是想睡，脑袋要炸的感觉，他忽然又想起帽子。乘着酒兴，他从工具箱的隔层里取出一些细小的东西。卧室门的锁没有想象的那么简单，但聚道是谁啊，花了点时间，到底还是打开了。但没有帽子。简单找了一遍，还是没有。聚道退回客厅，人涣散下来。聚道不迷信，想肯定是男主人藏起来了。这样一想来了勇气，又去打开卧室门。衣柜里只挂着一些女装，柜底有一只小纸箱，掀开上面的毛巾，却是一些女人的短裤。聚道拿起一条，竟是镂空的。这样的短裤，自己老婆是没有的。他忽而想起女主人，穿着它，会是怎样的呢？他决定要去买一条给老婆，老婆也许会因这个礼物而动情的，以前怎么没有想到呢？柜上还有一只顶柜，是放棉被的，有点高，需要移动床头柜爬上去。聚道知道男主人不会这样兴师动众，但还是上去看了，自然没有要找的东西。聚道有点犯晕。这个十五六平米的卧室，太一目了然了。床底下，窗帘后，早在第一次就搜索过了。整个房间都没有上锁的地方，这多少让聚道有点失望。当然，聚道是不想要主人家一丝一毫的，但这时候，他不禁产生一个疑问，这户人家的贵重东西到底放在什么地方？

这激起聚道的兴致。他走到楼上去。书房的门关着，但没有锁，这又让他大失所望。仿佛一个钓者，精心准备了一番，不料鱼却自己上钩一样。书房里一目了然，只有书桌有一只抽屉锁着。他很容易就让它开了。也没有什么东西，只有几本黑本子，打开来看，不过是主人的日记。聚道是不喜欢看书的，但这一回却认真看起来，并且被深深吸引进去。主人的文字简洁明了，聚道想，要是书都写成这样，他也会买书看的，譬如主人最近的一篇日记这样写：他妈的，这家伙，竟然当众辱骂我，真想一个耳光扇过去。总有一天，会有他好看的。

聚道知道偷窥人家的隐私是不道德的，但还是忍不住又看了几页，他看到了这么几行字，是用很粗的笔写的：我跟她讲，为什么要去寻找呢？寻着了，又有什么意思呢？所以说，老娘们有时候是拎不清的。不喜欢看书的聚道，这时候真的有了阅读的兴致，但他懂得这会儿自己的职责，尽管还想看，还是忍住了。书也是真的多，密密麻麻地竖在书架上，大部分是聚道不感兴趣的，什么建筑材料啊制图啊装潢啊之类的，看来主人是个设计师。另一角是一些文学书，聚道曾经喜欢过的，不过现在看，这些真是些无用的东西。但他还是认真地看了看书名，一本叫《情人》的书，让他停留了一会儿。

书柜是直接做上去的，聚道习惯使然，马上在书柜与木地板的接合处发现了一丝缝隙，他跪到地上，把脸贴到地板上，果然从里面发现了蛛丝马迹。他用一根极细的铁丝，那么轻轻一拨，一张红色纸币就露了出来。他把它抽出来，就像魔术一样的，一张接一张红色的纸币不停地跑了出来。仔细一看，原来纸币都用五毫米宽的透明胶头尾相接粘住。聚道没有为自己的发现而高兴，不过，主人的这个创意倒是让他叫起好来。他拨拉出十多条这样的纸币条，这是劳动的果实，要是以前，他会毫不犹豫地收入囊中，可现在的聚道不是以前的聚道了。但如果不留下点纪念，又不是他的风格。于是他就从一组中摘了一张，把它粘到另一组上，然后，按原样移了进去。

主人的这个创意，激起聚道潜伏于胸中的原始斗志，他想，我一定会胜过主人的。这人貌似大方，其实是一个不折不扣的吝啬鬼、小心眼儿。还有女主人，她会把最贵重东西放在什么地方呢？其实，就这么一点空间，可藏的地方实在不多，他是懂得排除法的，这方法很好，往往能起到事半功倍的作用。有时候想想也真好笑，明明是自己的家，房主们，却要挖空心思地把东西藏匿到自以为是的地方。其实这样的地方往往是最不牢靠的。当然，也有反其道而行之的人，譬如在破皮鞋里塞进几样贵重的东西，这样就得考验聚道们的智力了。一进门，就得了解一下主人的性格，当然这方面的学问很大，一朝一夕是学不来的，必须实践实践再实践。

聚道于是坐下来，仔细地分析。突然他笑了，还笑出声来。他来到厨房，在朝窗的橱柜下面煤气表的边上，找出一包东西。当然取出这包东西完全靠智力，一般的人就是告诉你位置，恐怕也找不出，这就是隔行如隔山的道理。东西包裹得很好，就是浸在水里也跑不进潮气。聚道小心地打开来，计有一块金砖，两条项链，好几副手镯，都是纯金的。突然，他的脑子里闪过一束明亮的光芒，他一下子理解了早晨看到女主人时的那种感觉。原来是那只银手镯。他想起老婆也有这样一只银手镯，也是时刻戴在手腕上的。它已经很陈旧了，失去了光泽，他觉得老婆应该有一只金手镯，也许还应该有一条金项链。老婆的手镯是祖传的，听说是辟邪的，所以必须时时刻刻地戴着。也许女主人也如此吧。她有这么多贵重的金手镯，却戴那么一只并不值钱的银手镯，原因或许只有一个，这个手镯是祖传的。

这时候，聚道想起老婆，心里就涌起一股温情，这个女人爱上他，是多么的勇敢。那个时候，他犯了一点错，没有人看得起他，但这个女人一如既往地爱他。结婚的时候，她不要求他的任何饰物，她说，有这只可以辟邪的手镯就够了。"人家的看法？"老婆说，"我都不怕，你怕什么？"老婆的话在这个时候陡然在脑海中闪出。

但聚道还是觉得老婆应该有一只金手镯。对，要与这只一模一样的。他戴上它，伸出手腕，戴在老婆手上肯定很漂亮吧。他褪下手镯，拿出手机，拍了照。也许还有时间去商场找一只一模一样的，他想，年三十的晚上可以给老婆一个惊喜。

下午两点的时候，阿冰来了。

"老板，我喝了他家两罐啤酒。"

"算什么呢？"

"我有一顶帽子不见了。"

"什么？"

"也许我没有戴来，"聚道说，"也许在路上被风吹走了。"

"一顶帽子嘛，心痛什么？"

"可是，那是我戴了好多年的帽子啊，"聚道说，"没有了，今年过年，我的耳朵又要生冻疮的。"

老板被聚道的话逗笑了。

第二天，聚道打了个电话给主人家，问橱门装得好不好啊。男主人说，应该好的吧，怎么你还不回去？聚道说，还有点事没有办好呢。这时候，电话里传来女人的声音，说，师傅啊，一扇门有点紧呢，不过，要过年了，等过了年再说吧。聚道说，这怎么行呢，我一定要弄好它，你们等着，我就来。女人说，真不用麻烦了。聚道说，不行，我老板说，他刚做橱柜的时候，你们帮过他，那时候他不懂，用了不好的材料，老早就想来换了，可是忙忙忙，就拖到现在了。他就去了。实际上是一点小毛病，螺丝紧一紧松一松的事，但聚道却花了好长时间来弄好它。

女主人泡茶出来，男主人不停地递烟。聚道说，昨天，我好像忘了一样东西在这里了。女人说，什么啊？我都打扫过了，没看见什么啊？男主人说，不会有的，不会有的。

聚道说，也许落在别的地方了，我现在的脑子有问题了，会突然迷糊一阵子的。男主人说，正常的，我也一样，其实，所有人都会这样的。

聚道告辞出来的时候，接到了老婆的电话，什么时候回家啊？聚道说，可能还要迟两天。老婆就发了火，两天后是什么时候？聚道才吓了一跳，两天后是过年了。然而，他说，我有一样东西弄丢了，我要找到它。老婆说，什么东西啊？他说，总之是很重要的东西，不找到它，过年也不安心的。老婆说，是你的魂吧。聚道说，比魂还重要呢。聚道还想说什么，那边已经掐断了。

走到小区门口，聚道看到一只大垃圾箱，下意识地走过去，拨拉起来。他多么希望看到自己的帽子啊！

狗师徒

大狗王在屋里喝自酿的土烧，这酒性烈，是用高粱发酵后烧制的。每次动刀前，他总要喝上半来斤。门口的狗叫起来，小狗王张家根走了进来。大狗王吊了下眼，"坐！"张家根一米七五的个头，生得有模有样，神情却有点猥琐，他摘下头上的绒帽，坐到大狗王对面。

"明天出去。"他端起酒杯，一口干了。

"好！"大狗王说。

"查得紧，价格是不是……"

"再说。"

"家里帮着照顾点。"

大狗王深吸一口烟，鼻孔里喷出两股黑雾，"放心。"

"家里那条母狗又发情了，趁时间宰了它。"

"青梦不是喜欢吗？"

小狗王没有回答，只捏起杯子一仰脖光了，把杯子往桌上一顿，走了出去。

小狗王到家，青梦已把行李弄好。女人蓬头垢面，仍掩不住娇好的面容，这会儿，她正在逗弄脚旁的小狗。这是一只并不漂亮的狗，农村里常见的那种，毛黄，背上有几缕黑条。小板凳那么长。小狗王看了它一眼，说："我与你姐夫说了，趁时间做了它。"

青梦"呀"一声，"积个德吧！"

"这货骚，做了它才安耽。"

青梦说："要不送人。"

小狗王说："我辛辛苦苦弄来的，你说送人？"

小狗王去储藏室里寻出尖刀，这是一把锋利的尺把长的尖刀，很久没用了。他走到门口的磨石前，用力地磨起来，吱吱吱。女人说："求求你，它怀孕呢！"

小狗王说："哪来的野狗？篱笆没扎紧吗？"

青梦说："我也不晓得，我们这地方谁家的狗敢来？大约是它自己钻出去的。"

小狗王说："反正让你姐夫做了它，等我回来还在，我就要开杀戒了。"

他们的屋离村一里多，离公路三四十米，有一条机耕路相通。屋前一个院子，角落长满了野草，四周用竹篱笆围着。青梦烧了几个好菜，小狗王喝了半斤土烧，就上床。小狗王要了青梦，青梦看来不太情愿。她双手撑在床沿上，小狗王从后面撞击她。

青梦"嗯嗯哦哦"起来。

我们，结婚吧。小狗王说。

拿什么结啊？青梦说。

大不了我多跑几趟。小狗王说。

好，再过一年，一年。青梦说。

我不在的时候，好好守着家啊。小狗王说。

青梦更加响亮地叫起来。

小狗王受了刺激，用十分的力撞击起来，还用力拍打起青梦的屁股，一边嚷着，你叫你叫！他让青梦发出母狗般的叫声，然后瘫倒在她光滑的背脊上。

三年前张家根随老乡到这个江南小镇打工，聚会的时候，吃到了这里的狗肉。他的老家几乎户户养狗，但很少宰杀。他们养狗只用来管家，不过家里也没有值钱的东西，所以更多的是一种习惯，或者说看上狗的义气。劳作一天回家，狗老远来迎接，沿着裤管转圈，高兴的时候，倒一碗残渣剩羹给它，不高兴的时候踢它一脚，它"呜呜"叫着跑开，过了会儿又来亲热你。但在这个远离老家的地方，他却迷上了狗肉的味道，把不多的工资都用来吃狗肉，时间长了，结识了专门卖狗肉的大狗王。大狗王正忙着，城里的许多饭店都要他的货，正缺帮手。他见张家根实诚，就请他做帮工，开始不过是褪毛剖肚清洗内脏，后来，让他磨刀，磨了三天，叫他动刀。

狗的嘴巴被铁丝扎紧，眼睛露出可怜兮兮的光。张家根走过去，狗挣扎，从喉咙里挤出毛骨悚然的哀鸣。张家根握刀的手抖动起来，他瞥了眼大狗王，大狗王正冷冷地盯着他，那是种刺到骨髓里的冷。他明白，要成为大狗王的徒弟，这一关是必须过的。他举起尖刀，向倒挂着的狗的脖子刺去。

他开始做噩梦，梦见狗的前肢夹着尖刀刺向他的脖子，醒来，一身冷汗。但从此师傅给他加工资，让他大口喝土烧，师傅与他更亲密了，但他却越来越害怕师傅。不过随着收入的增加，他很快习惯了屠戮。杀狗的时候，他不再去看狗的眼睛，呜咽声根本不入耳朵。师傅把杀狗的活全交给他，一门心思烹制狗肉。生意越来越好，师傅叫来了嫁到外地的妻妹来送货。妻妹叫青梦，才二十七岁，刚与丈夫离婚。师傅有一辆小货车，青梦每天往城里的大饭店送熟狗肉。城里人吃狗肉成为一种风尚，狗不够杀了。一天，师傅让他去老家买狗。他去了趟，只买来几只。师傅说，有你这样买狗的？师傅带他去了邻县的乡下。师傅准备了"三步倒"、吊环、弓弩。这让他大开眼界。但他不愿这样做。

他家也养狗，是一只大黑狗，他放学回家的时候，它就沿着田埂路跑来迎接。有天晚上一家人在堂屋里闲聊，突然听到大黑狗"呜啊呜啊"地叫，没等他们站起来，虚掩的门撞开了。大黑狗跌跌撞撞地沿着八仙桌打转，父亲"啊呀"一声，说它中毒了。赶紧把它抱在怀里，让他去厨房里拿来一瓶酱油，父亲摸着大黑狗的头说，听话，听话，吃下去就好。大黑狗睁着可怜巴巴的眼，顺从地喝下去大半瓶酱油。突然它又咆哮起来，挣脱了父亲的怀抱，又转起圈来。父亲叹了口气，打开门，朝天怒骂起来，那么实诚的父亲，那天晚上骂尽了所有恶毒的词，他想，如果小偷听到了，三天三夜都要睡不好觉。屋内，大黑狗完全疯了，他躲到楼梯上，看到大黑狗转了几圈后，扑到门柱上，拼命地抓挠起来，一下一下，速度越来越慢，越来越慢，终于像一块面团瘫倒地上。第二天，父亲与他在屋后的山坡上挖了个坑把大黑狗葬了，父亲还在墓的两边移种了两棵柏树，从此他家再也没有养过狗。

师傅倒是越来越信任他，烧狗肉的时候也不防他。空起来的时候，就让他与青梦一起去城里送货。青梦大方，什么话都说。说她丈夫有钱，可是那方面不行，不行还变着花样虐待她。看到张家根脸红了，才突然惊觉的样子说，啊呀对不起，你还没结婚呢！弄得张家根既难为情又心里痒痒。有一次送好货，青梦带他去喝咖啡，这样的地方，他从来没有进去过。在柔和的音乐声里，他渐渐放松下来。

"没来过？"

"嗯。"

"要学会享受。"

"享受，还要学啊？只要有钱！"

"想有钱吗？"

张家根笑了。

又一次，送好狗肉，青梦说去龙山森林公园玩玩。走在古木葱茏的山路上，青梦几乎挨到张家根的身上。他的心里痒痒的，又不敢造次。这是电视上才有的情节，怎么能够落到我的身上？他梦过与青梦雪白的身子抱在一起，但像这样浪漫的散步却从来没有梦到过。

你晓得我姐夫为什么叫大狗王吗？

杀狗杀得多。

青梦笑了。

我姐夫是赚过大钱的，光城里的房子就有好几套。

青梦说到大狗王的时候，张家根竟然有了醋意。张家根是听过大狗王的传说的，在他看来那不过是高利贷加点黑社会的手段。现在不是落魄了，城里待不牢，灰溜溜地回来重操旧业。但张家根不去驳斥，他懒得去理会这些，他有自己的打算，他不会跟大狗王太久的。

"你晓得我姐夫一年赚多少？"

"很多吧!"张家根并不关心。

青梦伸出几个指头在他眼前晃了晃。

张家根睁大了眼睛，不过真正让他惊讶的是青梦的手指，那么细长又白嫩，相处这么久，竟然没注意。

很快，张家根掌握了师傅的所有技术，同时与青梦的关系也一日千里。有一天，师傅为了一点小事责骂他，真的是一点小事啊，但师傅竟然喊出了"滚！"。青梦帮他说了几句好话，也遭来师傅的痛骂。就是这天晚上，在他狭窄的出租屋里，青梦向他敞开了洁白的身子，同时也让他做出了一生中最重大的决定：他要娶青梦，他要做老板。他的作坊与师傅的店隔了二十多里，这些都是青梦一手操作的。剩下的就是生意。他采用的方法最原始不过——降价。不出三个月，附近的生意有大半给他拉了过来，但他不想染指镇里城里的生意，那是师傅的领地。

青梦一心一意帮衬他，晚上则温柔地侍候他，青梦的花样经多，他最喜欢的还是狗爬式。青梦像狗一样痛苦地哀鸣才能让他感到自己是强者，但青梦很少允许他这么干。他有时候要用强，青梦挣扎不过，就会呜呜地哭，哭得梨花带雨，一哭他的心就软。

可他的心里还是不踏实，他有一种可怕的预感，青梦会像一股青烟突然离他而去。他想最好的方法就是结婚。他喜欢现在这样的生活，辛苦，但有青梦陪着，再累也不觉得苦。然后生个儿子，慢慢赚足钱，再去城里买套房子。他为这个目标激动着，连走路也要飞起来。但青梦的想法不同，她要先在城里买一套房子，还要一辆轿车，然后才肯风风光光地结婚。这让张家根有点手足无措，要实现这个目标，小打小闹是不行的，这让张家根有了巨大的压力。过了十月份，旺季来了，但生意没有见好，反而越来越差。一打听，原来大狗王降价了。张家根算了算，几乎无利可图。

"你姐夫神经了？"

"他弄来的狗便宜啊！"

"那种龌龊事我做不来。"

"那你拿什么结婚？"

这天晚上，张家根没有能够爬上青梦的肚皮。青梦说，看来生意这么淡，你不需要帮工了。

张家根说，怎么是我的，是两个人的嗳！

青梦说，那我现在要我的那一份。她把背留给张家根。

这样的冷战多起来，但没过一天，两人又和好如初。

有一天，青梦说，姐姐来电话了，姐夫手头紧，要借点钱。张家根说，你决定好了。

可姐夫这人。

张家根说，其实姐夫人不错。

但青梦没有把钱借出去。

生意越来越淡，青梦让张家根去弄些便宜的狗来。往往是晚上答应得好好的，到了早晨他就反悔。青梦对付的办法是不让他上床。但他死乞白赖地，可以磨上一个小时两个小时甚至到凌晨，最后总以青梦屈服告终。因为做爱对他来说是比吃饭还重要的事，但这一晚青梦的坚决让他发起火来，他用了强，并且打了她一耳光，青梦起床，毫不犹豫地开门走了出去。他跪下来，求求你，他说，一切听你的。

等你弄来狗再说。青梦说。

我明天就去。

但青梦还是走了，走远了，还远远地说了一句，什么时候弄来，我什么时候回来。

一直到第三天，青梦还没有回家。张家根又不敢上大狗王家找。那只小母狗也不得歇，整天呜呜地叫，被他一脚踢到门外去了。中午的时候喝闷酒，醒来已经四点多，他起床，开门，小母狗竟然没来亲热。他走到院子一角放柴的披屋里小便，看见小母狗正与一只健壮的黑狗在交配。看得出它们正在兴头上，听到动静也不管不顾，小母狗眯着眼，示威似的朝他叫了几声。那黑狗听到叫声，也转过头来，向他射来凶狠的光。它喘着粗气，嘴里流着黏稠的口水，随时准备进攻的样子。无奈它的屁股与小母狗的屁股粘着，它前进一步，小母狗就反方向地扯一步。张家根气极，拿起一根棍子就朝它们背上敲。它们狂吠着，只能在原地打转。畜生、婊子，张家根一边骂一边更有力地抽打起来。它们咻咻咻地喘息着，一边转圈，一边朝他狂吠。他提起一根手臂粗的木棍，塞进两只屁股之间，用力往上扛。两只畜生凄惨地叫起来，可它们连得如此严密，无论他怎么折磨，依然粘在一起。张家根精疲力竭，颓唐地蹲下来，想起自己的苦处，流下悲愤的泪。

他已经两天没有杀狗了，青梦不在，一切都变得没有意义。在院子的一角还有三四只缚着四脚扎着嘴巴的土狗奄奄一息。再不宰杀，死了就不值钱了，但他连拿刀的力气也没有。他更加想念起青梦，他想搞她，狠狠地搞！他要用强，不管她怎么求饶，要用力把她推到柴堆上，捋下她的裤子，从后面用力地撞击她，撞到她喊爹喊娘，求天求地为止。他看了一眼两只依然粘在一起的畜生，掏出他的那根红通通的东西，用力地搓揉起来，他一步一步走向两只畜生，喘着粗气。两只畜生悲鸣着，仿佛看到末日来临。他狞笑着，加快了速度，就在这当儿，响起了敲门声，他一激灵，清醒了一些，忙乱地收拾了一下。莫非是青梦回来了？他跌跌撞撞地奔到门口，却是大狗王，一手拎着一大瓶土烧，一手拎着一包狗肠子。张家根尴尬地把他迎进屋。大狗王朝屋里看了看说，妻妹这么好的人啊！

对不起啊师傅，张家根说。

是亲眷嗳，什么话？

青梦她……

你小子是身在福中不知福！

我对不起……

喝了。

两人你来我往，半瓶土烧就下去了。这大狗王生得粗壮，浓眉，宽嘴，不怒自威。大约是杀气太重，他的眼光随便一扫，就如刀锋剌到张家根的心尖。

想青梦了？

嗯！张家根的声音蚊子一样。

男人家，不要婆婆妈妈。大狗王端起倒满的酒说，想就是想，想干就是想干！

嗯，干！张家根一仰脖光了。刚才的兴奋劲虽然硬生生压下去了，那兴起的虫子还在咬着他，也只好用酒来麻醉，可哪里经得起这样的猛灌，头早晕了。

你小子，艳福不浅啊，大狗王喷着酒气说，青梦的身子，啧啧！

大哥，让青梦回来吧！

忍不住了不是？大狗王说，这女人嘛，要留住她，一要这个，他用大拇指与食指磨了磨，二呢，要这个硬啊，他做了个龌龊的动作。

师傅，我听你的。

这就对了，大狗王说，你喜欢啥姿势？

这……

我就喜欢狗爬式，大狗王喷着酒气，哈哈大笑起来。

张家根过段时间就要外出一趟，临行前，青梦总要温柔地伺候他，狗爬式只有在这样的夜晚才能享受到。张家根已经放下屠刀，专门弄狗了。青梦说想要孩子了，不想在怀孕的时候血腥气太重。张家根狂喜，这等于说青梦肯嫁给他了。现在，他的人生一下子变得美好且明了起来，房子、车子，老婆、儿子，他想象一家人走到街上的情景。他又想起他的同乡们，拼死拼活干，到头来还不是要回到老家去，那么偏僻的地方啊。

张家根的劲头就这样上来了，为了这个触手可及的目标，没有理由不努力。现在他只负责给大狗王提供原料，青梦除了为大狗王送货外，还准时从大狗王那儿批一些狗肉回来卖。张家根外出的次数越来越多，弄狗的技术越来越好，心肠也越来越硬。张家根成为小狗王。每次回来，他就要狗爬式。

小狗王要去的地方越来越远，夜深的时候，他像幽灵一样出现在偏僻的乡村。他把车停在村口，蹑手蹑脚地进入村子。村里的狗会叫起来，他把香喷喷的香肠投给它们，那里的狗纯朴，警惕性不高，一击即中。每次的收获都很大，但一个地方只能去一次。如果被人家抓住，肯定会剥他的皮。他可以杀狗，随意地摆弄死去的狗，但他就是看不得狗临死时的惨状，那种惨状会让他想起自家的大黑狗。所以他用的方法更加毒辣。他也担心这些中毒过深而死的狗销出去，会不会出问题，但青梦相信姐夫，这么多年没事，还会有事？

这天，他难得回了趟老家，刚进门，就被父亲用门闩打了出来，原来他的行径已传到老家。他与父亲大吵一场，他发誓不再踏进家门一步。后来父亲软下来，让他回到家里去。村里可以批屋基了，父亲让他早点成家，邻村一个姑娘已经同意了。他心里好笑，为没有见过世面的父亲叹息。他想，总有一天，我会让你见识什么才叫生活。我会开轿车带漂亮的儿媳妇回家，我会带你去城里的高楼里享福。到时候，看你还怎么说？

但青梦一直没有怀孕，也不愿跟他回家见他的父母。两人亲热的时候，小狗王当作不经意地问，青梦，我们有多少钱了？摸着青梦奶子的手用了点力。

差远呢，青梦"嗯嗯哦哦"地叫着。

昨天夜里我做了个梦，梦见那些狗来索命了。

什么呢？

你怀不上，可能与这个有关吧。

看你这点出息。

我老家回不去了，我被爹赶出来了。

你那旮旯，回不去更好。

可我难受。

嘿，我跟你还难受呢！青梦扭了下屁股，离开了小狗王。

嗳嗳，我没说，我没说。

好好干，再做两年，我答应你。

真的？

他算了算，这两年赚进的钱应该可以买一套房子。青梦已经有了一辆别克，她现在赚两笔钞票，九点光景帮姐夫送狗肉到城里，十一点她自己的铺子开张。一般到一点左右就可以收摊，然后要到五点左右再开始营生。整个下午有很长一段时间任她支配，小狗王在的时候，她有忙不完的家务，但小狗王外出的时候，她就把自己打扮得清清爽爽去逛街。铺子离城二十多里，去一趟很方便！小狗王是外地人，没有朋友，那些老乡大多在镇上打工，自从他做了这营生，都不与他交往，但他们依然在大狗王那儿买狗肉吃。这一回他外出提前一天回家，照例先把货送到大狗王家，大狗王不在，伙子说去城里了。他卸了货回家，青梦也不在。一直到晚上九点多，才听到汽车声。

回来了。青梦说，去剪了个头。

这么迟啊？

人家还给你买了件衣服呢。

衣服不急，小狗王一把抱住她，就去掀她的裙子。

今天不行。

怎么了？

人家吃力着呢！

小狗王哪里按捺得住，每次回家他就要好好发泄一下，青梦从没拒绝过他。

明天，明天好吗，青梦皱了皱眉。

就要。

怎么不讲理了。

不讲理，我已经熬了好多天了。

不行就是不行。

好似一盆冷水浇下来，小狗王骂了一句，哪里去骚够了？

话一出，自己也吓了一跳，幸好青梦没有发火，只是扭头进了卫生间。

过了好久青梦才出来，一径走到卧室，锁紧了房门，上床睡去了。

他们很少冷战，总是相拥而眠。这天晚上，小狗王睡在客房，辗转反侧，突然有火花闪进他脑海。第二天，他没事一样地吃喝，青梦也没事一样。晚上，他要了她，她像以前一样顺从。他说，这次去了趟老家，父亲原谅他了，给了他一块地基，他想去造一幢风风光光的三层楼。

要死啊，青梦说，花钱到那种地方。

落叶归根嘛！他轻描淡写。

反正我不去。

要不，你支出一点，我们那里造造很省的。

一个子也休想，青梦说，说好的，只能用在城里。

小狗王说，我一定要呢？

青梦生气，把他从身上推下来。小狗王开始还死乞白赖地要重新爬上去，但青梦是如此坚决，他的心冷了。冷了就想问题，想着想着，突然发现，我是男人家啊，这点事都做不了主？然后又发现，原来这些年赚来的钱都在青梦手里，有些事是不能想的，一有了思想，都变了。

有一天，青梦哭哭啼啼地告诉他他们的钱没了，她把钱借给了一个朋友的朋友，开始都能及时拿到高额的利息，现在这个人跑了。这件事闹得很大，可以说妇孺皆知，但他想不到会牵涉到自己身上，而且是所有的钱，也就是说，他们身无分文了。他不相信，青梦这么精明的人！可是青梦拿出了那些单据，还与别人一起去政府门口静坐。青梦说，对不起啊，我也想让我们的生活过得好一些！

他心痛不已，但发生了，也没有办法。不过青梦从此变了个人似的，一副可怜巴巴的样子，整天蓬头垢面；晚上，再没有激情，像一具僵尸。

你告诉我，那畜生的地址。

公安也找不到他。

我一定会找到他，小狗王说，等我这次回来，我一定要让他出血。

这次外出他遇到了百年一遇的大雪。这寒潮早在一个星期前就开始预报，电视上报纸上，特别是经过微信的转发弄得人人皆知。菜场里的青菜已经卖到了十元一斤。但寒潮迟迟不来，狗肉的价格已经涨上去了。他决定出去，他给父母买了许多东西，到老家的那天晚上下起大雪，纷纷扬扬的，第二天积起半尺厚。他打电话给青梦，告诉了家里的情况，说要住一段时间才能回去，青梦说好，还让他的父亲接了电话，说今年过年一定跟张家根回家看望二老。他的父亲高兴地说好好。吃过中饭，他与父亲说想去十五里远的一个村子看望一个朋友。父亲说，这么大的雪还是不要去了吧。他说，这点雪怕什么，平常大家都忙，正好趁现在雪大去住几天。他辞了父母出门，走不多远，就转了方向，一径往城里走。车子已经不通，但他执拗地沿着公路走。他现在是朝南方的那个家的方向走。一路上他费尽心机，足足花了两天时间才赶到与青梦居住的小村子。这时候已经是晚上十一点多，村道里不见一个人影，在通往他们居住的小屋的机耕路上堆着厚厚的雪，这说明青梦没有外出过，当然更大的可能是她不在家。他踏着雪走到小屋跟前，发现小屋里透出朦胧的光。他的血顿时沸腾起来，他蹑手蹑脚地走到窗前，看见青梦正与大狗王在交媾，那姿势最是熟悉不过。他转到门前石板下取出尖刀，一脚踹开门，扑到床前，狠命地向床上那对狗男女戮去，突然他的后脑一阵剧痛。醒来的时候，他已被缚在柱子上，大狗王正坐在桌上喝酒，青梦正往灶里添柴。

不是在老家吗？大狗王说。

我要杀了你们。

路上碰到谁了？

我要杀了你们！

不是说还要在家住一段时间吗？

畜生！

青梦端来一杯水，小狗王露出恐惧的眼神。"青梦……"他叫道。

青梦不响，一手捏开他的下巴，一手就往他的嘴里倒……

零下十度的极端天气掩盖了所有的痕迹，但如果鼻子特别灵敏的人也许会在那两天被一股特别的狗肉香所陶醉，他们会说，这么冷的天，青梦也不闲啊！但他们想去买狗肉的时候，却被那条小路深达尺把的雪吓坏了。那条小路上没有人走过的痕迹。

影子会

心聿去开了个会，或者叫培训班。培训的内容与艺术无关，被培训者却是所谓的艺术家。心聿是自由职业者，在郊区有一幢楼，靠收租日子过得很滋润。他大部分时间在码字，也画点山水，闲时就上作协的群里聊几句正经的废话。说是作协群，聊的多半是制度啊文明啊。实际上说这些话的只是一个叫托泰的人，也没有自己的思想，不过是从别的群里转发来的牙慧，别人要么附和要么驳斥，都是会写几笔的人，有时候就乌烟瘴气，有时候便血肉横飞。心聿中庸。他喜欢这样的氛围，没有托泰，这个群将和其他群一样死气沉沉。这样的日子说不上快乐，但也不枯燥。

没承想去参加了这个会后他平静的生活被打乱了。那天培训回家，心里就有疙瘩，又想不出什么事，到了第二天凌晨，才突然跳醒。原来是培训班上发的那只资料袋忘了带来，资料袋里有一支笔和一本本子，本子里记录着一些秘密。

这是要命的事。

培训班主讲者是宣传部长，一个大权在握的半老徐娘。十年前文联请心聿采访过她，那会儿宣传部长才三十多岁，还是个主管宣传的副乡长，长得非常干净。她也喜欢写作，借此由头，一来二去地互生爱慕之情，他们约过一次，说不上谁先有这个意思，反正聊着聊着就去邻县的一个山庄玩了一宿。回来后激情顿消，从此不再联络。

往事涌上心头，感慨良多。这会儿她已在云端，但心聿终究看不惯她现在的腔调，老生常谈不说，还做作。这么着心聿就在本子上画了一幅她的像，用中性笔涂的，涂到嘴巴的时候，突发奇想，竟把它弄成一只喜鹊形状，又在画像旁写下如下文字：

> 我曾经多么地爱你，韵西，我们在山庄里举杯，世界陷落了。你那么清纯，我说，出来吧，那笼子不适合你。你用尽了所有，你在向我或者向昨天告别。你是上帝，你是魔鬼，你是我终生的痛和快……哦，韵西……

心聿在纸上写下无数的韵西，似乎回到了激情燃烧的日子。

可藏着这些文字的资料袋不见了。

资料袋落在小优手里。小优，这次活动的具体操作者，文联办公室主任。得知这个消息几乎要窒息。他也写了小优。

那天他正在快意淋漓地写着韵西，突感后背发凉，回头一看，原来是小优站在身后朝台上拍照。他怀疑自己的文字给拍进去了。

三十多岁的小优，生一张倒挂葫芦脸，坐机关久了，少了女人味。她扰乱了他的思绪，还弄得他心神不宁。他的老毛病又犯了，竟取笑起小优来，还与韵西作比，最后还写了一首打油诗，问题是最后一节，竟写了几句爱慕的句子，这不是从内心发出的，更多的是调侃，也许是把年轻的小优当作了当年的韵西。

哦，小优！

一想起这些，就反胃。

哦，小优，你茧丝一样的灵魂，愿意就这样染红。哦，小优，你空气一样的眼睛，望向我吧。哦，小优，小优，你一万度高温下流淌着的细腰……

真真见了鬼。他与小优不过是点头之交！

他时时带着资料袋，不像别人随意地把资料袋丢在课桌上。培训班最后一天，他刚吃完饭，接到一个要紧电话就走出餐厅，然后就直接回家了。资料袋就这样遗在了座位上。

小优坐在办公桌前，一贯地冷漠。他轻轻叫了声，小优。

小优的眼睛盯着屏幕，足足过了五秒钟才抬起头。看我记性，忘家里了。

他恼。早上才通的电话呵！他一早打电话到山庄，山庄老板"嗯嗯哦哦"了半天，大约还在床上。他说是有这么一只资料袋放在吧台上的，可当晚就交给来对接的主任了。

哦，小优！

他站着，进退两难。小优的办公室里有两张空着的椅子，这会儿被一些复印件和杂志占领着。长这么大，他还没有这么尴尬过。

听说小优高学历，文才不错。但到了文联后犯了一种病，其实也不叫病，就是一看书就头痛。看她这副样子应该没有发现资料袋里的秘密，否则天早塌下来了。

晚上心聿接到小优的电话，说明天有一个活动。他不敢拒绝。因为小优说，去嘛，顺便我把资料袋给你带去。

一个"嘛"字，让心聿半宿没睡安稳，那是加长版的"嘛"。

活动是在一个岛上，离城不远，需轮渡慢慢地过去。轮渡上，他看到了小优，小优的打扮出乎意料，一套麻纱的裙子，江风吹起一角，露出雪白的脚踝，他的心一动，原来小优也有好看的地方，可他竟然把她描写成秋天缺少汁水的葫芦。

岛漂亮，去的人都高兴。心聿几次与小优搭讪，小优都一本正经的。晚饭后，见小优走出餐厅，赶紧上前一步，小优，带来了吗？

哦，在房间里，她说，十点钟来房间拿吧。

心里有了异样的感觉。房间是两人一间，这次活动男多女少，自由组合，组合到最后小优独得一间。

十点不到，他发了个消息给小优。小优说，过来吧。他就去了。敲门。小优开门。小优穿着正装，手里拿着那只资料袋。心聿便伤心。他接过资料袋，不错，是他的资料袋。打开来。一本本子一支笔。本子过于干净，里面什么也没有。

这不是我的资料袋。

我收到的就是这个。我是在想，你为什么这么在乎这么个资料袋。

可里面的本子不是我的。

难道本子里有秘密？

心聿晚上喝过一点酒，就醒了一半。

终究被她捏住了命门。他想象小优读那些文字的神情，心狂跳。但至少可以放心，小优不会把它交给韵西，更不会把写她的东西告诉别人。小优是会务的具体操作者，会议上发生的事她都脱不了干系。他有点沾沾自喜，竟化解了这么大的恐惧。他依然可以在阳光下生活，没有人知道他的这桩糗事。现在，他只要对付小优一个人就行了。第二天，小优竟让他改篇文章，他恼，但还是改了，并为她的灵气折服，看来说她一看书就头痛根本就是谣言。于是当小优再次让他参加活动，他乐意参加了。又过了段时间，小优让他推荐几本书，他高兴，足足花了一天时间挑选，然后送过去。小优说，不要送到办公室来哦，我到传达室来拿吧。他等着。风有点大，他紧一紧身。小优来了，竟是这么娇小的一个人。但依然冷漠，不过在接过书的那一刻，嘴巴还是抿出了一丝笑意。他的心里便暖起来，但马上警告自己，不要与她有过多的交往。等她忘了这件事，就与她没有任何瓜葛了。

然而交往还在继续着，问题是在与小优的接触中还渐渐发现了小优的许多优点。有一天，小优又邀请他参加一个活动，那些人都文质彬彬，很有学问的样子，又没有一丝一毫的做作，开始大家聊一些家常，聊一下世界杯，没有敏感的话题。后来就聊起小说，还甚有见解。这是心聿感兴趣的。他想，如果不参加这个活动真不晓得这个小城里还隐藏着这么一些写作者。他们热情地喊他老师，

然后请他指教，他发现他们所写的故事非常精彩，有些几乎可以用
匪夷所思来形容。这时候，小优才神秘地告诉他，这些人都是一个
叫影子会的成员。影子会？心聿问。是的，小优说，你愿意参加也
可以，反正大家都是玩玩的。心聿就抱着偷窥的心理加入了。入会
的时候才晓得要先签一份保密协议，就是说不能对任何人说起这件
事，连最亲的人也不能。如果说了，会怎样？小优说，每个人不是
都有隐私么，影子会是干什么的？就是说每个入会的人肯定有隐私
在组织手里。

心聿说，我就没有隐私在别人手里。

小优笑了，说，每个人都有隐私的。只要做过，就会留下痕
迹。

心聿说，我真没有隐私！

小优哈哈大笑。

心聿说，笑什么？

小优说，正经的，我让你参加这个组织是为你好，你是写小说
的，里面有许多好题材，只不过你现在还不到这个级别。

心聿就有点慌。他看这些会员个个很有修养的样子，聚会的时
候也像普通人一样说笑，看来每个人都有一些见不得人的隐私被组
织掌握着。

小优说，你放心，我们绝不做触犯法律底线的事，不过是人
的一种爱好。窥探，多有意味。现在，你得学会观察，因为要看到
更多的隐私就必须更上一级，而要更进一步就必须推荐更多的人入
会。

心聿懂了，他是做了小优上升的台阶。接下来，小优给他看了一些隐私，按照小优的说法这些都是已经解密的，真的是无奇不有。从此，为了看到更有趣的隐私，心聿开始学会了观察。他开始在作协群里发声，有意识地引诱，竟然非常成功，有一次，有人竟然把托泰十多年前送给报社编辑两斤红茶的事也揭了出来。一年下来，他已经邀请了好几个人入会，有亲戚有朋友有陌生人。他发现人真的很冒失，要弄个隐私根本不难。

当然这些人的入会不是他邀请的，他只提供隐私，由影子会的理事会具体操作他们入会。人真的脆弱，一有隐私在人家手里，就乖了，其实有些隐私在心聿看来根本不算什么。比如他有一个朋友叫清昊，一个老师，他在最好的几个朋友间吹嘘他的婚外情。不过是一个学生家长与他开的玩笑，他把两人的聊天截屏给心聿他们看。

能带带我孩子吗？

我带学生很贵的。

多少？

两千一个月。

这么贵，我付不起。你家有床吗？

床？当然有。

我可以用我的身体支什么？

……

这纯粹是玩笑，根本不算什么。清昊也这么认为，但是当这张截图成为一页证据保存下来的时候，清昊吓坏了。这里面涉及的都是他的死穴，私带学生已犯了规矩；作为老师竟然与学生家长聊这么暧昧的话，师德何在？如果教育部门刚好要找个反面典型，就不只是批评教育的事了，丢掉工作都有可能。这么着清昊也成为影子会会员了。清昊至今也不晓得这张截图到底是谁提供的，也不想去弄清楚，因为这已经没有意义了。

心聿有段时间写了一个中篇，写的是父亲临死前突然信耶稣的事。父亲在单位里一直是先进工作者，可他却笃信佛教。临死前几天因为忍不住疼痛又信了耶稣。他想讨论的是一个人的信仰的终极意义。这个小说写好后一直放在电脑里，他知道小说里讨论的东西比较敏感，决定暂不示人。可有一天小优突然对他说，心聿，你对信仰有什么看法啊？心聿说，我谁也不信。

小优说，人一旦面临忍受不住的痛苦的时候，信仰真的会变吗？

心聿一惊。

小优继续说，其实写小说的题材多的是，最近理事会想吸收一个新理事，成为理事后，就可以看到更多的隐私了。

隐私会的规定是你提供了一个隐私，就给你一个你要的隐私。当然要获得谁的隐私，也不全由你决定。你报出一个人名，他们开始搜索，此人没有隐私自然无从谈起，如果有隐私，他们也要评估能不能给你看。当然给你看了，他们也不用担心你去敲诈他，因为你有隐私在组织手里。

这些年来，他查过最好的朋友、最大的对手，当又一次得到来之不易的名额时，他思量再思量，想知道的隐私实在太多了，但这会儿他最想知道的竟然是老婆的隐私，当他报出老婆姓名的时候，心里惴惴不安，似乎世界末日就要来临。幸好组织说，没有这个人的隐私，他才长吐了一口气。但心聿从此患上了一种怀疑病，小说是再也写不出来了。

这些天作协群里又聊得起劲，托泰又与人杠上了，主席便生气，托泰不服。又变成两派，斗了起来。心聿只瞄了眼，懒得去凑热闹。实际上心聿已经很长时间没有上去说过一句话了，他晚上总是睡不好，翻来覆去的。老婆说，有什么心事？心聿说，没事，好像咖啡喝多了。老婆说，跟你说过晚上不好喝咖啡的。对了，你们群里那个叫托泰的是不是做外贸生意的？心聿说，大约是吧。老婆说，听说是个很聪明的人。心聿不晓得老婆为什么深更半夜问起这样没头脑的话。问有什么事？老婆说，没事，睡觉。

心聿思东想西，到凌晨才迷糊了一会儿。老婆上班去后，他把开启电脑的密码改了，想了想还是改了回来。改回来后，打了几百个字，又把密码改了。改了后心里更不踏实，注意力再也集中不起来。最后他把那几百个字删除了，还是把密码改成原来的。就在这时，他看见作协群里群主发了一则新公告，说这个群从此只能聊文学，聊其他将按群规处理。心聿正郁闷，似乎找到发泄口，当即编了则段子，说，不聊其他，讲个故事总可以吧。

他的段子是这样的：我有一个群，名唤水牛群。忽一日，群主立规，群里只能聊牛事，不得议论他事。泰托者愤然，却无力反抗，说那只能对牛谈谈琴。群主又立新规，只能谈水牛。泰托怒，辩曰，水牛黄牛不都是牛么？群主说，黄牛带黄，敏感敏感。泰托遂噤声。从此此群只落得个白茫茫一片真干净。

这样地发泄了一通后，他紧盯着屏幕，准备好弹药，要好好来一番血雨腥风。可群里静悄悄，一直到夜里也没有任何声响，只有托泰私下微他：谢谢你的支持。心聿说，我不是帮你，只不过看不下去而已。托泰说，你清高。心聿说，清倒是清，不高。

心聿觉得心里空洞洞的，倒懊悔起来，怕这个群就这么冷下去。因为人只有情绪高涨，话才多，话多就会爆出有趣的事。对心聿来说，这个群实在是小说题材的宝库，也是收集隐私的好去处。

心聿要一个隐私权，从来没有这么急迫过。可收集一个隐私到底不是容易的事。他怀疑周边的人知道了他的这个嗜好，因为与他谈话的时候，人家不再开诚布公。作协群里也一样，再也不像以前那样的口无遮拦；看上去乌烟瘴气，拨开迷雾，都是些不痛不痒的谩骂、优雅的讽刺。

有一天，托泰说，心聿，文联有个项目，可以申请扶持出一本小说集，你参加吗？心聿说，竞争的人多吧，轮不到我们的。托泰说，我算了一下，你最有希望。心聿说，还是你机会大。托泰说，你真这么认为？那你不参加了？心聿说，参还是要参加一下的。

托泰说，那你希望大的，听说宣传部长你也认识。

出一本小说集是心聿想了好多年的事，这机会可不容错过，但看托泰的阵势是势在必得。托泰善交际，有事没事会去文联坐坐，似乎与头头脑脑都讲得上话。他想，如果真的要花太多的精力去竞争还是放弃算了。正这么想着的时候，小优来电话了，说，你还记得你的资料袋吗？心聿一惊，他可不喜欢再提这件事。小优说，其实你好好回忆一下当时的情况就知道了。已经过去好久好久了，有这个必要吗？但晚上心聿做梦，忽而一枚炸弹把他的脑袋炸开了。他头痛欲裂，当时的场景忽而清晰地映现出来。

山庄大食堂里，有人举起了资料袋，有作协的人吗？你们的人忘了东西了。肯定是托泰，是托泰拿走了他的资料袋。那次培训班作协去了四个人，两个年老的是心聿的好朋友，他们与美术书法协会的几个老头坐在最外面的一桌，吃好就走了。他走的时候，只有托泰还在。那么应该是托泰拿走了资料袋，这是确凿无疑的了。托泰飞快地跑到房间里，打开，惊讶，然后拍照，或者调换。他会这么做的。他做得出这样的事。当然，心聿想，我也会做这样的事。然后呢？托泰偷偷地把资料袋放到吧台上。于是小优收到了。

他觉得衣服正在一件件被剥除，他看见托泰悬浮在天花板上呵呵地笑，忽然托泰又变成空气缠绕于他周身。早晨醒来浑身酸痛，他决定打个电话给托泰，说不准备竞争那个扶持项目了，别的还是不说为好。刻不容缓，也许已经迟了。

他不想听到托泰的声音，就发了个微信，似乎这样就与他隔了层皮。好久不见。他说。

呵呵。托泰一贯的腔调，说，正确的表达应该是很久没有讨论过小说了。

我决定放弃那个扶持了。

这与我无关。

心聿说，嗯，无关，只是与你说一声。

托泰说，标准的表达应该是这样的，我承认失败了。

心聿松了一口气，他了解托泰的脾气，能这样说话说明他们还是朋友。他的心平静了一些。

他觉得非常苦闷，就打了个电话给小优。小优说，去散散心吧。他说，好，你能一起去吗？小优说，可以啊，要么去东镇的那个山庄吧。心聿说，好啊好啊。

他们是各自开车去的，心聿先到，订好了房间，然后小优也到了。饭后，他们去附近的游步道散步。他们心照不宣，但没有谈起什么。心聿在这方面总是懦弱，他在等待小优发出明确的指示。他们走到山顶，四周没有人，小优的身子已经比原来靠近了一些。这时候，他要做的是一把把她拉向自己，然后吻她，手毫不犹豫地伸进她的后背，这时候不需要轻柔，要的是粗暴。

他却退缩了，也许不叫退缩，他觉得还是等到最合适的时机吧。你怎么了？小优问。这时候他已经离开小优好几步了。

没什么，他说。

你来过这儿吗？

心聿说，来过，不过是很久以前的事了。

有十多年了吧？小优说。

心聿说，是，十年了。

小优说，心聿，你真正喜欢过我吗？

心聿说，喜欢啊。

小优说，不骗人？

心聿说，骗人是小狗。

小优就笑了。小优说，那以后我们不要联系了，你说可以吗？

心聿说，为什么？

小优说，你有那么好的老婆啊！

多么熟悉的话，那是十年前的声音，似乎是从同一张嘴里说出来的。

就在这时候，心聿一把抱住了小优。

回来后，心聿按约不再联系小优，其实本来就是小优主动联系他的，他一直是被动地接受。不出两个月，小优被调到宣传部，尽管级别没有变动，但明眼人都知道，这是要重用的前兆。

那天心聿突然接到文联办公室新主任的电话，说他申报的项目已经批准了。他呆了半晌。可是，他说，我已经退出了。新主任说，我不管，我刚上任不久，反正名单上写的就是你。

他不想去求证，加入影子会后，他已经不会惊讶。也许托泰也有把柄被人捏在手里，也许心聿的把柄恰恰成为他的把柄。托泰拥有了宣传部长的隐私，这已经成为不争的事实，从此任何不利于宣传部长的空穴来风都与托泰有关。这将成为他的梦魇。毕竟在这个小城，他是个无足轻重的角色。他怎么能拥有这样的隐私呢？

　　心聿进入组织的理事会已经是五年以后的事了。进去后他才知道，理事会上面还有更高一级的理事会，就像金字塔一样，他们不过是最基层的一级。而组织的关系之复杂，连小优也说不明白。有一次开理事会，他意外地看到了宣传部长，她已经退居二线，走路也歪歪唧唧的。但理事会的成员显然对她非常敬畏。她已经不认识心聿了。

　　加入影子会后，心聿才知道，有些隐私根本就是子虚乌有，但人就是这样的，宁可信其有，不愿信其无。有时候单单凭着一个传闻，就可以束缚一个人的自由。那么那本束缚他的本子，究竟在谁的手里？也许小优真的没有看到过本子里的东西，是他的害怕让小优钻了空子。还有另一个问题一直折磨着他，像他这样无足轻重的人为什么会引起理事会的重视。因为一般的影子会成员在成为会员后基本上就隐退了，除了在组织的花名册上留下个名字外，再也不会参与会里的事。

　　成为理事，意味着他可以了解更多组织的内幕，现在他希望那本本子真的被保存在影子会的保险柜里，他很想让宣传部长看看他是如何把她的嘴巴画成一只喜鹊的样子的。

喜欢唱歌的女孩子

　　那会儿我还在一家批发市场经营一家文具批发行，生意很好，没几年就步入小康一族，同事间也相处融洽，可精神世界极其贫乏。批发生意忙的是早上，那个忙，真正是脚不沾地。忙过这阵，市场便冷清下来。于是男人们就开始搓麻将，打扑克，女人们则挑起毛衣。到了吃饭的时候，才有了点生气，老婆带饭来了，读书的孩子来吃饭了。这时候，李娜也放学了。我们就叫住她："来，阿娜，唱支歌。""一支棒冰。""好。唱得好，一筒冰激凌。"于是她便走到走廊中间，把一张报纸卷成一个圈，像个麦克风，凑到嘴唇下，微微晃着头高声唱起来。大家都围拢来，吃饭的则把筷子定格在半空，嘴巴微微张开着。唱完了，就齐声鼓掌，大声叫好。承诺的人就把冰激凌递给她，又提出一个要求："娜娜，再唱一首。"李娜就会朝母亲的摊位望一眼，面露难色。她母亲的吼叫声就传过来："死丫头，不要吃饭了。"李娜向大家做个鬼脸，跑了过去。

　　李娜的母亲四十多岁，面黄骨瘦，死板木讷，她进市场才一年多时间。她不是本地人，早些年与丈夫在一家机械厂打工，前年丈夫不幸因公身亡，赔了一笔数目可观的钱，她就辞了工，又不愿意回老家，就来市场转了个摊位，做起生意来。略微稳定后，去接来女儿，花了近万借读费，进了附近的公办学校。女儿来时刚好小学毕业，十四岁，豆蔻年华，大家见了，非常惊奇，都怀疑不是她的女儿。小女孩生得白白嫩嫩，双眼皮，眼睛黑白分明，眼珠子转起来，会说话一样；脸略圆，嘴巴很甜，见谁都叫，一点不怯生，不久就与大家熟悉了。特别喜欢唱歌，一有空就低声哼唱，唱着唱着，就变成高音。她的声音很有特色，既有女孩子的磁性，又有男孩子的雄浑。她学歌的天赋极高，电视里刚流行的歌曲，听过几遍，就能流畅地唱出来。大家都很喜欢她，有时候，谁家孩子过生日什么的，就叫上她，活跃一下气氛，她总是满口答应。可是她母亲不喜欢她唱歌，一听见她唱，就要骂，"鬼叫样的，快点吃饭，上学去"，或者"叫什么叫，唱歌能当饭吃"。大家一直不太跟她来往，所以听她叫骂起来，便各自散去。

李娜的成绩很好，是班里的学习委员，人又活泼，所以她的朋友很多，一到星期天，就有许多女生来店里找她，她把她们带到我的店里，选购好学习用品，就说："叔叔，便宜点噢，她们是我最好的朋友呢。"我自然买她的面子，不过我说："便宜可以啊，只是要唱一首歌给我听听。""这个简单，"她说，快快地哼唱了几句，"成交了噢。"就嬉笑着带同学们去了。不过她很少与同学出去玩，休息天总是陪着母亲守在店里。她母亲做的是袜子生意，不知什么原因，生意一直不景气，心情也似乎没有好的时候，一不好，就迁怒到李娜的身上。她总是埋怨李娜太野，没有一点做姑娘的样子。对她的学业又似乎抓得很紧，一放学就催她做作业。但如果生意忙起来，又什么也不顾。"阿娜，快去仓库里拿包丝袜来。"李娜就放下笔，噔噔噔地跑去了。看到李娜歇在那里闲聊，就急吼吼地叫："阿娜，多乱啊，就不会理理。"对她母亲的苛刻，她似乎早习惯了，从来没有忤逆的意思。"多懂事的小囡啊，"几个年纪大点的妇人总这样对她母亲说，"你看看人家的孩子，好知足了。"她母亲却一脸阴沉："我们好与人家去比？我们有什么啊！"只有这个时候，李娜才会皱起眉，对母亲发一点小小的火："我们怎么了，我们哪里跟人家不一样了，就你自己看不起自己！"她说完这句话，眼里就要溢出眼泪。这时候，她的母亲就红了眼，闷闷不乐地转到一边去。

日子就这样平平常常地过了三年。她母亲的生意也渐入正轨，虽说赚不了大钱，但比起打工，不晓得要好上多少。而李娜于学业外，文艺上也崭露头角，唱歌自不用说，朗诵、舞蹈也成为学校的尖子，在一次中小学生文艺会演中还得了个二等奖。不过最让她兴奋的是，她的母亲竟然按揭买了一套商品房，虽然地方偏了点，但一想起不久将有一间属于自己的书房，李娜好几次说，做梦都笑醒了。就在她如愿考上重点中学的那一年吧，她的母亲突然生起大病，几乎花光了家里的积蓄，而店面就这样关着。我们都认为照这样下去，还不如把摊位转了，待身体好后，再做打算。因为这样关一天，就要损失一天的摊位费，而她的病却不晓得何时才能好。其间，李娜陆续来开过几次店门，正好有人来问转让的事，我们便劝李娜去同母亲商量，李娜突然哭了，说，我老早说过了，可妈说，就是死了，摊位也不能转的，她说摊位是我们的根，她说我们就像浮萍，她说没有了这个根，一阵风就会把我们吹回老家去。我老家多穷啊，坐车都要走一个小时的路。妈妈说，就是做狗，也要做城里的狗。她这么一说，我们都流了泪，可又帮不上忙，只好不响。有一个星期天，李娜来开了店门，却只痴痴地坐着，眼睛红红的，顾客来了，也爱理不理。我们过去，问："你妈怎样了？"她听了，就哭起来，不停地哭："医院里要再缴三千块，可是家里没钱了。妈妈要出院，可是我知道，有了这三千，妈妈的病就全好了。"我们决定借钱给她，其实我们早应该去探望她母亲的，可是那妇人平常的为人，竟然让我们没有去探望的理由。只不过买了点水果，借故忙，让李娜捎去而已。而借钱，我们倒都眼巴巴地等着她来开口呢。而李娜这方面也承继了母亲的秉性，只一味地哭，就是不提借钱的事。最后我们几个经营户一商量，凑了三千块，又买了点水果陪她去了趟医院。她母亲知道情况后，当场就骂李娜："谁让你做主的，我不是好了吗……小小年纪，就……"我们忙说是我们自愿的，跟李娜无关。李娜只有哭的份。走出病房，李娜抽泣着向我们道歉："叔，对不起，对不起，我妈的脾气……钱，我们一定会还！"

不久，她母亲出院了，但体质已大不如前，一副病歪歪的样子，似乎一阵风就可以吹倒似的，人也变得神经质。李娜也受了传染似的，说话走路都小声小气。一放学，就赶到店里，一边做作业，一边做生意。她的母亲坐在账桌前，一边咳嗽，一边责怪她。

"耳朵有没有呀，人家在问你价格呢。字迟一步写，会死人的？生意要紧，还是作业要紧？这么大人了，还这么不懂事，唉……"李娜赶紧放下笔，去接待顾客。我们都看不下去，忍不住要为她争几句，可她的母亲却黑着脸说："你们倒轻巧，你们知道我家的情况吗？照我说，就是大学毕业了，也无啥用场。娜娜要是肯听我的话，现在就做生意，我不信到时会比那些大学生赚得少。"我们不再去理她，知道这并不是她的气话，在她生病时，她就让李娜请过假，她是有这个打算的。这就苦了李娜，既不能拖了功课，又不能惹了母亲，整个人便失了光彩，变得郁郁寡欢。歌声已远离了她，而没有了她的歌声，商场也好像失去了什么，变得灰暗起来。

我们希望李娜的脸上再恢复笑容，希望再听到她的歌声，听到她脆脆的叫声，但她的母亲变得更加神经质，有时候我们与李娜开句玩笑，她也要疑神疑鬼，以为我们在讽刺她。最后，李娜几乎不敢与我们来往了。就在这时候，本城举办了一场大型歌唱比赛，不分男女老幼，都可参加，广告做得很热闹。我们怂恿李娜去参加，她的母亲一口反对："比什么赛啊，唱歌能当饭吃？又要耽误功课，还要花钱。"她的话倒激起我们的一点志气，不就是钱吗，我们来出，又与她讲了一通参赛的好处，她才勉强同意。后来才知道，学校也重视，李娜早被选进去了。

初赛的情况我们不是很了解，因为电视不直播，而李娜的顺利进入决赛，也没有引起我们多大的兴奋，在我们看来，这是必然的事。只是在每次比赛完，我们都请她吃一顿肯德基。"阿娜，以后出名了，不要忘了我们啊。"我们开玩笑说。"怎么可能呢，"

李娜说，"如果我出名了，我就请叔叔们坐飞机到北京去看我演出。"我们鼓掌，同时心里也生出一丝忧虑。现在的李娜，信心在一点点回复，脸上又洋溢出少女特有的光泽。毕竟还是一个孩子啊，她把上北京比赛当作最大的成功，可是现实究竟是怎样的呢，恐怕连我们也不了解。我们又问了一些比赛的内幕，相对而言，初赛是公正的，这就像马拉松，刚开始，选手都是漫不经心的样子，观众也提不起太大的兴致。而一进入决赛，才渐入佳境。这会儿，举办者为了吸引眼球，招徕广告，无所不用其极，反正可模仿赚钱的方法多得是，尽可能照搬了来，什么短信投票，有奖猜测，不一而足。我们当然不食前言，忙着组织整个商场发短信，支持李娜，又搞出有奖投票，凡给李娜投票的顾客，都可以在本商场领取一定的奖品。一时间，商场的营业额竟然猛增了三成，这可是事先没有料到的。更厉害的是，李娜的学校竟然让学生动员家长投票，说是爱学校的表现。李娜的名气开始响起来，陆续有歌迷寻到商场来，叽叽喳喳地围着她转，签名啦，赠礼品啦。我们都为她高兴，开始她还腼腆，扭扭捏捏的，红着个脸，小声小气地说话，而礼物是绝对不收的，实在推不了，就收下，但必从货架上拿一包袜子回赠对方。这时候她母亲显出恼怒的神情来，一点也不顾及面子，大声大气地说话。李娜便朝大家吐吐舌头，背了书包回家去。大家对她母亲的不近情理，很不满，纷纷指责她，认为李娜必毁在她身上，但李娜总护着她，有一回，她近乎哀求地对我说："叔，你跟大家说说，不要这样对我妈妈好不好，她吃的苦够多了。"

那时，李娜的母亲因为欠了我们的一点钱，在我们说她时，总保持一种凄凉的沉默。而我们其实并没有把这点钱放在心上。有一天，李娜拿来一千元，说："叔，如果你不急用，我妈说，先还给胖子叔。"我一惊："你们不是还欠着银行按揭款吗，我们这点钱不急的。"李娜说："这样也好，你的先欠欠，可是妈说，胖子叔的一定要先还掉。"我这时认真地对她说："阿娜，你也不小了，叔叔们都是为你好呢。有些事，可要有自己的主见，不一定都要听妈妈的。""可是，你知道我妈妈这人，身体这么差，我不想去忤逆她啊。"她说这话的时候，神情是黯然的。为了不影响她接下来的比赛，我许多要说的话没有说出来。

当李娜进入前三，事情就大了，仿佛战争进入白热化状态，我们都变得有点狂热起来，但同时也感到一种说不上来的厌倦。到处在传说，某某在走后门，请人上课，宴请评委。而对于我们来说，除了有几张臭钱外，没有一点经验。李娜的情绪明显低落下来，我们都感到束手无策。就在这时，一个小伙子，后来知道是李娜学校的音乐教师，刚从音乐学院毕业的，隔三岔五地来到商场，站在柜台外，悄悄地指导她，又带她到附近的公园去练唱。小伙子是个很讨人喜欢的人，对大家很尊重，一来二往就与大家混熟了。有一天，他提出是否可以在商场外搭一个舞台，让李娜公开献艺，名为答谢广大支持者，实是拉票，寻找有实力的赞助商。我们当然一口应承，于是就搭起一个台，早早地印好广告，四处散发。小伙子又去请来本市演艺界的一些人士，一起来助兴。到了约定的日期，商场外早就挤满了人，正是七月中旬，天很闷热，人们个个汗流浃背，却依然挤在一起，连马路上也站了许多人。大约八点钟，一阵鼓响，宣告演出开始。首先是李娜学校的体操表演，然后是两个靓丽的年轻人上台来主持节目。男的正是李娜的音乐教师，他字正腔圆，与女主持一问一答，很有电视主持人的风度。他称李娜是歌坛的新星，在不远的将来，我们这个小城将随着她的名字而扬名天下。他极尽夸奖之能事，听得人热血沸腾，我有点害怕，怕说得太过了，会引起人们的反感。但显然这个担忧是多余的，台下一时尖叫声四起，到处是"娜娜、娜娜"的狂喊。但有意吊足人们的胃口似的，接下来几个节目，都是一些小品和舞蹈，人们虽然也在认真看，但台下已经显出骚动的迹象。

"骗人的把戏，有什么好看的，走啊！"

"用钱买来的名次，有什么好稀奇的！"

"听说，她妈妈是这个商场的总经理。"

"怪不得啊！"

"你以为现在这个社会，没有一点背景，能成事？"

我在人群中听到这种议论，真是既愤恨又无奈。幸好，主持人适时宣布主角要出场了。随着激越的鼓点，李娜上台了。她穿着一套金光闪闪的紧身衣，奔跳着上台，到台前站定，一个深鞠躬，这时鼓声霎时停了下来，李娜又向前几步，说了几句感谢之类的话。突然，一个转身，摆出一个舞姿来，把话筒高高举起，就那么一动不动，像一尊雕塑。全场顿时一片肃静。音乐声起来了，先是缓慢的，像小溪舒缓地流，渐渐地就快起来，快起来，突然，略停了一瞬，就如瀑布般奔腾起来，而李娜也随着节奏像水蛇似的摇摆起来。她越舞越快，整个人像要飞起来一样，而她特有的高亢的声音也一下子从台上飞起，越过人们的头顶，直冲云霄。过了好几秒，人们才反应过来，一齐大声呼喊起来。歌声是够响的，可人们还是不满足，一定要近台去看个仔细。于是后面的就奋勇挤向前来，一浪高过一浪的人潮，挤压得舞台都摇摇欲坠。一曲终了，李娜就赶紧到台前，连续向台下鞠躬，说着一些得体的话，拿捏得恰到好处，真有大明星的气质。我知道，这些话都是那个小伙子教的。我甚至觉得，这个小伙子与李娜真是一对金童玉女。要不是这个小伙子，短短几个月，李娜是无论如何不会有这么大的进步的，当然，她自身的努力是最重要的，看来真是时势造英雄啊。不用说，这个晚会搞得很成功，不仅提升了她的人气，更重要的是，为她赢来了一个赞助商。

以后的事情，我们就不是很了解了，因为她的一切事全由赞助商负责打理。我们就像急先锋，拼死拼活了一场，到头来，眼睁睁看着快要成熟的果子被别人抢走。心里懊恼着，但并不失落，确实，到了最后关头，凭我们的实力，我们的经验，已经不能对她有大的帮助，那么，选择让路，就是最明智的了。况且我们的本意，就是她能够取得好成绩。不过她的事我们依然关心着，特别是那个小伙子，跑得最起劲，几乎成了李娜的经纪人，一切与赞助商的交涉都是他在做。开始，她母亲还笑容招待，不久即变了脸色。当李娜终于如愿得到冠军后，她的母亲迅速转了摊位，不知去向。这时候，我们感到深深的失落，我们知道我们完全失去了李娜。不过我们是商人，赚钱毕竟是第一位的，这次去娱乐界热闹了一会儿，完全是因为李娜的可爱。当她的身影一离开我们的视线，我们便不再去浪费额外的精力了。又一次见到她是暑期将结束的一天，李娜来到商场，这时的李娜已染了一头的黄发，嘴唇也涂得猩红，穿得也很成熟，我们都一惊，似乎觉得什么地方不舒服，但大家依然像迎接自己的闺女一样欢迎她。她买来了一大包礼物，几乎帮过她的人都得到了一份，她说："我知道叔叔们都忙，没有空去吃饭。这是我的一点点心意，如果我发达了，我再请大家。"大家都很高兴，又问起她的近况，她说正在一个音乐班里培训，赞助她的蒋叔对她很好，蒋叔开了一家很大的娱乐厅，晚上去那唱唱，蒋叔总给她很高的出场费。她一口一个蒋叔，听得我们的心里也泛起酸意，我说："去练练唱可以，可不能为了钱去啊。"她说："我知道的。"又问起她的母亲，她说："还不是那样。"神情中露出少有的哀怨。

从此后，我们便没有再见过她，当然我们还会有意无意地得到她的消息，她辍学了，她与那个赞助商同居了，等等，不一而足。我们不知道这是真是假，但她辍学是确实的事，因为她的音乐教师还为这事来过商场，希望我们去做做工作，但老实说，我们连她在哪里也不晓得，就是晓得，凭我们的为人处世，也是不会去的。小伙子看到这个结局，眼睛一红，竟然哭了："是我毁了她，毁了她啊！"弄得我们摸不着头脑。而与那个半老头同居，我们都执意地认为，是谣言，但不久便证实了，我们都把责任推到了李娜的母亲身上。这中间，那婆娘肯定瞒着李娜做了什么见不得人的交易，凭我们的了解，如果没有母亲的逼迫，李娜是绝不会做出这些事的。我们在痛惜之余，也渐渐冷了心。开始两年，我们还能从本地电视上看到她的身影，又在省级选秀节目中看到过她，也曾为她投过票，落过泪。但后来又传出她的许多绯闻，这时候我们除了叹息几声外，便不再去关注。确实的，现在这个社会千奇百怪的，什么事不会发生啊，如果不是她，我们恐怕连叹息也不会呢。从此便慢慢把她遗忘了。

　　我今天突然想起她，是因为看了一则报道，说一个年轻女子刺杀了情人，女子是一个酒吧歌手，而男子是娱乐界老板。报道说该男子曾资助女子参加过许多比赛，可女子又与一音乐教师发生暧昧关系，反正是乱七八糟的一团糟。我当然不希望这个女子是李娜，可是，给我的直觉，她就是李娜。幸好报纸上用的是化名，因此我依然不认为她就是李娜。

B到U城

B的病，近来有严重的趋势。身软，记忆衰退，时有失忆症状。特别是无中生有的忧愁，时时侵袭他。医生说，是记忆的一节链子出了问题，要激活它，最好的办法是出去散散心。B才发现竟有三年没有出门了。去哪儿呢？一想，头痛的毛病又上来了。正好这时候他接到一个电话，是一个远房亲戚打来的，希望他马上过去。他就出发了。要去的地方叫U城，是个美丽的小山城，有一条秀丽的江蜿蜒而过，风景奇佳。去U城没有火车，坐长途车需要十多个小时。B在车上，睡意深沉，可睡不着，张开眼睛，又想睡，脑子一片混沌，这让他很痛苦。他害怕突然失忆，并开始怀疑起此次旅行的真实性。当车子驶近U城，那条甚是宽广的江出现在眼前，脑子像被什么刺了一下瞬间清醒起来，三年前的U城之行像影像般在脑中徐徐展开……

这时候已是向晚，一下车，B就感到空气中有一股压抑的气氛，人昏沉沉的，仿佛微醉的样子。颇费了些周折，他才寻到那个唤作表姐的远房亲戚家。表姐家住五楼，B敲了许久，都没有动静。他发现对门的屋里亮着灯，并且听到窃语声。他举起手，又放下，心里犹豫着，该不该敲陌生人的门。最后，他下了很大的决心，敲响了门。里面的人正候在猫眼上看他，才敲了一下，门就开了。"不晓得……"一张圆脸探了一下，就把门关上了。B张着嘴，一脸惊讶，下意识地，又敲了下门，门倏地开了，又倏地关上。只有一句话随着风飘进B的耳朵："不晓得！"

B想打电话，才发现没电了。只好走到表姐的店里去。从这里到表姐的店，要穿过一条小街。小街五六米宽，两边的房子高高低低，看上去有些破旧。二楼以上，是住宅，沿街一面都晒着衣服、棉被，这会儿，都淅淅沥沥地往下面滴着水珠。一楼是商店，小而乱，经营的无外乎是一些小吃店、理发店、杂货店。这时候，路灯陆续亮起来，不宽的街道两边，忽而涌出许多小摊，他们肆无忌惮地叫喊起来。一时间，烧烤的烟雾熏得人直流泪；卖冷饮的则把白铁桶敲得雷似的响，仿佛要把白天的郁闷一股脑儿发泄出来。行人也真多，摩肩接踵，好像所有的人都挤到这条窄窄的街道上。出租车死命地按着喇叭，在人群中横冲直撞。城市真是一盒压缩饼干啊，B叹着，这么拥挤，嘈杂，人还要往里钻。B是喜静的人，这会儿竟也适应了，似乎城市本该如此。前面好像出了车祸，所有的人都停下脚步。B知道一时半会通不了，就下意识地走进路边一家酒吧。相对而言，这家酒吧装修得还算精致，气派的招牌，旋转的霓虹灯，又宽又厚的透明玻璃。然而里面的顾客并不多。他选了个临窗的位子，要了听啤酒，慢慢地喝，一边漫不经心地看着窗外的人群，一边随意地听着周围顾客的谈话。"听说，要来新首脑？"
"跟你有什么关系。""怎么没关系，要管你的。""管我？噢，
管我的×！"B被这句话吸引，转头看去，离他不远处，有三个看
不出什么身份的人，正在聊天。他们的桌上摆着十来听啤酒，几盘
简单的冷盘，一个穿黑夹克的人，正把一听啤酒喝光，把空罐往桌
上一砸，"确实没关系，他妈的……"接着他们又说起一些黄色的
笑话，并不时爆出一阵大笑。B对这些话很厌烦，当他喝光第二听
啤酒时，头越来越昏眩。肯定不是啤酒的缘故，这点酒他根本不在
话下，可又说不出是什么原因。以前感冒时有过这种症状，这次绝
不是感冒，因为他的喉咙很正常。他对自己的身体很了解，他知道
他的脆弱处是喉咙，一有风吹草动，首先不适的便是喉咙。那么只
好归结于这个城市特殊的空气了。确实，早上起来还好好的，就是
落脚到U城后，才开始头晕的，还伴着一种说不上的不舒适感，蔓
延过全身。接到表姐的电话是几天前的事，可下决心让他成行的似
乎不完全是这个电话。他同妻子说，要到外地出差去，需要几天
时间。其实他完全可以同妻子讲实话，反正妻子不会对他的事感兴
趣，但他为什么要欺骗妻子呢？难道他此行还有另外的目的？他不
能多想，一动脑，头就痛。警笛响起，窗外像爆发战争一样，趁这
个间隙，B快步走到街上。这条小街印象中并不长，可B费了很长
的时间来行走。终于走到了小街的尽头，来到了B城最美丽的春江
大道。这时，B才发现他的身旁竟没有一个人。回头看看，不远的
地方依然人声嘈杂，大概这街呈"非"字形吧，人们都从旁边的小
弄分流了。大街上一片昏暗，只有很少的路灯半死不活地亮着，这

让B有一种恍惚进入另一个空间的幻觉。B走了没多久，迷路了。记忆中，这是一条繁华的街道，现在看到的，却是一副凄凉的景象，仿佛刚经过地震一样，有几台挖掘机停在马路中间，到处是断壁残垣，空气中，弥漫着泥土和石灰的味道。B站在一堆废墟前，不知所措，一股沧桑感油然而生。

B在街道上来来回回了几趟，竟寻不到表姐的店铺，这让他很奇怪。没错，街道上有许多店铺拆了，但还有一些在营业。他拦住极少的几个行人，可回答他的都是"不晓得"，似乎这里的人，就会说这么一句话。B感到不可抑制的累，十分向往有一张床。就在这时，他发现很远的地方出现了一片亮光，走近了，才知道是一家大酒店，门前插着五颜六色的彩旗，空中还飘浮着几只大大的气球，无疑是一家新开张的宾馆，这让他更加惊奇起来。他一走进明亮的大厅，就感到一种异样的气氛。服务小姐翻来覆去地看他的证件，又用狐疑的眼光瞟了他几眼，仿佛他的身上藏着不可告人的秘密。大厅的沙发上散乱地坐着一些不知身份的人，都手捧一张报纸，装模作样地看着，然而眼的余光分明在瞟着B。B有点如芒在背的感觉。办好手续，他不愿到饭厅吃饭，就打电话让侍者送上楼。趁侍者上菜的时候，他问了一些问题，但除了一些无关紧要的话，侍者一概回答："不知道。"B打开皮夹，从里面抽出几张纸币塞到侍者的袋里。侍者立即变了态度，他告诉B，这个城市过段时间就要选举新首脑了，在这之前一切活动都已停顿下来，等候新首脑来后再做定夺。他还告诉B，这个酒店就是为了这个会议而建的，从后天起，就要清场。而本地人早在半个月前就不能进来了。B这才明白，刚才踏进酒店时那种奇怪的气氛了。

B很早就上床睡觉，可总是睡不踏实。房门外，仿佛有人在监视。他慢慢走到门口，从猫眼里向外看，果然有两个人在他的门口走来走去，脸上露出一副不耐烦的表情。他轻轻碰了碰门锁，确认门从里面锁着，才又轻轻地退到床上，但再也睡不着了。

早上起来，刚一开门，侍者就闪身进来。这是一个才二十来岁的青年，生得面目清秀。他站在B的面前，满脸通红，嗫嚅着，抖索着从袋里取出几张纸币，又不敢递给B，犹豫了一会儿，突然把它丢到桌上，一转身，飞快地跑了。B兀自惊着，这时一个唇红齿白的姑娘，用一辆小车推进可口的早餐。

B对发生的事，十分不解。匆匆吃了早餐，打算悄悄地跑到外面去。经过大厅，他看到有许多西装革履的人坐在沙发上窃窃私语，一见他，都噤了声，仿佛猎物看到更强大的猎物，都一个姿势定着，不动弹。趁这间隙，B快步冲出大厅。

天好像有点亮了，但雾气很重。B开始毫无目的地逛，约莫走了二十分钟，他发现前方路的左手处有一个大坑。近前一看，才发现那坑十分地深广。他更加奇怪起来，昨天晚上经过这里怎么没有发现呢？也许昨天根本就没有经过这里，而是从另一个方向来到这里的。毕竟已经好几年没有来过这里了，世道的变化又是如此的迅捷，也许早晨还是一个乞丐，到了晚上，就成为百万富翁了。他抬头朝坑的深处看去，约四五十米远的地方，飘浮着一团东西，在雾气中，若隐若现。B好生奇怪，闭了下眼，再极目望去，才看清那是一幢三四层高的楼房，孤零零地立在深坑的中央。正在奇怪的时候，从那个方向飘来一阵歌声，开始不甚明了，后来听得真切了，因为那歌词翻来覆去就是这么几句：

> 天要亡我今，没门——
>
> 地要亡我今，没门——
>
> 人要亡我今……

B觉得这声音有点熟悉，这时，天渐渐亮了，那楼的轮廓也渐渐地显现出来。B的心不由狂跳起来，远远看去，那楼的基础已被挖掘机啃得所剩无几，这会儿，它恰似一只陀螺，在轻轻摇晃，随时都有倒塌的危险。而在顶楼上，一个穿白色裙子的女子在翩翩起舞，歌声毫无疑问是从她的嘴里传来的。"表姐！"B在心里大吼一声，嘴里却发不出声。他拿出手机，可总是忙音，固定电话也不通，拨弄了半天，才蓦然发觉，那房子已成名副其实的孤岛，连出路也没有。正在呆痴间，突然听到一阵吱吱声，一只竹篮滑过头顶。他这才发现原来头顶上有一根粗铅丝连通着孤岛。他刚想取下竹篮，突然身子被人一推，一个蓬头垢面的人抢在他前面取下了竹篮。

"你……"

那人一脸凶相，像看见仇敌一般。忽然那人显出惊喜的神情，"B！"B吓了一跳，睁眼一看，还是不肯确定，那人又显出焦急的神情，"我是你表姐夫啊！"

B被火烫了一下似的，浮空跳了起来。表姐夫是一个儒雅的人，虽然有点思想准备，证实了，还是大吃一惊。表姐夫匆匆往竹篮中放进一袋饼干，几瓶水，用力一推，那竹篮就飞也似的滑向对岸。接着，他一把抓住B的手，猿猴似的，在杂乱的建筑垃圾上闪腾挪移，一会儿，把B带到一处已拆了一半的低矮的房子里。

"为什么不去家？"

"危险……"

B对这一切感到不可思议。这时，表姐夫三言两语就向他做了解释。表姐夫原是本城一所中学的教师，现在被强制下岗了。原来，这个城市的首脑，曾请来一级的规划师，规划的结果是要在老城区修建一座超大型的先哲文化中心，起因是在老城区改建工程中，挖掘出一块墓碑，经专家认定，此地竟然是上古先哲的安息地，于是决定借此良机，大力提升城市品位。这个文化中心据说是有史以来最大的，它涵盖了几乎所有的文化。为了实现这个宏伟目标，这个首脑几乎倾尽了所有的才智，才得到了上一级城市的认可。然而，一开始他就遇到一个巨大的难题，就是新城区的选址。按照周易先生的卜卦，新址在与老城区一江之隔的对岸，那里是几千亩的沃土良田。要毁掉它，上上级的城市一直没有明确的意见。但首脑是一个聪明的人，想出一个有限开发的办法。在这个指导思想下，整个城市便出现一副繁荣的景象。有些人忙着卖掉老城里的住宅和商铺，到新城区买地造房；有的人则忙着买进老城区的住宅和商铺，当然，这都是小道消息惹的祸。一时间，U城便呈现出畸形的繁荣。这些B是知道的。想当初，他就是看了报纸才决定投资的。其实B并没有更多的闲钱，那则新闻也并不打算细细地看，因为当下的世界稀奇古怪的事层出不穷，他早麻木了。只不过那"超大规模""涵盖所有文化"几句话，触动了他麻木的神经，才让他仔细看了起来。早在三年前，他受表姐之邀，来到这个城市，才知道这个曾经以山水闻名的城市，已大变了样，这里的空气之恶劣甚至比自己所居的城市有过之而无不及。然而B看中这个城市的自然风光，虽然看上去乌烟瘴气，但当时首脑正在信誓旦旦地保证，要把城市建设成自然之城，他相信只要假以时日，恢复成原来的样子也不是一件难事。毕竟，这里的山水曾经被誉为世界的绿肺。B看中了新区里的一块地，几乎花光了所有的积蓄买了下来，然后，按着别人的样子，用砖头围了起来。但表姐夫坚信老城区不会拆，趁机低价买进了一家濒临破产的宾馆。事情的发展正如表姐夫所料，拆迁工作并不顺利，政策也忽上忽下起起落落，各种利益纷繁交错，钩心斗角。在这混乱、虚假繁荣的几年中，表姐的宾馆却日渐兴旺，颇赚了一笔。直到今年年初，坊间开始流传城里来了秘密调查员，调查首脑的违纪行为，而新首脑也将走马上任。个中原因大约是这个规划终究没有通过更上一级城市首脑的认可。后来，坊间流传起这样一个消息，说首脑将孤注一掷，在老城区修建先哲文化中心的主体部分"祭天塔"。他想来个既成事实，在奠基石上镌刻上自己的大名，以示不朽。"难道首脑就不怕上面的惩罚？"B忍不住问。表姐夫叹了口气，给B说起个中利害来。原来这个国家的城市首脑是由更大一级城市的首脑来任命的，仿佛金字塔，一块石头抵着一块石头，休戚与共，如果上面的抽了下面的，岂不是自挖根基？何况，这毕竟是小道消息，大家都以为又会像以前一样，不了了之。可就在几个月前，首脑突然下了个强制命令，限十天内，拆除规划内的所有建筑。补偿按有关规定办。这个城市的所有规章，全部由首脑及几个助手关上门决定，这里的人们又没有看书看报的习惯，所有的有关决定，都由小道消息传播。"有关规定"，只不过是首脑及几个助手按照自己的意愿书写出来的。大部分人认为不公，但迫于淫威，不得不忍痛割爱，但表姐天生一副牛脾气，死活不肯，于是在挖掘机的隆隆声中，表姐命悬一线。幸而这时，上上级城市得到消息，决定采取措施，越级派遣一个得力干将来代替老首脑。传说这个得力干将，很喜欢搞一些"出格的事"，诸如微服私访之类，更有传闻，说他的特使已偷偷来到这个城市，正在城市的一角收集证据。不用说，这个即将履新的首脑正给这个城市带来紧张、希望、困惑、恐惧。更让他惊奇的是，这个即将履新的首脑，竟是他的同乡同学。

　　B越听越惊奇，表姐夫竟然对事情了解得如此详细。现在他总算明白，表姐为什么那么急让他过来了。可是这个老乡加同学，他已经有二十多年没有见过面了，现在浮现在脑中的，是一个十分模糊的形象。不过B还是忆起一些琐碎的片断，心里还莫名地涌起一缕温暖。这足可证明，这个同学与他的交情不错，似乎很谈得来，从来没有红过脸，也许，B还帮过他。B一时沉浸在记忆中，而表姐夫还在侃侃而谈。B越发惊讶，同学小时候的一些逸事，比如他偷啃女孩子的脸蛋，扭断一只麻雀的脚趾，表姐夫也说得头头是道，另外诸如他的嗜好，夫人的名字，亲戚……B问他是如何得知的，他回说是小道消息。表姐夫说，坊间流传的还要多呢，还有人说他是同性恋。B对这一些很反感，便变了脸色。表姐夫显出害怕的样子。"反正都是小道消息，有真有假，我们只要相信对我们有用的就好了。"表姐夫的意思是立马让B与同学联系，救他们于千钧一发间。B感到很尴尬，因为他没有同学的联系电话。但表姐夫立即拿出一个号码。

B这时候像站在悬崖上一样，进退两难，他确实没有做好与同学交谈的准备，但在表姐夫面前又不能露怯。他开始拨电话号码，手不由自主地抖索起来，心怦怦地乱跳，他既担心同学接了，又担心同学不接。还好，电话总是忙音。B如释重负。表姐夫长叹了一口气。

回到酒店，侍者的态度变得恭敬而小心，但问他事情还是以"不晓得"作答。刚要就寝，电话铃响，B接起来，对方说是同学的秘书，问B是谁。B慌忙说是老乡，对方说领导正开会呢，忙、忙、忙死了，让领导亲自接电话是不可能的。秘书矜持地说，有事可跟他说。B知道这跟他说是什么意思，不由心慌起来，在秘书将要挂电话的时候，才大声对着话筒喊："请你告诉他，我是B，B啊！"可对方一句话也不说，就呛一声挂了电话。B的心强烈地抖了一下，他分明看到了秘书那张冷酷的脸。也许正是最后的那几句喊，才暴露了自己脆弱的内心，让秘书洞悉了自己的虚弱。

B感到累，可睡意全无。这时，门外响起敲门声。"谁啊。"B不耐烦地问。"我……"是一个女人的声音。B是一个洁身自好的人，又很胆小。要是往常，他是极不会开门的，可这会儿他却开了门。女人一走进屋就径自坐到沙发上，熟练地点燃一支烟，深吸一口，慢慢地喷出一圈烟雾，顷刻之间，烟雾就弥漫了整个房间。B站在一边手足无措，他的喉咙受了刺激，用力地呛起来。女人说，你不抽烟？你不抽烟！B点了点头。女人一声长叹："你一点没变啊，B！"尽管有所准备，听到这呼唤，B还是不可抑制地跳了起来。这个女人他太过熟悉，这也是他一听到一个"我"字，就毫不犹豫地打开门的缘故。这时候，B的心里产生了一种奇怪的感觉，仿佛浮在空中，四周有五彩的彩霞环绕。他突然涌起想拥抱她的冲动，终究不敢造次，这个世道变化太快，一切都不能按常理解释，所见所闻，完全超出了他的理解范畴。何况，与她不见面有十余年了。

实际上，在他们最亲近的时候，他们也一直保持着纯洁的关系。后来由于某种难言的原因他们分手了，渐渐地断了音讯。这时候，B反而日复一日地思念起她来。直到有一天他看本地报纸，在第一版上看到一个名字。虽然这个名字不是她的名字，但不晓得为什么，他一下子就认定就是她。他盯着这个名字时，那名字里就显出她的容貌。他不可抑制地走到她住的宾馆，寻到她的房门口，他几次举起手来，就是没有勇气敲响它。"我是来过的，"他心里想，就在心里狂呼，"小玲，你听见了吗，我在你门口。"然后一声不响地走了。

回忆是如此的真切，B一时沉浸在奇妙的想象中。女人抽完一根烟，从沙发上站起来走到B的面前："B，你过得好吗？"B再次涌起想拥抱她的冲动，可眼前的女人早不是记忆中的那个小家碧玉了。那猩红的嘴唇，深黑的眼圈，都使他的心里产生排斥感。啊，就是这个女人，当年曾狂热地爱过他。他也如此呵，他一直记着偷偷写在她日记本上的诗句：让我变成一个乞丐，等候你的嗟来之爱……多少事，早已忘了，可这首诗却是如此清晰地留存在心中，时不时像闪电一样，倏地掠过脑际。他还记得起那时的情景，傍晚，在她的斗室里，他想向她表露心迹，可是他不敢呵，他在心里说，明天吧，明天吧。后来她有事出去了一会，他就翻开她的日记本，在一个不显眼的地方留下了爱的表白。他到现在也不晓得她是不是看到了这个"表白"。他痛恨自己，明天，明天，多少美好的情感，都被这个借口忽悠了。可人的一生才多长，错过了这班车，才知道，再也赶不上那已经逝去了的。已经不再年轻的B，面对这个魂牵梦绕的女人，还是不敢显露内心澎湃的激情。B不愿，或者说不喜欢以这样的场面与她相见。他还没有做好这个准备，他觉得应该是他去追寻她，花上一番心血，然后邂逅。

当年，为了一个小小的前途，他与另一个不爱的女人订婚。但是他是等着她来否决的，哪怕是一个无奈的眼神。可是，她却从此离开了他，她曾经流露过这样的意思，这个社会，两个弱者是无法好好生存的。爱情，在现实面前，什么也不是。但是，他晓得，她是爱他的，也许正是爱他，她才选择离开。她是一个从山村里来的姑娘，是不断受挫的经历让她有了这些看法。他理解她所有的一切，包括她对爱情的选择。在他的心目中，她永远是一个楚楚动人的弱女子。所以，当他面对这个女人时，怎么也不能够把她与那个一低头就含羞的小玲相联。他的脑子又昏眩起来。他急于要了解这个女人——在他的心里，他还不愿把她叫作小玲——她离开他后的生活、经历，特别是如何会在这里出现。女人撮灭了烟蒂，矜持起来，她既想表现出随和，又不愿失去一个自认为应该坚持的身份，这让她的表情很奇怪。"B，你好吗？"她说，仿佛一切过错在她，"你来这里办事的吧。如果有什么需要，尽管开口好了。我在这里很久了，也许帮得上忙。"

B当然知道她帮得上忙，可是他能明明白白地说吗，这可不是他的性格。所以他说："听说你们这里要建先哲文化公园，就在这里……"B刚开了个头，女人就抢着说："这是早几年的事了，现在，早不谈这个了。""那么，我看见这么好的大街，被挖成这样，究竟要干什么呢？""噢，那是市民公园，而这条街还会保存下去，只不过，它会比原来更加繁华。""真可惜，其实这条街兴建的时间也不长，我记得三年前我来这里的时候，它还没有完全建好呢。""三年前，你说三年前你来过？"小玲激动地说。"嗯！""你为什么不来找我呢？"他想说，我并不知道啊，可他觉得还是不说为好。所以，他转了话题，说："我发现边上的小街实在太挤了，如果改建一下，就好了。""确实，这已在规划中。"B突然沉默了，他意识到，他们的谈话变得像机关里的谈话一样，而女人仿佛就是这个城市的决策者。这时小玲说："听说你有亲戚在这个城市？""嗯，"B说，"我正想同你说呢，她正处于危险之中。""莫非是……""正是！""那么E是你同学了？""嗯。""你们有联系吗？""有啊，昨天刚通过电话。"B不晓得自己怎么会如此说，他不是一个会讲假话的人，这是他的一个底线，但他这样讲，似乎也不好算错，他昨天确实与同学……通过话了。小玲明显地变了颜色，是的，是颜色，她变成以前那个小玲。说起以前的事情，她竟然晓得那首诗，并轻轻地朗诵起来，那依然黑白分明的瞳孔里，又闪出B为之神迷的羞涩。B的心渐渐软化，软化到要为这个女人赴汤蹈火的地步。女人说，你知道吗，因为得不到真正的爱（她抛了个媚眼给B，B的心里尖锐地痛了一下），就忍痛嫁给了一个屠夫，屠夫是名副其实的屠夫，他屠杀了她的情感她的意志她的希望。她好几次逃出家门，走到B的家门口，举起手，可是听到里面三口之家的欢声笑语，就流着泪回到冰冷的家里。多少次啊，小玲说，她想到了死，她恨哪，恨这个世界的不公正，让她得不到真正的爱情。然后，她选择离家出走，四处漂泊，受尽人间所有的痛苦和苦难，她一再地强调，是所有的。然后，才在U城定居了下来，经过十余年的拼搏，她才站稳了脚跟，并且有了让人羡慕的生活。B是一个内心敏感的人，其实又有哪一个男人听了一个痴心女子的真情吐露而不感动呢？所以B说，你想认识E吗？我可以介绍你去认识，他可是一个很好说话的人。B也不晓得他何以会吐出这个承诺，要知道，与E的交情，他一点把握也没有。如果小玲果真让他引见，该如何办呢？幸好小玲说，这个倒不必，"不过，"小玲说，"你有无听说，他对这个文化公园的看法？"B说："按照我的了解，他是个讲究实际的人，他肯定反对这种表面文章。"小玲听了这话，略有所思，又寒暄了几句，就告辞走了。当然，她让B可以安心地在这里住下去，一切开支全由她负责。她走后好几分钟，B还没有反应过来，仿佛刚才是一场梦，一场白日梦。可是房间里还留存着小玲的体味，这是无法改变的事实。他突然涌出一个想法，这就是自己一直在内心深爱着的人，那么一直同床共眠的妻子呢？自己究竟爱过她没有？回忆是多么的愉快和伤情啊！B在房间里走来走去，头脑越发眩晕起来，可是一点睡意也没有，迫使他更深一步地想起往事。到了后半夜，他才上床睡觉。然而，外面突然人声嘈杂，机器轰鸣，不晓得在干什么，B的脑子几乎要爆炸开来。他打开门，大声叫喊侍者，可是一个人影也没有。他颓唐地倒在沙发上，下着决心，天一亮就逃出这个鬼地方。

等他醒来的时候，已是九点钟。他一开门，侍者就闪身进来，一副谦恭的样子立在他的面前。他皱了皱眉，刚想发作，侍者先开口说了："昨晚睡得可好？要早点吗？今天有什么打算？"倒把B弄得云山雾罩。"谢谢，一切都好。"B说着，不由分说跨出房门。

天似乎放晴了，B不知不觉走到那个大坑边。奇怪，才一夜时间，坑不见了，他好生奇怪，明明是在离酒店不远的地方，方向也对，到底是怎么回事？他抬头向前一看，表姐家的宾馆不就在眼前。不错，周围照常是一片狼藉，但表姐的宾馆确实好好地立着，从这儿通向宾馆的是一条新浇筑的足有五六米宽的沥青路面。B顺着路走到宾馆门口，那里已是一片繁忙的景象，几个服务员在杀鸡宰羊，门口停着几辆轿车，有几个机关工作人员模样的人，正在那里同表姐夫交谈。表姐夫的脸上堆着笑容，头像鸡啄米似的点个不停。看见B，表姐夫竟然丢下他们，一径跑向B，B看见那几个机关里的人露出怒容，边上跑出表姐，用手指了指B，又同几个人耳语了几句。那几个人，朝B瞟了一下，突然脸色发黑，转头朝另一个方向飞也似的跑了。

"B，B啊！"表姐夫一把抓住B的手，泪流满面，"我们解放了，我们胜利了。全靠你啊！"

B大惊失色，不晓得是怎么回事。表姐过来了，拉着他的手就往里面跑。在表姐装潢一流的办公室里，表姐说，从昨天晚上十点起，就有人来通知我们，这里不拆了，将恢复原状。然后就来了许多的车子，不晓得有多少，反正数不清，也许是全城的车子吧，开始填坑浇路。他们步调一致，动作迅猛，几乎是一眨眼的工夫，这个挖了好几个月的大坑，这个让我命悬一线的大坑，这个让我寝食不安的大坑，就恢复到原来的样子了。好事还不止这个，一大早就有机关里的人来与我们谈赔偿的事。我当时还反应不过来呢，就说算了算了，只要保证以后不拆就好了。他们说这怎么可能呢，就按照以前所缴的税收来计算利润赔偿吧。我说好啊好啊，他们握住我的手，一再地说我通情达理，是女中豪杰，说如果都像我这样，他们的工作就不会这么辛苦了。我已经晕头转向了，这不，刚才又来了几个人，说马上要召开首脑会议，决定分一半代表在我们这里住宿吃饭。这可是一笔大买卖呀，往常是想都不敢想的。你说这一切不是你的缘故，又是谁的缘故？可是B说，我确实没有做过什么啊。你做过的，表姐说，昨晚有人看见那女的走进酒店，到很迟才出来，就是那以后，情况才变的。"你说什么，那女的？难道小玲……"B说。"是的，是她，难道你不晓得她的情况？"表姐惊讶地说，"她在我们这里好多年了，我们竟然不晓得她与你认识，唉，可惜，可惜啊！"B怕引起误会，忙说，认识而已，并不熟的。可表姐说："不要隐瞒了，小道消息说，那女的是因为感情问题才来到这里的，莫非……""可不要乱说。"B生气地说。"这样也好，"表姐说，"她可不是一般的人物，她可是那种为了利益，什么都干得出来的人，表弟，待事情办妥了，你还是远离她为好。况且，新首脑是你的同学，我们也不必再求她什么了。"B对这些赤裸裸的话十分反感，借口说想去看看新城区建设的情况，就告辞了出来。表姐夫说："不会再有什么新城区了。不过，你的同学来了，什么没有呢。总之，你的投资是不会亏掉的。"

新城区与老城区一江之隔，有一座四车道的大桥相连，打的去也不过十余分钟。可是映现在眼前的景象实在让B大吃一惊。所谓一纵二横的道路是修得美丽超前，可是路两边却是一片片的荒草。当然有的似乎在建，但更多的是建了一半，就停在那里。倒是有几个工业区在红红火火地生产，还有几个别墅群也已竣工，但总的来说，这里尚不能称为城市，也许称它为工地比较合适。从正式开工到现在至少也有三年了，这样的场景，再有想象力的人也想象不到。B三年前，投资于此，总想几年后能够翻倍。尽管一次次与表姐通话，都是不好的消息，但也没有紧张过。可看了这个场面，还是害怕了。他寻到自己的地基前，几年前造好的围墙已呈现出破败之象，在那裸露的墙面上，写着几个粗大拙劣的大字：收购废品。B顺着那粗黑的箭头转进围墙里面。靠西的一边，搭着几间简易房，由拆下来的门板，废弃的钢筋，绿的玻璃钢瓦，笨重的石棉瓦组成。露天的地上，堆放着各色各样的废品，那白色的泡沫堆积山样的高。B刚走进去，一只大黄狗就狂叫着冲出来，紧接着一个人跑出来，朝狗呼哨一声，脸上堆着笑说："有什么货吗？"

"噢，没，没什么，我路过，随便看看。""你放心好了，我这里什么都收的，又安全，货物都不过夜的。""噢，以后再说，以后再说。"B一边说，一边就退了出来。"哎，我这里有名片，有什么货，你只要打个电话，我随时上门服务。"那人一直追到门口。

一直跑出老远，B的心才稍稍安定下来。为什么要跑，这是自己的土地啊。他真想跑回去，去交涉，去责问，但就是没有这个胆，仿佛做错的是他，是他去打扰了人家。心里窝着这么一股气，又没处发泄，就用脚狠狠地踢起路上的石子。这么好的路面上却是碎石子满地，看得出已经很久没有养护了。他想尽快回去，才发现竟然没有公交车，而出租车更是没有踪影。他开始漫无目的地行走，不晓得走了多久，他走进了一个有高大拱门的小区。那精致的街道，尖尖的塔楼，仿佛置身于雨果笔下的十九世纪的巴黎。然而街上行走的是黄皮肤的人，而且行人极少。走了很长一段路，他碰到两个中世纪打扮的保安。他们虽然挺身凸肚，脚步却是说不出的懒散。这时，B看见一家精致的酒吧，大喜过望，就像见到亲人一样。酒吧装潢得颇有特色，在两边的墙上装了两个造型别致的书架，上面放着许多世界名著，都是自己向往已久，却又借口没有时间而拖至现在也没有通读的。这会儿，它们都像一只只烤黄的乳猪，发出诱人的香味，勾住了B的魂。然而里面空荡荡的没有一个顾客。老板是一个二十七八岁的年轻人，戴副眼镜，文质彬彬，一点也没有生意人的样子。见了B，倒很热情，又不晓得怎么表现，那样子让B忍俊不禁。B说，这里好像不太有人，生意怎么做啊？年轻人说，有人啊，我这里老顾客很多的。都有谁啊？B问。喏，两个保安和看门的老王。不过，你想啊，这里的房子都卖完了——你知道都是谁买的吗——一搬进来，生意不要太好哦。真耐得住寂寞啊，B在心里叹着。你喜欢看书，这么多书，你都看过？"嗯，看，有空看看！"年轻人说。他突然羡慕起这个年轻人来，在这个几乎人迹罕至的地方，静静地生活，远离城市的喧嚣，捧一本书，陶醉其间，没有什么事来打扰，他忽然觉得这就是自己想要的生活。

他涌起想在这里住一宿的想法。可就在这时，手机响了，是表姐打来的。她说，B啊，你一整天在干吗呢，快点回家来吧，我应付不了，应付不了了。原来一整天，表姐的客厅里坐满了人，"都是老乡啊，"表姐说，"非要见你不可。"B怕再见生人，坚决拒绝了，他谎称今天不回去了，就关了电话。实际上，从见了年轻人后，B倒真有这个想法，他觉得这个年轻人与自己有很多相近的地方，比如羞于见人，在陌生人面前表现木讷。他执意地认为，这个年轻人的内心其实与表面是完全两样的，也有一颗火热的心，只不过出于某些不便言说的原因，让他放不开心胸。他想到他们一定会成为好朋友的，而晚上的谈话必将是愉快的。他可以向年轻人发表一下自己对社会对文学的见解，他想这个年轻人必定会受益匪浅，而如果他有所求，他也会全力帮忙。本质上，B是个孤独的人，茫茫人海中，他经常发出这样的喟叹：吾与谁归。

当年，小玲从偏僻的农村来到城里，她身上只有五十元钱，还有一本自己写的小说集。她来到B的父亲工作的厂里带暑假乱跑的职工孩子，他们就这样认识了。两个爱好文学的青年竟有那么多的话好聊。世界在他们面前变得美好起来。然而她终究要回到老家去。他们那会儿才多大年纪，十八岁，十九岁，他们根本没有力量撼动世俗的一丝一毫。这是悲剧么？这是常常盘旋在B头脑中的想法。

他再次向年轻人提出要求，但遭到了拒绝，当然年轻人说得很委婉，因为这里是酒吧，不是旅馆。B觉得这完全是遁词，但他不想去追究。他本是个敏感的人，虽然内心受了伤害，表面上依然风平浪静。他喝完一杯咖啡，即起身告辞。这时，年轻人露出了羞愧的神情，他满脸绯红，结结巴巴，说不清一句话。B的心软化了下来，有那么一瞬，他突然把年轻人幻化成了自己。因而对年轻人的"欢迎下次再来"的客套话，当成是真诚的邀请。"好的，我会再来的。"他也不晓得缘何要说这句话，也许在心里，他果真期盼着再次光临这家小小的酒吧。

表姐的电话接连不断地打来，B几乎要生气了："果真是老乡吗？"B大声问。表姐沉默了一下，她来U城这么久了，没有碰到过一个老乡，现在倒好，呼啦啦来了这么多，而且都是U城声名显赫的人。"个个都是大富豪啊，名片都是镶金的。"表姐说，"他们都答应以后在我们这里请客，挂账，B，你知道吗，一个月结一次，多好啊！"B更加害怕起来，他羞于见人，其实是怕见上层人物，他不晓得该如何与他们打交道，所以决意不去见面。可是表姐几乎哭着央求："他们都等了一天了，B，求你了。"一股无名火涌上心头，他对着话筒就是一阵乱吼，也许连他自己都不晓得吼了些什么，那边终于传来一声无奈的叹息。挂了电话，B的心沉重起来，这样一来，他已经得罪了一大班有头有脸的人。可是性格使然，他就是这样的人，要么懦弱到底，要么一棍子打死，他不会走第三条路。他宁愿人家误解，也不会去弯一下腰，解释一下。幸好，他并不想在这里生活，那么就没有必要再为这些俗事挂心了。

为此，他谢绝了年轻人不知从哪儿借来的汽车，借口喜欢散步，慢慢地向前走。B发现寂静的路上突然出现了许多辆车子，有几辆在路过他身旁时，还减缓了时速，这让他害怕起来。于是他开始拣小路走，这让他吃了不少苦头。

B到酒店的时候，已经很迟了。刚想关门，闪进一人。此人手上拎着一捆书画，用普通的塑料绳缚着。他随意地把书放在桌底下，就伸出手来与B握手，一边大大咧咧地说："B，表姐寻到了！哎呀，那天……"B说："你是？"那人一脸无辜的样子："贵人多忘事哪，我们不久前还见过面呢。""对不起……"那人说："我是你表姐的邻居啊，那天晚上，你来敲门，是我开的门，那天，哎，家里正好有点事，所以……"B才想起是那个圆脸。"说起来，真是不好意思呀，我与你表姐，不但是邻居，还是同乡呢，你看，这怎么说呢，我都不好意思说了，说起来，还是亲戚呢。可是邻居这么久了，我们就是不晓得有这一层关系呀。不过现在好了，以后就可以多来往了。"接着他就说起亲戚的关系来，还真不用说，推算起来果然是亲戚呢，也许在几年前，B的父母还向他的父母祝过寿呢。他可是个善谈的家伙，也许只有E可以和他相比。当然，他谈的是如何致富之道。其方法之新颖别致，真令B有耳目一新之感。最后他说："毫无疑问，你的机会来了，你得抓紧它，死死地抓住它。你得赶紧去成立一个公司，我看最好是房地产公司，要做就来大的……你说你的同学是一个远离经济的人，是个还想上去的人，这不错，这与你开公司没有利害冲突啊。你反过来可以助他一臂之力呢……我说你与他初次见面，准备空着手去？礼物当然是不好带的，他也不会收，可是你们是同学呀，你不是说你同学喜欢书画么，那么你可以拿幅画与他交流交流呀……哎，我真要说你了，世上哪里有不喜欢礼物的人呢，关键是送的礼物切不切合他的心意啊……"

B看了一眼他放在地上的那捆书画，心里不晓得是什么滋味。好不容易，圆脸走了。

B开始有意识地关心起U城的事来，他戴着一副大的墨镜，又把头发弄得乱乱的，开始在U城的大街小巷游荡。他忽而觉得自己正肩负着重任，他甚至按捺不住，给报社写起评论来。现在，他俨然以救世主的面目开始工作，而让他不安的是，从收集的材料来看，小玲在U城是一个关键的人物。他现在进入两难的境地，他唯一的想法是尽快见她一面。然而，她像失踪了一样，再无踪影。这不是明确地向B表明，她不喜欢B在U城吗？

B躺在床上仔细地分析了一下这次到U城来的经历。表姐的事已经成功解决，这事的解决完全出乎意料。可这是他来此地的目的吗？至少表面上是，但自己被糟蹋的土地呢？这事本不抱什么希望，这次来本是来决定它的去留，照目前的情势，还不如留下它，观察一段时间再说。可是为什么要在这里耽搁这么久，难道仅仅是为了与同学见一次面？如果真是这样，那么已经没有再留下来的理由了。

B有了立即回家的想法，可表姐正忙乱得不可开交，她正在筹备宴请新首脑的事宜。她请了最好的装潢公司来装潢房子。辛苦了大半辈子，一直扑在事业上，一有钱就投到生意上，早出晚归，家不过是睡个觉，洗个脸的地方，何曾想去好好经营一下。现在大人物要来，才发现这个住了十多年的家，已到惨不忍睹的地步。厨房铺的马赛克，颜色已变成灰色，记得当年是玉白色的，而缝隙里不晓得积了多少污垢。客厅里更加离谱，吊灯早已锈迹斑斑，一揿开关，原来十余只灯，只有两只发出灰白的光。客厅里铺的地砖也早裂了缝，表姐甚至还从缝隙中，发现了一枝纤细的豆芽。总之，这个房子早不是人该待的地方了，非得重新装潢不可。B竭力劝阻，认为不必大动干戈，因为这个房子早在城市规划的范围内，只是还没有最后定局。表姐哪管这些，她全力以赴于这次洗尘宴上。表姐几乎拿出所有的积蓄，最好的，最好的，她对着话筒发出一声声的命令，地砖，要纳米的，就亚西亚；沙发，用意大利的，皮尔卡丹；地板，用进口的，反正现在流行什么，就用什么，而家电更是一式的欧式。与此同时，表姐开始制订出席宴会的名单，这时出现了一点不和谐的调子，表姐夫的哥哥一家，一开始就说不来参加，因为他们没有与官员打交道的习惯，"远离他们，我们也能生活得好好的。"那个开着一家小书店的书呆子说，"我不想节外生枝，福兮祸所伏……"气得表姐夫几乎要吐血。而表姐的姑姑一直与表姐水火不相容，表姐不希望她来参加，为此表姐夫一直向表姐赔着好话，然而表姐的态度十分强硬，甚至说出，如果她要来，宁愿不办这个宴席。因了这句话，夫妻俩一度拔拳相向。最后B威胁说要立即回去时，才停下来。

　　小玲终于打电话来，约B见个面。她说，你不是去过江北吗，就那家小酒吧。B已经不会惊讶，但心里的欢欣无以言表。他很早就赶到那里，小伙子见了他，露出一副敬畏的神情。B说，今天没有客人吧，我包了。年轻人只嗯嗯着，把他引进里面一间包厢。小玲已经坐在那儿了。她穿着一套朴素的连衣裙，脸上几乎没有化妆，她站起来，轻轻地叫着"B、B"，她的声调是那么的柔顺，动情是那么的温存，又回复到当年那个一低头就含羞的模样。当年他们就是这样面对面坐着，只不过中间隔着的是一只纸箱，上面放着的也不是咖啡，精美的甜点，而是几本小说和一沓稿纸。他们谈诗歌，争论小说的优劣。那时，B爱好的是诗歌，每当他滔滔不绝时，小玲就用一双明亮的黑白分明的大眼睛，痴痴地看着他，一脸的崇拜。她总是说："诗歌，我不懂的，我真的一点也不懂的。"于是B就把话题转到小说上，这时小玲就来劲了……他们一边品尝着苦涩的咖啡，一边说起甜蜜的往事。后来小玲说，B，你知道吗，命运对我真的不公啊，为了生活在城市，我嫁给了那个屠夫，你知道吗，当那个寒冷的夜晚，屠夫一把抓住我的头发，用杀猪刀割下我的一绺头发的时候，我与屠夫仅存的一点情感荡然无存。我拎起一箱早准备好的行李，在女儿撕心裂肺的哭叫中奔出家门。我不知道自己何来这么大的决心，也许是几年来积聚的屈辱、仇恨的总爆发吧。我是这样的决绝，女儿的悲鸣，凄迷的眼神，都无法阻挡我远离的脚步。也许就是从那一天开始，原来的小玲死了，一个全新的逍零屹立起来。我吃过人间所有的苦。她一再声称，是所有的苦。直到来到U城，被这个城市的气质所迷住，城市不大，却富裕，特别是蜿蜒而过的那条江，那么深地吸引了她，在她的心里引起了强烈的共鸣。那是一种说不出来的温情，仿佛母亲的低语，她觉得自己的心灵得到了净化，她决定留下来在这里度过一生。经过多少努力啊，才有了现在的稳定生活。但她如何在U城发迹，她没有说，不过B早已了解了。她先化名进了本地五星级宾馆做了贵宾包厢的服务员，然后认识了首脑，首脑赏识她的才能，鼓励她重新拿起笔。她有坚实的生活基础，没几年就在本地文坛崭露头角。于是她顺理成章地进入文化宣传界，在首脑的提携下，官运亨通。听说她是一个铁石心肠的人，为了自身的利益可以做出任何为人不齿的事情来，但B终究是不相信的。于是B说："听说三年前，你去故乡开过一次会。""去过。""好像是有关城市建设的。"小玲点点头。"你不去看看女儿？""我去过的。"B发现她说这话后，眼睛里浮起一层极细微的雾气，这细微也许只有他才能感知。所以在小玲陷入回忆时，他没有去打扰她。

那是三年前的事了，小玲带团，去故乡出席一个会议。会议内容无关宏旨，实质内容只占着十分之一，其余的都是空洞的重复。这个会，本与她无关，但她争取来了。离开故乡十多年了，难道就没有想起过它？也许故乡给她留下了太多的痛苦，那么就没有值得留恋的东西吗？她还有一个女儿，一个长得乖巧的小女孩，她现在怎样了？当晚她悄悄地走出宾馆，城市变化很大，道路宽敞了，高楼大厦鳞次栉比，可是又到处是断壁残垣。她恍惚看到，工人们把一堵方形的围墙拆了，造起一堵弧形的来，她知道，过不多久，这堵弧形的，也将拆了，要砌出一堵从来没有看过的墙。也许这就是创新，这也是她这次会议的内容。她摇了摇头，尽量离开人群，慢慢向城西走去。那是去家的道路，转过一个弯，进入一个逼仄的胡同，最里边那间就是她的家。她的心在跳吗？她此次来的目的是什么？终于她走上前去，转到后门，里面漆黑一团，可是那窗纸她是熟悉的，是彩色的荷花图案，只不过颜色已经褪了，这说明这个家没有变，还是老样子。一股说不出的悲凉漫上心来，自己的孩子就是生活在这样的地方。她待了一会儿，不晓得这闭门羹是失望还是庆幸。如果他们在，又会怎样呢？她有勇气敲响那灰暗的门？也许她此次来本没有明确的目的，只是想来看看这个曾经生活过的地方，还有女儿。老实说，她是不会在这里与女儿相见的，这样对女儿不公平，女儿也许早忘了还有这样一个母亲。她慢慢地踱到胡同口的时候，突然传来一阵急促的铃声，她赶紧闪到一边，这时候她看到踏三轮车的屠夫了。他是老了许多，在昏暗的灯光下，头发已经灰白。在车上，她看到了她的女儿。她的女儿。她穿着校服，背着书包，坐在油迹斑斑的车斗上。女儿的神情说不上快乐也说不上忧郁，在微弱的灯光下，她看到的是一张冷漠的白色的脸。她的心中涌起一股说不出的滋味，要是以往，遇到这种情景，她肯定要大声哭出来，会毫不犹豫地跑过去，抱着她，亲她，吻她，求得她的谅解，她会……可是，多年的官场历练，早把她的心炼得像铁一样冷酷。她晃了晃身子，把脸别向暗处，那车尖锐地响了一下，就从她身边飞速地过去了。她下意识地紧追了几步，就停下来，然后完成任务似的，回到下榻处。

这是本地最高级的宾馆，地面上铺着厚厚的地毯，人走在上面，悄无声息。这正是她要的效果，她不希望别人知道她的这次夜访。作为团长，她享受着豪华的套间。她脱掉衣服，浸到浴缸里，她的心情马上平复下来，温水真是解除一切烦恼的良剂。她喜欢在微烫的水里享受，在水里，在解除了一切束缚后，她才回归自我。她抽烟，躺在水里抽烟，她把整个卫生间烧得烟雾缭绕。这会儿，他在哪儿呢？她想。那个为她所爱的男人，那个在她十八岁的年华，给她留下深深印迹的男人。她一度认为这个男人是上天赐给她的，是上天来拯救她的，是他给了她无穷的力量，爱的勇气。可是后来怎么了，就这么一点一点地冷却，冷却，直到没有音讯。

那是一个闷热的暑假，她第一次出远门，来到了这个城市。仿佛冥冥之中有谁在呼喊，她是那么地急迫，那么地不顾一切，她随身只带着几本心爱的书，几沓稿子，不顾父母的劝阻，就毅然坐上了长途汽车。工作很顺利地找到了，是为一家工厂临时管理放假的小毛孩。这对于她来说是得心应手的事，她本来就是村子里的代课教师。白天，她辅导一下孩子们的功课，到了晚上，她就街上去散一会步，但更多的时候是蛰居于七八平米的房间里，看书，写字，每到夜深人静，一种强烈的孤独感就油然而生。这是自己心目中的城市吗？不错，城市与农村是不同的，城市的晚上一片灯火辉煌，街上人山人海，可是这些又与自己有什么关系呢？当她一个人在马路上郁郁行走，一种凄凉感就会涌上心头。可是那个叫家乡的地方是自己所爱的吗？不，她早已忍受不了那令人窒息的环境了。她高中毕业后即到村学校代课，后来才知道，这是父母与村书记的一桩秘密交易，村书记要她当自己的儿媳妇，而那个内定的未来丈夫却是个不学无术的瘸子。她一方面热爱着老师的工作，一方面十分反感这强加于自己头上的婚姻枷锁，在她几番婉拒那瘸子的约会后，她的四周就被各种异样的目光包围了，而且她分明感受到自己位置的不稳，因为觊觎这位置的人时时刻刻在蠢蠢欲动。她几乎陷入绝境，要么妥协，要么沉沦，这是一道极简单的选择题，根本用不着思考。她做出了妥协，但就在那一刻，冥冥中她似乎听到了一声召唤，就像落水者抓住了一根稻草。她决定动身，要到从未去过的城市一趟，尽管连她自己也不晓得，此去的目的是什么，等待她的又将是什么。她来了，她看到了什么，她看到了城市与乡村的巨大差距，就拿孩子来说，城里的孩子懂事，衣服整洁，知识面广，活泼可爱。而乡下自己班里的学生，无论从哪方面比都有天壤之别。其实，他们中有几个也有很好的天赋，但蜗居于偏僻的山村，可以预知他们的将来也将与他们的父辈一样，过着面朝黄土背朝天的日子。这是命运么？她是不会随意屈服于命运的，此次来，可说是她向命运挑战的第一步。可是直到暑假过了一半，她的命运还没有一丝一毫变化的迹象。就在这时，他出现了。他是来接外甥女的，看到了她桌上的几本书，一沓写满字的稿子。他是一个害羞的男孩，这是她对他的第一印象。第二天他再来的时候，他已变成一个活泼的青年了。"你喜欢写作？"开场白平淡无奇，可是还有比这更好的开场白吗？她后来问他，如果当时她的桌上没有放稿子，他将如何与她搭讪呢。他说，他将不会与她搭腔，并且不会再到这里来。因为那天接外甥女，完全是偶然。命运就是如此，一次偶然之举，足可改变一个人的人生。从此，每天晚上，他都到她这里来。他们有的是谈话的内容，当两个志趣相投的少男少女，偶然碰到一起，真如干柴碰到烈火。他们谈得是那么多，那么密，每一句的后面，紧跟着另一句话，这句话的后面，又转出另一个话题。当然，他们谈得最多的还是文学。在这片陌生而熟悉的大地上，他们都是刚学会耕耘的农夫，他们不熟悉土地有多么的宽广，有多少种子的名称，他们欣喜，他们好奇，他们对什么都感兴趣，他们在刨，在种，在……当然他们也会争论，但马上和好如初。每到晚上，等待他的到来，成为她最甜蜜的事情。不得不告辞的时候，是他们最痛苦的时刻。当分别的时候终于来临，她哭了，先是无声无息地抽泣，后来便演变成号啕大哭。第二天，他来送她，送她到车站，她说，记得写信啊。他说，我会的，不过，我们约个定，到家三天后，我们再发信。"三天，为什么？" "不为什么，就三天。" "那好吧！"对于当年这个看来有点残忍的约定，她到现在也不晓得是为什么，也许是他随便提出来的吧，没有任何意义。但当年，她一到家，行李甫卸，就提起笔来，一边流泪，一边就在稿纸上沙沙不停地游动。从来没有过如此流畅的思绪啊，只觉得笔尖根本跟不上思绪的飞扬。思念，深刻的思念，像大海的波涛，一浪涌过一浪，是那么地有力，那么地不可抑制，几乎要把整个人吞没，而她也乐意被它吞没。从第一天开始，她就不停地写写写，到了第三天，她已经写了厚厚的一大沓，把家里的稿纸全写光了。然后就是静静地等待，等待远方的来信。时间停止了，它被思念凝固了，她终于理解了"望眼欲穿"这个词语的含义。那些信现在还在吗？多么想再看看当年的那些杰作啊。是的，那是真正的杰作，是最美的散文，是从心底里流淌出来的，它们没有一丝一毫的做作。她觉得那是她所有文字里最好的，它们的存在是她内心的一个安慰，它们肯定被精心地保存在他的抽屉里，在一个无人知晓的角落里。可是那些文字，现在还有人在读吗？在深更半夜，在一轮孤月苍凉的光影里，或许就像今天这样的日子，自己身边阒无一人，躺在浴池里，闭上眼，把思绪越过时间的隧道，重温那青春、热血、眼泪。

B就这么静静地陪着她，感知着她的悲欢。他看着她，她的容貌依然秀丽，她低垂的眼帘还是那样光洁，他觉得自己的思绪已经融入她的思绪，与她一起在往事中跋涉、挣扎。"我不晓得为什么，为何要说出三天，这也许是我这辈子，所做过的最坏的决定。啊，你为何要这么听从我的疯语呢，你应该知道，当一个人神志不清的时候，往往会做出不可思议的事情，你难道没有看出在得到你将离开的消息后，我整个人就已经神志不清了吗……"这是他的第一封信的开头。年头久远了，已记不清那些让人窒息的句子了，但大意如此。现在，那些信在哪儿呢？一大半在屠夫杀猪刀的挥飞中，似蝴蝶，纷飞到肮脏的地上，只剩下一小部分，贴身藏匿着，随着她不停地漂泊、漂泊。可是现在它们在哪里呢？在保险箱的哪一格呢？纷繁的世事，洗涤时间之轮，那么残酷地渐渐消磨了意志，忘却了曾经的刻骨铭心。有多少年头没有想起过已逝去的一切，曾经的激情、热火、甜蜜的忧愁。呵，你在哪儿？你知道我在这里吗？你知道我在这里思念你吗？你现在还好吗？你听得见我的呼喊吗？当两颗历经沧桑的心，在同一个时候向对方呼喊，而上帝却不给他们接上心灵之线，谁之过呢？当年，她孤独一人，远离故土，那种无奈、受伤，甚至屈辱，都随着时间消失了。人说，失去的是美丽的，她并不感到失去是美丽的，但她感谢生活，感谢那地狱般的生活，恰恰是那不可回忆的生活告诉了她该怎样生活……她就这样慢慢地叙述着，像说着一篇小说的情节。

　　小玲讲完了，也许说她认为讲完了，于是她便打了个哈欠。而对于B来说，似乎才刚刚开始。实际上，整个晚上，B更多地在听，在感知，现在他觉得该是他倾诉思念之情的时候了。可是小玲打起了哈欠，一个接着一个，神情也显出不耐烦，这说明她对B的话已失去了兴趣。要是往常，在她打第一个哈欠的时候，B就会识相地起身。可是，今天他实在不甘心就此结束。但他看到小玲明亮的眼睛在渐渐暗淡，又打了个长长的哈欠的时候，B就知道，这是有意做给他看的，时间确实已经不早了，酒吧的小伙子已经借故进来过两次，看来确实到分手的时候了。那么是否这次分手后，将不再见面。当B起身去买单时，心思很不集中，确实的，他此次到U城来，究竟是为了什么？这样一想起来，头就迷糊、生痛，仿佛得了短暂失忆症一样，他只好尽量不去作如此想。当被告知账已结，而且以后可以在这里签字消费时，B不知道心里是感动，还是受了伤害。当他走到酒吧门外茫然不知所措的时候，小玲过来邀请他一起回家。他犹豫了片刻，就上了那辆红色的跑车。一路上，B晕眩的毛病越来越严重，而肚子里又翻起酸水，有一种要呕吐的感觉。

他希望小玲把他送到酒店，可是跑车七转八转开到了一个半山腰。"到家了。"他听到小玲冷冰冰的话，那口气就像自己的老婆。这是一幢装修气派的别墅。B有点云山雾罩，呆在那里，竟迈不开双腿。小玲回过头来说，你怎么了，我会吃了你？放心，我家里只有我一个人。他的心才渐渐平静下来，可是对于小玲的态度，总觉不快。"家里只有我一个人"，这是什么意思，她分明在讽刺自己的胆小懦弱啊。接下来小玲把他引到一个房间，说了声"晚安"，关了门，顾自走了。

第二天一早，小玲像换了一个人似的，殷勤地招待起他来。她说，B，你真行啊。B不知道她所指，但还是像受了老师表扬的小学生一样地高兴。接着，小玲就向他问起E的情况。开始他还有所选择，但后来看到小玲是如此地着迷，就不分什么，夸夸其谈地谈起他与同学的关系。而实际上他与同学的关系也确实不错。他们同桌，同铺，合吃一碗饭。那时候，同学的父亲被打入另类，他们家很穷，每天只有一碗冷干菜，B总是拿出好菜与他一起分享。不过小时候同学倒真是一个讨人嫌的人，记忆犹新的是，他捉住一只跑进教室的麻雀，尽情地折磨它，在麻雀的脚上缚一根细绳，尽往女同学的头上抛掷，后来又折断了麻雀的细脚，那轻微的咔嚓声，仿佛犹在耳边。B讲到这里心里还会不由自主地惊悸一下。再看小玲，那潮红的脸也不由自主地抖动了一下。那时候B的写作能力已经显露出来，作文常被作为范文在教室里朗读。同学很羡慕，一直缠着他，要他交出作文的秘诀，这让B一度痛苦不已。其实同学的作文写得也不错，只不过喜欢用豪言壮语，缺少细节。B认真地说着，小玲认真地听着，不时还用笔记着什么。

这一天晚上，小玲走进他的房间，小玲穿一件睡衣，进来就跪在他的面前，亲吻起来，B没有经过这阵势，一时全身痉挛，摇摇欲坠，但他很快有了反应，不过他的头脑并没有认同，一切都仿佛在梦中一般。小玲完全疯了一样，一会儿整个人趴在B的身上，口里叫着，我爱你……我恨你……尽情地来吧……让我快乐……让我死吧……B努力坚持着，还是没有坚持多久，这让他很懊丧。完事后，小玲说，B啊，你看清我的真面目了吧，我希望我们以后不要再见面了，我希望我们还像以前一样，忘了对方吧。

B根本摸不着头脑，然而小玲已不允许他做过多的思考，已经打开了房门。B后来一直想回忆当时他是如何回到酒店的，可是他的脑子仿佛被人切割了一块一样，怎么也想不起来。但小玲那淫荡的一幕，却被深深地印在脑中，以至于后来，他对妻子再也提不起兴致，一度沉湎于那些肮脏的回忆。

第二天一早，B离开了U城。

阿泉的想法

当茶叶落市，农忙过后，村民们就坐下来，搓几圈麻将，玩几副扑克。更多的是到城里去寻点短工，补贴家用。阿泉没有什么爱好，更不曾动过离开土地的念头。他在屋前砌起几个池子，养一些红红绿绿的鱼；屋后搭起几间披屋，养一些雪白的荷兰鼠……早晚呢，就背了把锄头，东掏掏，西刨刨，这里腾出一块地来，种上几株南瓜，那里理出一块地来，种上几株冬瓜。阿芳看见了，就要说，阿泉，你东挖西挖，能挖出金子来？阿泉照例涨红脸，支吾着说不出话，但心里却在大声说，你看着吧，总有一天，我会挖一块金子给你看。屋后呢，自然是种满了各种果树，这些果树完全是随意种下的，果苗也从不花钱买，全是偶尔得之。比如早几年去邻县亲戚家玩，正好榧子成熟，看得馋了，就要了十几株苗来，在屋后挖了坑，种下去，也没有精心照料，无非是该浇水时浇水，该施肥时施肥，看着它们慢慢长高，就高兴，也不想它们能带来什么。倒是那些冬瓜、南瓜，几个月即开花结果，青光光，黄澄澄，能收一大堆。自家吃不光，又不会去卖钱，还不是左邻右舍地送，图个开心。这一年大旱，精力就大多花在茶园上，一担担的水挑上山，去浇灌新种的茶苗，那些瓜儿们就受到冷遇，收获就少。不承想屋后的榧子树有几株开出闹猛的花，到了七月份，就挂了果。采摘了，炒熟了，送给邻舍吃，都叫好。第二年那十几株一齐开了花，结出许多果子，刚好茶叶市场旁有一个炒货店，问了价格，大吃一惊，嗫嚅着说，自己也有几斤，店家就让他拿来看看，成交，竟然收益比茶叶还高。这下子，蛰伏于心里的雄心又呼呼地滋长起来。

　　总而言之，阿泉是一个有想法的人，这在村里是公认的，缺点是木讷，不过说好听一点，也就是不善言辞。早几年，他冒出一个大胆的想法，花了许多心思，弄妥当了，壮了胆，去对村主任说，主任，我想承包矮脚山。主任说，有什么用啊？他又说不清，就把一沓纸交给村主任。第二天村主任说，亏你想得出，我跟你合拼。阿泉说，好啊好啊。村主任就让他明天到村委签合同，当然，拼股的事是不好说出来的。可阿泉说，主任，最好开个，开个村民大会，问问，有没有另外人要包；如有，招标好了。村主任瞪亮了眼，你有毛病啊，转身就走。没多久，阿芳的爸爸便包了那山。几年时间，一个小型农庄便红火起来，整个建构完全是当初阿泉的设想。很长一段时间，阿泉为此耿耿于怀，看见阿芳就避开。有一天，他被阿芳拦在茶叶山那条陡路上。他当时正挑了满满一大担粪，弓着腰，低着头，一步一步往上拱。突然两支嫩藕似的小腿拦住了去路，这可是他无数次偷窥过又想入非非的美腿啊。可这会儿，他比见了什么都难受。他进不得，退不得，只涨红脸，懊恼地盯了她一眼。奇怪的是她并不生气，而是低眉顺眼地说："阿泉，对不起。"她的声音真轻啊，要是往常，她必这样说："看什么，看什么，谁欠你了！"可这会儿她说："阿泉，我同爸爸说了，他同意你来拼一股。"阿泉心里很是动了一下，为了阿芳他是甘愿弯一下腰的，可他只晓得涨红脸，期期艾艾地就是说不出一句话。"阿泉，你真木。"阿泉也生气了，在心里说，我才不木呢，我比你们谁都聪明。但这样的话他永远没有勇气喊出来。

那是很早以前的事了。现在想来，那也许是阿芳最明确的一次暗示，但他至今并不后悔。阿芳是他心中一个可望而不可即的美的影像，他从不曾想要实在地拥有她，就是现在，面对阿芳，他依然如此。今年，换村主任时，阿芳来见过他。之前，他已经答应了同村的建忠，还收了建忠的一条烟，这条烟是一定要收的，不收的话，等于树了一个敌人。可是，阿芳来了，阿芳甚至于没有跟他聊选村主任的事，只与他聊茶叶的行情，但阿芳来了，他心里的天平就倾斜了。他心里难受、痛苦，他是做了亏心的事，很长时间，他不敢面对建忠。新村主任叫洪伟，是阿芳的丈夫，也是他中学的同学。他们原来并不是一个村的，去年搞新农村建设，相邻的两个村合为一个村了。洪伟原先的村小，但他钱多，当然岳父是帮了大忙的，眼看矮脚山的包期将满，早有村民红了眼睛。其实洪伟并不在乎这个村主任，他早就是大老板了，可如今这社会，权总是大于一切的。洪伟如愿当上村主任后，阿泉的心倒又动了起来，但因为阿芳，心里总有点疙瘩。这一点，到底洪伟大方，碰到他，依然称兄道弟。现在，洪伟上门来，让他参加一个炒茶比赛。说是市里新来的书记，很重视新农村建设，要把以前一些传统的东西发扬光大，而炒茶比赛，是重头戏。早些年，也有过这么一个比赛，是阿芳瞒着他报的名。他不敢去，阿芳说，你如果还是男人，你就去。他懵懵懂懂地去了，结果还得了个炒茶能手的称号，不过，除了领到一本红本本外，并没有什么好处。这次便不想去凑热闹了。可洪伟说机会难得，到时书记可能要亲自来，电视台还要录成专题片。心里动了动，但还是害怕去面对那么多人。洪伟说，就算帮老同学的忙好了，这次比赛是代表村里参加的，不是以个人名义。洪伟又说，就让阿芳做你的搭档好了。阿泉听了，脸马上就红了。他想说，我不参加不是为了什么，难道阿芳做搭档我就会参加了。我不参加！他喉咙里大喊了一声。可是，洪伟好像已经得到了他的认可一样，已经走远了。

那天，阳光很好，在安顶山下的空地上，拉起五颜六色的彩旗；靠山的一边，一字儿排开几十只茶灶；几个茶农，穿着各色的服饰，在茶灶前站定，灶筒子里自有搭档烧旺了火。山坡上，茶叶篷中，早挤满了村民，蹲着，立着，嬉笑着，喧闹着。约十点钟，一个副市长开始讲话，不过寥寥几句，很符合新书记的精神，然后大吼一声：开始。阿芳就站在阿泉的身边，她今天的打扮是阿泉最喜欢的，牛仔裤，白衬衫，显得干净利落。阿芳递给他青叶的时候，满眼是深情的光，这让阿泉有点恍惚。但他马上平静下来了，那些围观者、摄影镜头，都在他眼前消失了。他接过阿芳手里的青叶，"噗"一下倒进高温的锅里，那些嫩嫩的青叶遇热，就发出"噼噼啪啪"的爆裂声，蒸腾起的白雾气，四处弥漫开来，空气中，氤着淡淡的清香。现在，他完全沉浸于他的世界了，他的双手，在锅里轻巧地翻腾，随着手势，那嫩绿的叶儿就上下翻飞，仿佛在跳着一支支优美的舞。这绿的精灵，在火的炙烤中，完成着一次次痛苦的蜕变。他粗糙的手，竟能如此轻柔地抚摸这娇嫩的身躯，他似乎听得见它们的呻吟……

阿泉是这些茶农中唯一穿西装的人，这西装的下摆已起了卷，在这种场合，也不太协调，但阿泉认为这是必须的。炒茶，对于他来说，是一件神圣的事。他从小就趴在灶台上看爷爷炒，看爸爸炒。后来，爸爸就教他杀青，他嫩嫩的手一碰到高温的锅，就痛得龇牙咧嘴，父亲就咧开嘴笑了，"看书去，看书去，书读好了，就不用炒茶了。"后来辍学回家，父亲就强迫他炒，他的手碰到高温的锅，依然是"痛、痛"地叫，他喊着并用力甩着手，仿佛这样就能甩掉那灼心的痛。这时，父亲伸出自己的手给他看，这是一双怎样的手掌啊？粗糙厚实，茧不成为茧了，那厚厚的茧已成为整个手掌的面了。它成为一个盾牌，阻挡着火的热，铁的痛。"书没得读，只有这样了。"父亲黯然道。

这时候，爷爷已瘫痪在床，看他的病，已耗尽了家里的积蓄。一到茶忙时节，他几乎成为正劳力。白天，他上山采摘，晚上就帮父亲炒青。爷爷把床搬到茶灶房，支起身体，指点他。"泉，手掌要撑直点，嗯，用力点，再用力点，手势重一些，压扁些，这样，就好看点……"爷爷把手伸过来，伸过来，碰了碰锅沿，又说："泉，锅温不能太低，太低了，叶子就要变红，你烫烫，烫得你心里戮一下的样子刚好……"这时候，父亲是并不来管他一下的，因为父亲要做的事实在太多太多。在半强制中，阿泉炒出了趣味，并渐渐爱上了这门技术，成为上下村有名的炒茶师傅了。

"阿泉，你帮我辉一辉。"阿芳上门来，阿泉就脸热，这个同班同学，读书的时候，从来就没有正眼看过他一下，她比他高小半个头，亭亭玉立的，一双眼睛骨碌碌地转，谁碰了都要生出矮一头的感觉。现在，她经常上门来，虽然大家都平等了，都是背朝天的农民，从某种意义上讲，阿泉的知名度比她更高一些，但在她面前，总还要生出矮一截的感觉。

"好好！"阿泉低了头，并不看她。

"我晚上要来拿的噢！"她停了停，很深地看了他一下，就走了。

他急速地抬起头来，火热地望着她的背影，脑里就出现一些奇怪而美妙的幻影，就像灶里的火，呼呼地在心里滋长起来。

他把阿芳的茶叶倒进锅里，用手掌轻轻地抚弄着，这些粗粝的精灵，仿佛被施了魔法，立即变得细长而光滑起来。嗯，就像阿芳的细腰，或者细腰下面的……他把茶叶捧到鼻子前，用力地嗅了嗅，一股清香直冲心扉，里面可有阿芳的体味？

阿芳是他的初恋，大约是五年级的下半学期，他突然迷上了阿芳，也不知是什么原因。也许是阿芳的一段歌曲，经过时的一阵体香，一个偶然的微笑，总之使他狂热地迷恋起来，又不敢有所表示，真是苦恼不已。后来，他给自己定了个规矩，来摆脱心里的魔障，就是每天看阿芳正面三次。一次定在早上上学时，早早地躲到去学校的路上那棵大树后，看阿芳一蹦一跳地过来，心里就抓狂；另一次是放学回家，先冲出校门，然后等阿芳近了，当作无意地向后一望。这时候，阿芳的脸看得再清楚不过，白嫩嫩的，细长的眼骨碌碌地含着笑。最危险的一次是在上课时看一下阿芳的脸，由于自己长得矮，坐在前排，而阿芳长得高，坐在最后排。他就要选择时机，恰到好处地转过头去。有时候，正好碰到阿芳低着头，心里就说不算不算，于是又转过去。有一回，运气差，竟连转了三次头，终于被老师发现端倪，大叫一声："阿泉，你经常去看阿芳干啥？"如同惊雷炸头，灵魂脱窍，他一时脸热心跳，云山雾罩，什么都不晓得了，只听得全班哄堂大笑。有段时间，下课了就有同学对同学说："××，你经常回头去看阿芳干啥？""我，我，阿芳好看啊。"同学怪模怪样地说，然后一起大笑起来。这时候，洪伟就会站出来，大喊一声："你们欺侮阿泉算什么本事，有种到阿芳面前说。"

足有半个月，阿泉的世界一片黑暗。而阿芳像什么事也没有发生过一样，依然亭亭玉立地大步走路，仰头看人。

后来上了中学，他们依然是同学，阿泉的成绩依然名列前茅，性格依然木讷。而阿芳是出落得愈加美丽，虽然成绩一般，但能歌善舞，特别是学校组织的会演，她演的白毛女让人们都流了泪，一时声名鹊起，乡人提起她的父亲，便说："是演白毛女那个小囡的爹。"

再后来，阿泉因为家境而提前辍学，而阿芳是考不上而不读。阿泉在心里更加狂热地爱起阿芳，阿芳似乎也暗示过她喜欢他，可他就是不敢明确地告诉她他爱她，她就在心里渐渐冷落了他。终于有一天，阿芳坐着轿车，嫁给邻村的洪伟。

洪伟开了一家茶叶加工厂，阿芳负责收购青叶，手工炒茶渐受冷落，但阿芳从不曾收到过阿泉的一粒叶子，他依然自己采，自己炒，忙得不亦乐乎。实在忙不过来，阿泉就结婚了，娶的是本村的张妹。张妹长得很粗壮，整个家弄得与她一样粗糙。

阿芳上门来。阿芳早已是老板娘了。她穿得鲜骨绿绿的，嘴唇画得猩红，一双细眼依然骨碌碌地转，可怜的阿泉，依然不敢正面瞧她。

"阿泉，你帮我去验茶。"依然是不可违抗的声音，却让阿泉有种甜蜜的感觉。

"哪里有空啊，"张妹说，"自家茶叶都来不及炒。"

"喏，一百块一天，"阿芳对张妹说，"只要早晨两个小时。一早我来接他，完了，我再送他回家，不耽误你多少时间的。"

阿泉还在犹豫，张妹就答应下来，"好啊，好啊！"等阿芳走了，才骂出一句，"狐狸精！"

一早，阿泉他们就来到县农贸市场边上的小弄。这里根本就不是市场，但一到茶叶上市，就成为一个临时市场了。一长溜各色服饰的人，有的用篮子盛着，有的用塑料袋装着，自动地站成两排，中间留着仅容两人可行的通道。阿芳的车就停在不远处，不时有人拎一袋茶叶过来。阿泉就抓起一把茶叶，双手捧着，合拢，轻轻搓一下，然后摊开，凑到鼻子上，轻轻一吸，呆了呆；又把整个鼻子都埋进茶叶里，狠狠地一吸，才把茶叶丢进袋子里，鼻尖上就沾满了茶末儿。整个过程，是一气呵成的。这时候，阿芳就站在边上，静静地看，她粉嘟嘟的脸上就要泛起红晕来。

"一百元！"她听见阿泉说。

"这么好的茶叶，才值这么多？"

"只能这么多了，你看……"阿泉只捏起几粒末子，伸到那人鼻子下捏了捏。

"嗨，你这个阿泉！"那人无奈地摇了摇头。

洪伟就把茶叶倒到筛上，用力地旋起来。那人就急，"轻点，轻点，把大的都筛下去了！"洪伟并不理会，又用力旋了旋，然后，倒进袋子，过秤，"五斤一两五。"他喊道。

"啊呀呀，"那个叫道，"这一筛，可筛掉我一两多了！"

"付钱。"洪伟叫一声，阿芳就拉开坤包，从里面抽出几张红币来。阿泉看了那包，鼓鼓的，总归有好几万的样子。

又有人来，阿泉抓起一把，"这个，"他闻了闻，放开，"这是东坞坑上的。"

"这是西坞坑上的。"来人是邻村的村民。

"老陈，你的那几蓬茶叶，我会不晓得，你的炒法，可不太地道……"

"阿泉你可要睁开眼睛看看哪！"

"走开，走开，"洪伟叫道，"我们可是要出口的，寻什么开心！"

看着那个失落的背影，阿泉很落寞，想不到自己的一句话，也能主宰人家的心情，他一直是被人家主宰的，现在主宰了一下别人，反而不痛快起来。

茶叶落市了，人就空下来。阿泉的脑子又转起来，一到晚上就翻来覆去睡不着。张妹说："想有什么用，洪伟是好说话的人，你去一说，准成。"阿泉说："我是愁结果后，人家眼红了怎么办？""不是有合同吗？""合同有什么用，"阿泉说，"你不看见山唐村的老张，那一大片水果，换了村主任，倒闹得几乎恶了全村。""那还不是他自己的缘故，私底下与村主任签合同，老百姓当然不认账了。""你懂什么？现在的人心！你又没有背景，再说你能保证政策不变，那可是搬不回家的东西，到时候，怕竹篮打水一场空……"张妹听了觉得有理。其实这种话两人常说，说到这里就说不下去，张妹也累了，翻了身就睡去。阿泉睡不着，他总是这样，一有事就喜欢闭着眼睛想，想东想西的，想自己的雄心壮志，想自己的金点子，虽然知道都是空想，不可能实现，但过过想象的美梦还是很不错的。实际上，阿泉也确实有过成功的机遇，比如大棚茶叶，阿泉是先提出来的，可一没资金，二没背景，眼睁睁地就让别人领先了去。这在当时，乡里是搞试点的，又是资金扶持，又是负责推销，明明赚钱的事，就这么落到人家的头上。还有在矮脚山上建个小农场，养一大群土鸡，种一大片桃树，他想过，还拿出过规划，结果被阿芳的爸爸包了去，现在不也红红火火。一到过年，那成笼成笼的鸡就往城里的单位送，稳稳的钱就这样流进来，叠起阿芳家漂亮的大别墅。早些年阿芳家还不是和自己一样，炒点茶叶，种点西瓜过日。不过，反过来讲，如果自己真的筹了款，签了合同，建起来了，鸡也养得肥肥的，可没有着力的人认识，销路也是成问题的，如果碰到禽流感什么的，还不是死无葬身之地。阿泉这么一想，心里总算平衡了一点，而且仿佛真有什么灾祸降临一样，浑身抖了一抖。

阿泉就是这么一个有想法的人，只是这想法更多的是埋在脑子里，少见付诸实施。在读书时就是如此，考起来总是名列前茅，让他举手发言，却是难上加难。这让他失却了好多机会，比如学校组织什么的，就没有他的份。到务农后，更见沉默，虽然种的瓜比人家的甜，种的稻比人家多打几十斤，炒茶的绝活更让他名扬乡里，但生活还不是如此，就像门口的小溪，不温不火慢吞吞地流。所以，他喜欢沉思，胡乱地想象，整个人就陷入美妙的世界里。

洪伟跑来，说："阿泉，你名气大了，准备一下，明天市委书记要见你。"

"市委书记，见我？"

"嗯，你的名字上报了，炒茶状元。书记正好要来我村蹲点，你可是他要见的重要人物！"

阿泉便无措起来，搓着粗糙的手，说："该，该怎么准备啊？"

洪伟就笑："什么都不要管的，到时候，跟书记说一下炒茶的经验就好了。"

"这有什么好说的。你知道，我又不会讲。"阿泉说，"反正你也晓得的，不如你讲讲好了。"

"哎，你这人啊，真是不懂世故，人家听你，也是工作嘛！"

"这，这……"

"总之，你准备一下，这是一个机会。"洪伟说，"另外，衣服稍微穿好一点。"

阿泉足有半宿没睡，脑子里就是想，想书记，想会面的场景，想自己如何变得能言善辩，滔滔不绝，又忽而想书记那严肃的脸，那不屑一顾的神情……

第二天，书记来了，天正下着大雨，阿泉看着他的裤脚都湿透了。胖乎乎的一个人，好像比电视上还要胖些，看见阿泉，一步跨过来，把阿泉有点发抖的手握住了。阿泉摇了摇，竟是摇不开，书记的手潮湿而温暖，好像有什么特异电流，一直流进他的心坎，使他的心很是暖了一下。然后，坐下来，问起长短。

"日子好过吗？"

"好、好！"

"这茶叶是自己的？"

"嗯、嗯！"

"金书记，这香榧是我们自己种的，你尝尝！"张妹突然插了一句。

"香榧？这……"书记显然没有反应过来。

"张妹，今天谈茶叶的事呢。"洪伟说。

"你说这香榧是你种的，"书记并不理会洪伟的话，捏起一粒来，放到口中，嘣的一下，咬了咬，来了兴致，"想不到这里也能种榧子。"

阿泉倒尴尬起来，"这，这是我胡乱种的。"

"走，看看去。"书记站起来，阿泉只好陪书记走到屋后去。十几株高大的榧子树，立在那里，枝繁叶茂。阿泉说："金书记，不瞒你说，我今年这里的收入比茶叶还高呢！"

"真的！"

阿泉说了一笔账。

"这么好的事，为什么不推广？"书记回头对洪伟说。

"这个，这个，我们正想推广呢。"

阿泉说："村东的张阿爹也种了几株，他也收获了一点，他说这榧子树是他的养老保险呢。"

"养老保险，噢，噢，有意思，有意思，"书记一拍手掌，"这叫绿色保险，嗯，这个名字好，这个，值得推广，全市推广……"书记为自己突然涌现的新名词而兴奋不已。

早有秘书拿出笔来，在本子上唰唰记录下来。

中饭在阿芳家的农家乐吃，阿芳负责端菜。阿泉被邀坐在书记旁边，这巨大的荣耀，几乎让阿泉晕头转向。饭菜并不丰盛，这是符合书记提倡的新精神的。实际上，阿泉也没有吃进去多少。一直到了座谈会开始，阿泉才完全清醒过来。开始自然拘束，但书记是一个善于点燃话头的人。他那么随和地坐着，不时用一两句话挑起人家的话欲，使整个座谈会充满融洽的气氛。

"阿泉，你这个炒茶能手，噢，应该叫新农村代表，有什么建议？"

"倒没有，不过，"阿泉总归还有点紧张，"如果……"

"有话直说嘛。"

"那，我想，承包村里的那块荒山。"

"你是说那块荒山？"洪伟说。

"嗯！"

"你早说嘛，"洪伟说，"你要种你去种好了。"

书记插嘴说："什么荒山啊，还有地荒着？"

洪伟马上解释了一遍，说那山遥远，贫瘠，几乎什么也长不了。

"这很好嘛，荒山利用！"书记说。

阿泉说："如果可以，我想，最好召开全村大会，来，来个公开投标。"

"什么，你说什么啊？"洪伟叫了起来。

这时，书记倒听出趣味来，忙道："阿泉，不急，不急，你慢慢说。"

受了鼓励，阿泉真的滔滔不绝起来。他把自己多年盘在脑中的想法一股脑儿地倒了出来，末了说，只有这样，才显得公正，对村民村干部都有益处。

村干部和几个村民代表都呆在那里，一时半会醒不过头来，倒是书记带头鼓起掌来。

三天的蹲点结束了，书记要走了，阿泉突然涌起一种情感来，也不晓得是什么，反正心里很不舍。书记握住他的手，说："阿泉，你是个有想法的人，可要好好干，我没啥好送你，这样吧，我代表市委，送一份市报给你吧。"这时候，他的眼眶就酸了湿了。车子开动，书记又趴出车窗说："阿泉，我每年都要来看你的。"

阿泉已讲不出话来，泪水早哗啦啦地流下来，仿佛当年看到阿芳坐上洪伟的轿车，经过自家的门前一样。

接下来的事情，就顺利多了，村里乡里都按照阿泉的意思行动起来，书记也派了人来指导。阿泉多年的梦想很快就要实现了。市里决定，七月一日这天，在阿泉的村里召开全市动员大会，到时候，会有市四副班子，各村镇的代表，共几百人参加。阿泉准备了稿子，每到晚上，夜深人静的时候，他就开始偷偷地练习，他觉得这是他一生中最为重要的时刻。自从在书记面前说了话，他好像自己整个儿变了，变自信了，面对上头来的人，也不再紧张。如果能在几百人面前发一个言，可想而知，他讷言的毛病将永远被根除。他甚至想过些天，约阿芳到茶叶山上，让她听一听自己的演讲，他相信阿芳是会来的，他甚至想好了理由，让她来矫正自己的普通话……

阿芳不请自到了。她拿来了一张报纸，对阿泉说："你看，我们村的事都上省报了。"阿泉看时，果真有一篇标题这样写：《山下村实行小资源拍卖好》，内容果真是写他们村如何打破常规，凡涉及公共利益，不论大小，一律进行公开招标，边上还有书记谈农村"绿色保险"的文章。阿芳见他看好了，就说："阿泉，我们是同村人，一家不说二话。听洪伟说，外村的许多村干部，都在议论你呢，说你出够了风头，害了他们。你也知道，现在这样一来，断了许多人的财路。他们毕竟跟我们不同，我们有事业，有自己的收入，而那些个……他们是花了很多钱的，所以，洪伟让我跟你说一声，以后还是少讲讲与书记的事为好！"

"可是，书记是支持的。"

"书记总有一天要走的。"

"书记说每年都会来看我的。"

"阿泉，你真木！"

"可是……"

可是，阿芳已经走了，阿泉觉得他现在可以和阿芳好好地聊聊了。可是，阿芳已经越走越远了。他呆在那里，真的像一截木头一样，他静下心来想了一想，突然就害怕起来。回想这几个月里发生的事，做梦一样，先是市报来采访，后来电视台拍专栏，整个人像在云雾中一样，还不曾着着实实地落到地面上过呢。

七月一日那天，还是在茶叶山脚的空地上，村里早搭好了会场。书记和四副班子到了，各部门的代表也到了，锣鼓响起来了，采茶歌唱起来了。可是阿泉不见了。洪伟领着村民四处寻找，又让阿芳拎着扩音器，满山满野地喊：

"阿泉，阿泉——"

重　逢

一

　　他们走出宾馆，暑气扑面而来。马路两边的树低矮，附近没有可休憩的公园。打个电话给佳山？她说。有必要吗？到这里了，通个电话吧。随你。

　　佳山是她的同学，他没有见过面，应该是个大老板吧。她与他讲过这个同学的几件逸事，一个校长同学带团去佳山的城市开会，路上碰到佳山，让他安排一下，佳山二话不说，热情地请吃请喝，还安排了足浴。还有一个同学，造房子缺钱，打了个电话，佳山就把钱汇过去了。这样的同学，到了他的地盘，不告知一下是要被责怪的。

　　真不够意思……到我地盘了，才通知……手机的音量很好，尽管贴着她的耳朵，他还是听得一清二楚。

　　没事啊，就打个电话——啊，没必要来的！

　　怎么行呢？对方的声音很响。

她告诉了宾馆的位置，然后匆匆忙忙寻吃饭的地方。不远处有一家"匆忙客"。她说，简单点？他说，随你。他原想在附近走走，逛逛商场，买点土特产，再找家土菜馆好好尝一尝本地的特色菜。但她飞快地走向"匆忙客"，他还没进店，她的托盘上已经有两三个菜放好了。他一径走到收银台，要了一瓶冰啤酒。

他过来有多少路？他问。

说是三四公里。

还早着呢。

他已从家里出来了。她说。

吃到一半，她的手机响了，佳山说这边也不熟的，告诉一下附近标志性的建筑。她忙将手机递给服务员。她匆匆拨光碗里的饭，说，我先去等。

他有点不悦，还是一口喝光了整杯冰凉的啤酒，与她一起走出"匆忙客"。

二

彭龙半躺在宽大的双人床上，佳山进来的时候，略呆了呆，才伸出手。彭龙看此人，前额已秃，长裤短衫，休闲便鞋，一副干净利落的样子。随他进来的还有一个女人，四十光景，苗条、精致。佳山说，老婆，晓英。

房间里只有两只杯子，妻子素梅给客人泡了茶，又把彭龙喝了一半的纯净水抛给他。佳山进来后就大咧咧地坐到床上，晓英则被素梅让到靠里的沙发上。素梅则坐到电脑凳上，面对着佳山。彭龙不晓得这样的格局是素梅有意为之，还是无意中形成的。总之，四个人很明显地分成了两个空间。接下来，素梅与佳山热烈地聊起来。他们聊的都是小时候学校里的事，他们回忆起一些蠢事，就哈哈大笑起来，又说起某某与某某的关系，发一通感慨。彭龙索性看电视，晓英像一个木偶。

彭龙不停地换台，没有一个节目合他的意。这破电视肯定有年头了，换一个台，声音会突然响起来，这让他有点尴尬，好像是有意为之。但那边似乎没有受干扰，依然聊得兴高采烈。彭龙便无所顾忌起来，但他到底要顾及身旁的晓英，因为她的眼睛也一刻不落地盯着电视。所以在换台的时候，彭龙就要偏头瞥她一眼，可她并没有特别的表示，一副无所谓的样子。

这破电视，彭龙说。

晓英转头微笑了一下，算是回应。

你喜欢什么？

我不看电视的。

彭龙有点烦，那边的声音完全压倒了电视的声音，不过他觉得佳山这家伙还是有点幽默感的，明明一件无趣的事，经他一说，素梅就会哈哈大笑起来。

他突然把音量按到最响，等反应过来，满屋子都是一个男歌星撕心裂肺的号叫，忙不迭把音量调下来。

好听，佳山转过头，朝彭龙微微一笑，才突然发现什么似的"咦"了一声，晓英，阿梅说去过你家。

我晓得，晓英说，听大哥说起过。

你那时候才这么高，素梅说。

晓英笑了笑，没有回答。

你大哥？彭龙说。

嗯，晓英瞥了眼彭龙，并没有回答他的疑问，依然盯着电视。彭龙更加无聊起来，不由怀着恶作剧的心理偷窥起眼前这个比老婆年轻得多的女人。她穿一条黑裙，化了薄妆，肤色很白，一抹淡淡的红唇显得十分惹眼。可是她却穿了一双白色的皮凉鞋，带子已变了色，鞋跟上也粘了别的色彩，她还不穿丝袜，脚背有点粗糙。为了看清她的脚背，彭龙有意上了一趟卫生间。彭龙喜欢琢磨人，他对这个女人并不感兴趣，相信以后不会再见面了，而且这女人也太冷，自己好几次勾起话题，都被她一句半句堵死了。而素梅也没有向他说起过她的一星半点，只不过在吹嘘佳山如何有能耐之余才会提到她，说人家的老婆就坐坐办公室，看看书，喝喝茶，哪里像自己，整一个劳碌命。现在看来，也不过如此。

这次接到客户邀请参加订货会，第一念头就是带老婆一起参加。结婚二十多年，两人一起外出好像没有过。夫妻开了家文具店，规模也不算小，但不叫小工，一个主内，一个主外，其实是两主内。进货方便着呢，一个电话，货就到店里了，所以彭龙也很少外出。这会儿是暑假，女儿回家了，又是淡季，就让女儿守店，两人高高兴兴出来了。

他准备了身份证，又去拿了结婚证，他不晓得需不需要这个证。他们结婚前，不，还没有确定恋爱关系前一起外出过一趟。他二十五岁，已是镇塑料厂厂长，她是业务员。说是业务员，也是临时的。那年，厂里开发了一个新产品，临时派她去推销。后来，有了点销路，几个销售商要重新定价签合同，需要他出面，他就与她一起去了。

一切顺利，到了傍晚，他们开始找宿夜店，他们尽往偏远的小胡同里寻。她才二十三岁，正是妙不可言的年龄。她喜欢他，爱他，那么热烈。他却不敢随意答应，但现在远离家乡，他的心活起来。他想要她的一切。她默许了。

竟是难找这样的旅馆，那时候，小旅馆也正经着呢，他们既想做你的生意，又怕出事。当他暗示要一个房间时，他们就要他出示结婚证。他们尴尬，又心照不宣，退出来，又找，直到夜色浓郁，只好将就在一个偏僻的小旅馆里各自要了间房。第二天，她对他说，昨晚一夜没睡，一个人怕兮兮的，衣服也没有脱，房间也破破烂烂的。回来的路上，他们的手紧紧攥着，进入本县境内才分开。

他觉得欠她一个好的睡眠。

她漂亮、活泼，人见人爱，他迟迟没有下决心确定关系，唯一的原因就是户口。那时候，农村与居民隔着鸿沟，但在工厂倒闭，他也失业的时候，鸿沟变成浅沟。后来，他问她，如果她的户口也是居民，还会喜欢他吗？她说，我爱的是你这个人。无论真假，他赚足了自豪感。

就这样，结婚后，他们开始做生意，一晃眼，二十多年了。她十九岁进镇塑料厂做小工后就没有离开过他，所以她的情史是清白的，这也是他们彼此引以为傲的事。我就谈过你一个人。我也一样。但且慢，她二十一岁那年，厂里形势不好，她回家过几个月。与所有夫妻一样，探问过往情史，也算是在单调平淡的生活里混进点调味品。这个佳山似乎是老婆唯一有点关系的男人，是老婆愿意添油加醋编造的一个恋人，实际上他们的关系清澈得像一碗水，不过是一个男追女一厢情愿的故事。

他很喜欢我的，素梅说，托了好多人来家里说，后来又壮着胆来过我家几趟，我说我已经有男朋友了，他就不来了。

真的吗？彭龙说，看来你的魅力不够。

人家那是尊重。

你说不追是尊重？

那是什么时代啊？她说，假正经。

幸好跟了我，否则你要背井离乡了。

我跟了他，就不要这样辛苦了。

彭龙没有见过佳山，但似乎早了然于胸。在老婆嘴里，这可是一个非同寻常的人物。现在看来，也不过如此。

阿梅……

听他叫得如此亲切自然，彭龙的心里泛起酸味。他从来没有这样叫过老婆，他叫老婆素梅，有时候连姓也加上，叶素梅，你到底要怎样？叶素梅，真是烦了你！阿梅这个称呼好像只有岳父母才叫的。

电话里听到佳山要来，彭龙就想着换一个更好的房间，素梅说没必要。彭龙说，能让你这么好的同学看低么？但素梅坚决不让换。宾馆的老板娘偷偷地笑。这是一个三十多岁的女人，长得很好看，他们一进宾馆，彭龙就被她迷住了。她的介绍热情又简洁，说这里离市场近，门口就有公交车。你们上去看看，满意就住下，不满意不要紧。

一百四十八元一夜，打个折，就一百二十八元。房间不错，一张宽大的床铺，设施齐全，就这间了。到前台，他递上去两张身份证，又问，要结婚证么？不要。素梅说，这样啊，这不是方便某些人了。老板娘笑了笑说，公安就这么要求的。他原想开句玩笑，但看了眼老板娘圆滚滚的屁股，又看了看素梅的胸脯，就把话咽下去了。

在佳山上卫生间的时候，彭龙问晓英，听素梅说，你们开了两家公司？

哪里是公司，只有一家小厂，另一个不过是在厂门口放几辆旧车。

二手车，赚头好的。

现在不行了。

你们算在这儿生根了。

是他一定要来，背井离乡，没有一个朋友，早出晚归，闷都闷死了。

一样的，我们还不是这样，两点一线过日子。

但总归还有同学聚会什么的。

这倒是的。

他们用家乡话聊天，彭龙想这女人厉害，生活在这里十多年，家乡话还说得如此顺畅，毕竟在这里做生意，要用本地方言。而佳山，十句里就要混入两句当地的方言，是不经意呢，还是有意为之？

佳山从卫生间出来，见他们聊得好，就递一支烟给彭龙，彭龙谢绝了。佳山说，晓英，彭龙是大作家呢，你要好好向他讨教讨教。

什么大作家？彭龙有点脸热。

佳山打个哈哈又与素梅聊起来。

但佳山的话好像引起了晓英的兴趣，原来她也喜欢看书，不过写得很少。可彭龙不想让这个话题继续下去，他觉得佳山的口气里有点嘲讽的味道，而且在这样的场合谈文学，说什么也是不合适的。何况，喜欢看书，看什么书，《读者》《知音》？所以他的冷淡很快浇灭了晓英的兴致。

那边却聊得正来劲，这会儿彭龙入耳了，因为佳山说到了那个校长同学，口吻是明显地变了。说那天在路上碰到老同学很高兴，不料老同学拉他到一边，悄悄对他说，这些都是我的顶头上司，你得给我个面子啊。我不好拒绝啊，只好硬着头皮安排。你要知道，他说，我不是小气，我是看不来他们那些腔调，还是为人师表的人啊。我安排好就走了。一直到第二天下午我也没有收到老同学的回音，打电话去，说早到家了。你看，从头到脚，连谢都不说一句，这样的素质啊！

确实没道理，彭龙插了一句。

还有明军，造房子来借钱，软磨硬泡的，你知道这个人，无赖一个，可有什么办法，只好借给他，说是一年后还，到现在也没有还。唉，我真是对我们的这些同学失望啊。

素梅咯咯笑道，你名声在外啊。

佳山叹口气，也不晓得怎么回事，其实我跟你们一样，做做吃吃，没多少花头的。

跟我们，那是不能比的，素梅说完，又咯咯笑起来。彭龙真想大喊一声，叶素梅，这句话也这么好笑么？

他是大好人，晓英轻轻对彭龙说，死要面子。

嗯，看得出。彭龙响亮地回了一句。

谢天谢地，他们终于要走了，临走前佳山说明天请彭龙夫妻吃饭。这应该是客套话，素梅还是一本正经地谢绝了，理由是难得来一趟，要多跑跑市场。佳山不干了，说，晚饭，不见不散。彭龙懒洋洋地起来，到门口与佳山握了下手就回房了，素梅一直送他们到停车的地方，看他们开远了，才回来。

这么一来，已经是十一点了。素梅回来即道歉，佳山夫妇的来访无疑打乱了他们的计划。原来打算吃好晚饭，去看看这个城市有名的灯光秀，然后——这是两人第一次同居于宾馆，也算是一次别样的体验。还你一个好的睡眠，彭龙老早就想好的，这包括许多，好好按摩按摩她的头、胳膊、背部、大腿，当然脚板底最重要，跑了一天了，肯定板结成一块。然后听她了，她喜欢怎样就怎样了。估计，这一套做下来，她还会要点什么。他已经做好了一切准备。

说真的，虽然是二十多年的夫妻，有时候，只要氛围得当，还可以回到少男少女的时候。她会羞涩，他也会瞒着她做点什么，他也怕羞呢。可是，这会儿气氛没有了。素梅在洗澡，哗哗的水流声没有激起他丝毫的情绪，反而有点无聊。他坐在电脑前，百无聊赖，看见桌子上的那些避孕套，随手拿起一盒，价格不菲啊，一只就要二十元，不过介绍说有振动圈，他想拆开来看看那圈子到底是什么玩意，还有一盒说是能够延长很多时间。他不用避孕套，老婆生了女儿后就放了环。他与老婆的性生活正常，平均一星期两三次吧，时间有长有短，老婆有高潮，当然他知道有些是装出来的，但何必去点破呢。他晓得市面上有延长时间的药物，但从来不去理会。性于他来说，是重要的，但还不至于重要到要花钱去提高。就像吃饭，往往简单地买点快餐，生活嘛，难道要天天大鱼大肉？那不叫生活。

素梅裹了浴巾出来，她坐到床上，让彭龙把她的内衣内裤拿出来。彭龙说，自己拿，就把袋子丢到床上，进了浴室。于他来说，这个夜晚应该是非同一般的，远离故乡、身心放松。他多么需要一个不一样的夜晚啊。

第二天，他们脚不沾地地跑市场，来一趟不容易啊。中饭胡乱吃了一点，到三点多的时候，紧赶慢赶总算赶上了末班车。上车就呼呼地睡了一通，醒来已进入本地境内。素梅"啊呀"一声，说，忘了给佳山打电话了，他说晚上请我们吃饭的。彭龙笑道，几点了？素梅说，不好这样说的，道理啊。彭龙说，就你最讲道理。

素梅不理会，还是打了个电话给佳山，说忙，忘了打电话了，现在快到家了。佳山说，真不够朋友，说好晚上请你们吃饭的。素梅说，谢谢谢谢，下次来老家，我请你。彭龙指了指手机，让素梅看时间。他想说，你这个初恋情人，五点多了还没有约你吃饭，真大气。话到嘴边还是咽了回去。

　　这以后，素梅的电话多起来，一打就是十来分钟，还不时爆笑起来。彭龙说，这么几句老生常谈，有意思吗？素梅不理他，咧着嘴走到外面去。彭龙想想懊恼，可看她一副没心没肺的样子，还拿她没办法。过了几天，素梅又接到佳山的电话，这一次没有空谈，来了点实质性的东西，说是儿子想吃家乡的菜苔头，能不能帮忙托运一点。素梅满口答应。第二天即起了个早，赶到批发市场，买了五斤，又在车站等了个把小时，把东西送上车，赶到店里已经八点多了。到了下午，彭龙收到一个短信，你的浙WK063车辆于2014年7月26日在迎宾路口因不按规定临时停车影响其他车辆和行人通行……他急急地喊，叶素梅，你的菜苔头贵了！素梅说，不贵啊，批发价，三块一斤，五斤，十五块，加上五块运费，一共二十块。彭龙说，不够不够，应该是三十四块一斤，一共一百七十块。

　　素梅说，什么啊，神经病。

　　你看，他把手机递给她。

　　啊，那个地方原来是不会抄牌的。

　　看见素梅肉痛的样子，他有点幸灾乐祸。

　　发个短信去。

傻啊，你。

过了几天，佳山又打电话来，说儿子想吃家乡的馒头，能不能托运一点。他说，嗨，这里的馒头真差劲啊，硬硬的，哪里有家乡的好啊，又白又有韧劲。素梅说，那是当然，我明天就给你托过来。

要吃到正宗的家乡馒头需要开二十多分钟的路程直接到馒头作坊去拿，素梅又起了个早赶去买了一大袋，这次她学乖了，不开车去，骑了电瓶车去车站托运了。

不怕风吹黑脸了。彭龙说。

人家这么远，想吃点家乡的东西，这点忙总要帮的。

彭龙说，我倒想吃上次吃过的佳山他们那儿的麻饼了，问下能不能托点来。

素梅说，干什么啊，麻烦人家，超市里有的是。

我就想吃他们那儿的，好吃。

素梅说，就你小家子气。

彭龙说，我小家子气？我看你把你的魂都托过去了。

素梅生气了。为了这事，两人冷战了三天。

佳山有段时间没有来电话。

中秋节那天，彭龙突然接到佳山的电话，说晚上要来拜访。彭龙甚感意外，一则他们之间没有通过电话，佳山有事总与素梅联系；二则，突然说要来拜访，而且选这样的节日。这个节日他们是要陪父母吃饭的，但佳山说，不方便吗？他迟疑了一会，还是说，方便的，不过要迟一点。佳山说，当然了，我们也要迟点来，我们要陪母亲的，吃好才能来坐一下，连夜要赶回去的。彭龙说，那欢迎啊。

彭龙其实是不欢迎的，难得一个节日，往年陪父母吃好饭赏会儿月后，他便与素梅沿着富春江畔的游步道一路走回家。这是多年的节目，边走边看月亮一点点从江的尽头升起来，饱满起来。这时候，夜色一片幽蓝，月亮带点橘色，后来越来越亮，越来越透明，给你一种宁静清澈的空灵感。素梅就拿出手机，对着月亮狂拍，彭龙则扶栏吟诵几句突然涌出来的诗句。有时候，他会吟诵张若虚的《春江花月夜》，当吟到"江天一色无纤尘，皎皎空中孤月轮。江畔何人初见月？江月何年初照人？"的时候，不喜欢诗歌的素梅也会变得温柔起来，她靠过来，把手插到他的臂弯里，像初恋的时候一样。可是，佳山的来访打破了这温馨的夜晚，他们不得不吃好饭，打的赶到家里去。

你这个同学有点拎不清，彭龙说。

你答应他干什么？

是你让他打给我的吧？

放屁。

我可没有把电话告诉过他，彭龙说。

你是说我告诉他的，我有这个必要吗？

不一定。

真是见鬼，这是中秋节，美好的节日啊！两人竟斗起嘴来，而且是为了一个无关紧要的人。真不值，彭龙想。

那你打电话让他不要来，素梅说。

是你揽来的，彭龙说。

停车，素梅大喊一声，车还没有停稳，就一径跨出车门。彭龙忙付了钱，追了过去。要是平时，遇到这种事彭龙就自己回家了，算什么事呢，老了老了，还动不动怄气？但这会儿不行，因为是他接的电话，便是他的责任了。也许这是她的计谋吧，彭龙想。但现在不是计较的时候，幸好离家已经不远，等他劝好素梅，十来分钟也到家了。一到家，两人不约而同地整理起来，一个烧开水，一个忙着把沙发上的衣服书本移到储藏室里，然后拖地抹桌子，不快早烟消云散了。大约二十分钟的样子，客厅有点焕然一新的感觉。

佳山夫妻进来的时候，已近九点。佳山的手里提了一盒月饼，一看包装就知道是本地一家食品公司生产的。因为形势不好，今年这家公司只生产这样一种规格的礼盒月饼，其余的都是筒包装。彭龙去的时候还有意问了一句，价格是一百二十元一盒。

还拿月饼啊。他说。

素梅则说，这么客气干什么？！

彭龙看见晓英穿着一袭白色的裙子，剪了个简单的齐肩发，脸很光洁，一股素雅清爽的样子，心里就涌起一股暖意。在沙发上坐好，佳山就感谢起那些菜苦头和馒头来，说着掏出皮夹。素梅说，干什么啊，老同学。

一是一，二是二，佳山说，以后还要你帮忙的。

一句话啊，什么时候要打个电话。

彭龙说，这个菜菩头可贵了。

不贵，佳山说，才几十块，只是麻烦你们了。

贵的，彭龙说。

真的不贵，佳山说。

素梅忙说，不麻烦的，举手之劳啊。

佳山把钱收了回去。

他们又旁若无人地聊起来，素梅照样哈哈大笑。彭龙懊恼起来，这是我的家哎，不是你的地盘哎！我是这里的主人哎！看来佳山并没有意识到这点，叶素梅也不想意识到这点。彭龙有点坐立不安，倒像是坐在佳山家。过会儿时间，他还得站起来，往他们的茶杯里续下水。佳山不过用手碰一碰杯子，以示谢意，因为他的谈兴正浓。在彭龙续第二遍的时候，终于发现还有一个比他还尴尬的人。

晓英虽然与佳山同坐一张沙发，但她显然加不进他们的聊天中，她的眼睛木然地望着电视。彭龙给她续水的时候，似乎是不经意地说，听说你喜欢看书，去看看我的书房。她说，好啊。

书房在二楼，很大，有十五六平米，三面立着书架，上面密密麻麻摆着各种书籍。彭龙想她准会大叫一声，或者会睁大眼睛。但她并没有特别的表情，而是轻车熟路地打开一扇柜门，开始触摸起那些书。她修长的手指慢慢地划过书脊，像乐者轻划过琴弦。她打开一扇又一扇柜门，毫无意外地用手指划过那些彩色的黑白的厚实的薄薄的长的短的书脊，那种优雅，那种冷艳，仿佛一个高贵的公主，触摸奇珍异宝。约莫过了十分钟，她才停下来，从中抽出两本书，说，这两本给我。彭龙一看，是刘震云的两本小说。前段时间彭龙接受过一个女人的礼物，购书的时候，有意买了几本相同的书，想作为回礼送给她。但那女人说，书我自己会买，你只要推荐就行。这几本书就一直没有拆封过，现在这个并不熟识的女人说要拿走它们，还那么轻描淡写，好像这几本书是专门为她准备的，就像他们是老相识一样。

彭龙下楼去端茶水，见素梅与佳山靠得更近了一些，便不过去，而是轻手轻脚地转身到厨房里拉开冰箱门，拿出两瓶饮料，也不打招呼，一径上楼。走到楼梯中间，他朝客厅里沙发上的那对看了一眼，正好佳山也扭头朝他看，心不由往上提，幸好他的一只脚已经上了另一级台阶，一耸身，佳山只能看到他的腰了。

书房里除了电脑桌前的那张小皮椅，只有一张藤椅，藤椅很小，两个瘦小的人才坐得下。现在，他们都坐到藤椅上，手里都捏着一本书，不停地翻着，似乎只有这样，才能让话语继续下去。但他们很快找到了共同的话题，开始还很文学，后来渐渐敞开了。他们都喜欢《金瓶梅》，然后《废都》，然后《失乐园》，不过，最喜欢的是《洛丽塔》。这时候，文学的力量显现出来，没有拘束、扭捏，只有一条温暖的小道，他们相识已久，在紫罗兰、丁香、夹竹桃盛开的地方徜徉、叙旧。如果楼梯口有一道门，彭龙吻她，相信晓英不会拒绝。这是彭龙的想象，正好借以说明此时此景，两个中年男女彼此间的融洽或者说倾慕。彭龙要加她微信，她建议"摇一摇"，彭龙还没有用过这个功能。她就把他的手机拿过去，摇起来，就这样摇一摇，她说。她的动作优雅好看。他觉得很好玩，也拿过她的手机，摇起来，他用上了猛力，以为摇得越有力，越有效。后来，他开始学她的动作，不疾不徐，左右摆动，但总是学不像，两人都为这个滑稽的动作笑起来。他们挨得是那么近，随着手机的摇动，他们的身体也摇晃起来，但他们都没有不妥的感觉。就在这时，他们听到上楼梯的脚步声。彭龙站起来，拿出自己的小说集，准备签上自己的大名。佳山的脚步声越来越近，人还未到门口，声音就传了过来，聊得好吗？

佳山到门口的时候，彭龙恰恰签好最后一个字，他合上书本，迎了过去。晓英则专心读手里的书。

她一看到书，就不晓得时间。佳山跨进书房，看了一眼，跟她的书房差不多嘛。

浪费钱啊，跟在后面的素梅说。

晓英站了起来，手里拿着几本书。

看了还拿啊。

几本老书，彭龙说。

他们出门，素梅要送下楼，佳山说这么高，不要送了，但彭龙也换了鞋，说，难得来一趟啊，招待不周。素梅看了他一眼，说，你也下去？彭龙已经先她一步，揿亮了楼道灯。到了停车的地方，彭龙主动伸出手，与佳山握手，素梅则为晓英打开了车门，夫妻俩一直目送车子转弯才回来。

聊得好啊，上楼的时候，素梅说。

聊什么？就看书。彭龙反问，你们聊了点什么？

还不是同学那点蠢事。

蠢事才有趣。

你呢？那几本书，这么厚，要上百块吧。

几本旧书。

还没拆封呢！

她看上了，客人嘛。

看上就给她了？

不可理喻。

旧事如天远

　　老婆说，选青也在商场做生意。我说，真的？倒忘了她这个
人。老婆说，你会忘了？我说，真忘了。我们商场有点大，七八千
平米，什么都可经营，乱糟糟一片。她大约靠近北区，地方有点
偏，离我有点远。我在西区靠墙处做文具生意，大门外是一条步行
街，整天人来人往。我不喜欢跑来跑去，大部分时间窝在柜台内，
无聊了，顶多到近旁的摊位聊几句。人家叫我米夫。意思是丈夫该
有丈把路的自由，我呢，只有一米的自由。这当然是玩笑。不过这
么些年来，我习惯了这样的生活，两点一线，商场——家里，家里
——商场。我没有一个朋友，也没有业余爱好。

　　晚上，我睡不好，脑子里全是选青的形象。心里热乎乎的，
有一种说不上来的温情漫过全身。她那么漂亮，温柔又活泼。记得
有一回开玩笑，我把一张纸搓成团，打她的头，不料偏了方向，纸
团打到她胸脯上。那是一个夏天，她穿着一件粉红色的衬衫，胸部
高高的。一时，我呆在那儿，她也羞得脸红红的，低了头，不作一
声。我飞快地跑出去，跑到没人的地方，缓过气，才回味起刚才的

感觉，一种甜蜜感还在心里流淌。

那是八十年代末的事，我在一家镇办企业当车间主任。这个厂实在小，坐落在一条斜坡上，只有一幢楼，底下是车间，二楼是办公室。隔条马路，斜对面是一家孤零零的理发店，店主是一个姑娘，她店里的水电是从我们厂里接过去的。每到月底，我去收一回水电费。一来二去，就熟了。我理发，便比别人便宜。她家离城有十多里路，她骑辆自行车，早出晚归。与我有了交往后，就去买了一张钢丝床，有时候就睡在店里。那个时候，我很有点清高，厂里大部分操作工是十七八岁的乡下妹，都对我毕恭毕敬，又顾盼流彩的。但那么多姑娘没有一个入我的眼。一有空，我就穿过马路，坐到那张可旋转的皮椅上。

有一天，我对她说，到我们厂里来做怎么样？她说，才不呢，我才不喜欢被人管，到你们厂里后，你就不会与我开玩笑了。"还有，上夜班多可怕啊，你们厂里的那些姑娘，眼帘青青的，我才不想作践自己呢！"她说。这倒是的，半夜里起床上班，真是最受罪的事。我老婆就是受不了这个苦，才去摆摊的。我是在离开选青后认识我老婆的。老婆原在丝厂工作，丝厂倒闭了，不愿到别的厂里上班，就摆起摊来。摆摊真是最苦的活计，起早摸黑不说，还要抢位置，遭人家的白眼。但她说，这算什么啊？想想上夜班，这苦根本不叫苦。白天再怎么苦，只要晚上睡个安稳觉，力气就来了。但我晓得，她最大的动力还是摆摊能多挣些钱。那会儿，她摆一天能赚二三十块，而丝厂里的工资一个月才二百不到。那应该是九十年代初，我在菜场里有一间门面房，卖些塑料脸盆水桶之类的日用品。她则在菜场的露天停车场一角摆个临时摊。有一年，菜场要改造，临时弄个位子给我，我便与他们这些临时摊主混到一起了。她的吃苦耐劳我都看在眼里，那时候，我早没有了什么志向，我想，如果这辈子要安安耽耽过日脚，娶这个女人是最合适的。后来我娶她回家，确实没有花费多少心力。与她相比，我是正规军，她是游击队，她的临时摊位随时可能被取缔。后来，菜场改造好了，果真取缔了临时摊位，我们的关系在取缔前一天迅速确定下来。这天晚上，她把她的商品，一些袜子、毛巾、牙刷什么的，装在两只编织袋里寄存到我装修一新的门面房里。这么着，她就是我的人了。

老婆对我说，你碰到过选青吗？我说，没有啊。她说，你每天饭后去公园散步，没有碰到？我说，好笑。她说，北区的人都上公园那个公厕的。我说，那我怎么没有碰到呢？她说，骗人，谁信呢。我说，要我发誓吗？我如果与她聊过天，我……

老婆说，何必呢，说笑而已。我才发觉，我入了她的圈套。但实际上，我是见过选青的。那天在公园，我远远地看见她迎面走来，竟然手足无措，这么多年过去了，她整个轮廓好像没有多少变化。当然，我只瞥了一眼，就走到小径旁的一丛细竹后。我听到她的脚步声，橐橐地敲击着鹅卵石的小径。我确实害怕与她见面，不晓得迎面碰上了，会是怎么尴尬的场面。

每天饭后去公园散步，是我唯一的爱好。我很享受这片刻的孤独，现在，它似乎被打扰了。

　　我喜欢过选青，但我对老婆说，与你之前，我没有谈过恋爱。老婆说，屁。她当然不相信，谁会相信呢？其实我与老婆也没有花前月下过，我这个人就是这样，遇事怕东怕西，优柔寡断，要老虎追到屁股后，才会下决心。与选青的肌肤之亲，更多的是她的缘故。那是夏日里的一个晚上，天下起暴雨，雷很响，似乎要把天炸破似的。我不放心厂里，车间与地面有一个斜坡，大雨的时候，水来不及排向两边的水沟，就要流进车间，那就是我的责任了。我冒雨赶到车间，采取了一些措施。这时候，我看见斜对面的理发店还亮着灯，那间平房，孤独地立在风雨中，随时要被大雨吞噬似的。我跑过去，敲了敲门。

　　"谁啊？"传来胆战心惊的声音。我忽而涌起捉弄她的念头，不出声。过了一会儿，又敲了敲门，"谁！"我还是不出声。我听见杯子跌落在地上的乒乓声，移动桌椅的叽叽声。我觉得有点过了，一声不吭地回到车间里。

　　雨越下越大，雷也越打越响，她孤身一人，一个弱女子，又经了恶作剧，会不会出事？我就站在车间门口，大声喊起来。

　　"选青，选青——"

　　斜对面的门猛然打开了，冒着雨，她飞奔过来，一下子把我抱住了，浑身不停地颤抖。

　　她脸色苍白，身子湿漉漉的，少女特有的气息让我心醉神迷。那一年，我二十二岁，她十九岁。

　　楼上有一间值班室，有一张床，平时很少有人住。我把她带进值班室，她缓过劲来，脸上显出羞涩的神情。

"你晚上睡这里好了。"

她点了点头。

"我明天一早就来。"

"我怕。"

"有什么好怕——"

"我怕。"

"要不，我们聊聊天。"

她活泼起来，眼神里满是火辣辣的光芒。那天晚上我们聊了许多许多，浑不知时间和疲倦。后来，我们渐渐挨到一起，当我捉住她的手，她没有坚决抽出去的时候，我的胆子就大起来了。

那是甜蜜吗，还是扑下悬崖的勇气？我那么不顾一切地扯下了她的裙子，趴到她的身上，我气喘吁吁，笨拙、粗暴……后来，她不动了，像一具木偶，随我摆弄。

选青的形象就这样又一次占据了我的脑海。我想，如果她当时答应来我们厂，会不会发生后来的事呢？其实只要她来，根本不用上夜班。那会儿做检验的刚好辞职，我有意让她来顶这个轻松的活。当然，她来厂里上班后，肯定要面对许多同等身份的人的监督、妒忌，而我也会马上对她失去兴趣。之前，我确实没有动过与她结婚的念头，因为她的农民户口是一条横亘在我们之间无法逾越的鸿沟。我的母亲从城里下放到农村，吃尽了苦，总算落实政策重新成为居民户口，但却落实在公社里。当时父亲在城里工作，我进镇办企业，其实是为母亲妹妹进城打先锋，镇塑料厂承诺，如果我能安心在厂里工作，就可以把我的户口迁到城里。当时，镇塑料厂的职工都是一些老娘们，她们的后辈子都要靠这个小厂过活，所以她们急需培养几个年轻人，而真正的城市居民是不会来这样的镇办企业工作的。后来，我的户口果然迁到城里，我一迁来，母亲妹妹也以投亲的理由迁来了。全家人好不容易回到城里团聚到一起，如果我再找一个农村姑娘，意味着我的后代依然要回到原来的起点去，这岂不要了父母的命。但与选青亲密接触后，一切都变了。我离不开她了，性爱的滋味，吸引着我越走越远。

我听说她做的是小礼品。有时候，一些客户需要点奖品，我这里选不好，就让顾客去她那里。我跟他们说得很详细，转弯，走到大通道，一直走，看到眼镜店再转弯……

我一次也没有去过她的摊位，但我分明知道她的确切位置和经营的商品。我没有让顾客说是我介绍的，当然我也希望她能知道。有时候我会想入非非，不过，我觉得来日方长，有的是时间，并不急在一时。

但年轻的时候不是这样的，我十八岁进厂，去杭州培训了半年，很快成为厂里的骨干，二十出头，就当上了车间主任。厂长还慎重地通知我，说镇里有名额，要在乡镇企业里发展几个党员。但这些，都没有她的身体让我着迷。

我经常在晚上赶到厂里，对父母说是值班。到了十点左右，她便从小门进来。我们精力旺盛，总是没完没了地做爱，事毕，她回到店里，我回到家中。有一天，她突然告诉我，说她有了。我开始听不懂，真的听不懂，后来，她指了指肚皮，我才反应过来，"怎么会这样的，"我说，"那怎么办？"我像一个无知的孩子，心里埋怨起她来，我觉得这一切应该是她的责任，她怎么能不采取措施呢？

"要么，去打掉。"她说。

我木然地说："好。"

我便在周末，陪她去省城医院做了手术。回来后，她关了两天门。没多久，厂里便传出风言风语。

忽而有一天，厂长把我叫到办公室，说她的父亲把我告到镇工办了。原来，她来这里开店搭电等都是因为有镇政府背景。她是镇里一个领导的侄女，她到城里来，就是想钓个城里的丈夫。我无疑是她选定的目标。如果厂长不这样说，我会妥协的，我正好仗着镇政府和厂长的势力去说服父母，尽管我知道父母绝不会同意我娶一个农村姑娘。自从与她好过后，我委婉地与父母提起过这个意向，但父母的态度是如此坚决，我是太需要这样的理由和心理安慰了。但厂长说："想好了没有？如果你不与她结婚，他们就要报案，说你强奸她。"

我一下子火起来："他们，有证据吗？"

厂长摇了摇头，说："你是我提拔上来的，可是，想不到你这样幼稚。好了，你明天去镇工办一趟，写一个检查给他们。"

镇工办我没去过，但工办主任我见过，那是一个凶巴巴的人。我当时才二十多岁，没有见过多少世面，以为工办是什么厉害的衙门。我回家写了一份检查，一早就送到镇里去。镇工办办公室不大，可以说相当简陋，但工办主任坐在那里，气势十足，像一个审判官。这么说，你同意了？他见了我兜头就是这样一句。我说，我送检查来了。他瞄了一眼，说，你这是狗屁检查啊！你要把过程都写出来，时间、地点、细节，细节你懂么？我站在他们面前，他并不给我让座，也不倒杯水，完全把我当犯人一样。

"你知道你犯的什么事？强奸啊，要判刑坐牢的。"

一听说要坐牢，我就颤抖起来，双脚几乎站不住了，这意味着失去自由、面子、前途，我眼前一片黑暗，"给我点时间，"我说，"我跟家里商量一下。"

"这么大的人了，还不能自己决定。"他鼻子里哼了一声。

"那我答应了，就没事了？"我说。我想起她的好来。

"当然，不过检查还是要写。"

"我答应了！"我的声音响了起来。

"答应不等于没有犯过错，犯错，就要深刻检查。这是为你好，也是对受害者负责。"

"我们是真心好。"

"真心好，就这么欺侮她了？"主任嘴角浮起嘲讽的笑，"还装老实，一晚上倒能欺侮好几趟啊，真厉害！"

"你侮辱人？"

"做的时候，不晓得侮辱人了？"工办主任突然咆哮起来，用力一拍桌子，"好好反思，小子，写好深刻的检查，再在职工大会上读读，通过了，万事大吉！"

怒火又在我胸中燃起，它几乎让我失去理智，但从小养成的胆小怕事的性格让我隐忍下来。现在我只想尽快逃离这可怕的地方。

"你不要存侥幸心理，我们掌握着你的所有罪证。"

"我没有做过什么犯罪的事。"

"哼，真是不见棺材不落泪，罪证嘛，第一次是大雨天吧，是在二楼的值班室，还有，这是什么？"他从抽屉里拿出那本薄薄的省城医院的病历卡，晃了晃。

被剥光衣服的感觉一下子罩住了我，羞耻、恐惧、厌恶，一起在我体内发酵升腾。

"如果你不老实，你的职位也保不住，还要……"

不晓得哪来的勇气，我一下子把"检查"抓到手里，冲出办公室，我怕他打电话报警，拣小路拼命地跑，我知道自己已经没有回头路了。到了家里，我给父母留了张纸条，就乘车去了省城。我在省城有个朋友，是培训的时候认识的，他辞职办了一个小厂，正需要我这样的技术工。足足两个月，我没有与家里联系，我觉得我这辈子都无法面对认识的人了。但父亲还是辗转找到了我。从他心力交瘁的神情中，可以猜想，父母是怎样艰难地度过这两个月的。幸好我工作的单位是乡镇企业，无关乎工龄不工龄，也没有养老保险。那时候，正是开放初期，我老早就知道这样的单位没有前途，可我的父母还把这样的工作当作铁饭碗，对我的离职痛心疾首。而最让他们受不了的是我犯的罪孽，厂长的上门声讨，她父母的谩骂，弄得满大街都知道了。

在父亲要向我跪下的时候，我回家了。开始我很害怕，怕她家来闹事，白天就躲在大姐家。过了一段时间，我见没有风声，就偷偷跑到她理发店对面的一丛树荫下，偷窥她的一举一动。一切都没有变，她还和以前一样。空下来的时候，坐到门口那张木凳上。但她的头发变了，原来长长的，现在剪短了，眼神虚空，长时间地盯着斜对面的厂门。我想跑过去，抱住她，但我一声不响地离开了。

城市真小，我去求职，人家竟然都知道我的事，离谱的是，他们把我离开城市的几个月，添油加醋地说成是劳教去了。劳改犯，多么可怕的标签啊！后来，我冷了心，不再去求职，投下所有的积蓄，转了菜场里的一个摊位，自己做自己的老板。从此，再没有人关心我的过去。

到现在我也想不明白，她为什么不来找我，按照我的性格，如果她来找我，我也许会重新燃起对她的热情。开始我怕她，后来便想她。但我绝不会主动去找她的，一想到工办主任的话，那张病历卡，一股怨怼之气就会从心底升起。爱情是多么神圣呵，可她竟然……我能原谅吗？

不晓得出于什么心思，结婚不久我就与老婆说起选青。当然，我只说一些无关紧要的，我的言外之意是，也曾有很漂亮的姑娘追求过我，但女人特有的敏感还是让她捕捉到了其中的意味。老婆一次又一次地问我，试探我，我总是王顾左右而言他，越这样，她的追究心理越强，我就越得意。像我这样生活平淡的男人，唯有这一点还能激起一丝额外的微波。

离开选青后，爱情之火就在我心里熄灭了。做了小生意后，生活更把我框死。这么多年，就这样毫无悬念、毫无激情地过来了。

有一天，妻子对我说，选青被人打了。有个女人在她那里买了样礼品，送人的时候，发现破了，来换，她不肯，女人就打电话给老公，男人上来就给了选青一拳。实际上，遇到这种事，有很多措施的，不至于闹到这步田地，老婆说。

第二天，我去南门的报亭买了一张报纸一本杂志，捏在手里，慢慢地走。走到她摊位的地方，见她的摊位上覆着一块布，我大失所望，好不容易鼓起的勇气啊！

正好边上有个熟人蒋萍，我问，选青不在啊？她说，大概昨天伤得厉害。又问，你认识她？我说，老早认识的。她就喋喋不休地跟我说起选青的事。

"她这个人就是好强，什么都要争一口气。其实多大一点事啊，好像不弄出点事来，就不舒服似的。"她这样总结。

我说："她不是这样的人。"

"她就是这样的人。"熟人说。

第二天，蒋萍过来，说写一张"摊位转让"的黄榜。

"帮选青写的。"她说。

"怎么，她不做了？"

"嗯。"

"她自己不来啊？"

"说脸上还肿着，托我写的。"

"电话呢？"

"还要写电话啊，那我报给你。"

我记了下来。

我没有勇气给选青打电话，就发了个短信，我说，你好吗？发出去，才意识到应该把自己的名字告诉她，毕竟不见面有二十多年了。但她马上就回复："还好，听说你不错。"

我呆了一会，才回她："差不多吧。"

"你在店里吗？"

"在。"

"那再帮我写一张，就说改行好了，我想做做女装。"

我说好，写好你来拿。

她说，还是蒋萍来吧，我还在家里呢。

下午，蒋萍来了。

"原来你们早认识了。"她说。

"嗯。"我说，"有年头了。"

"那一定是在商业城做生意的时候吧。"

"你咋知道的？"

"我是她最好的小姐妹。"

"能给我说说她的事吗？"

"一言难尽。她这辈子，算白过了。"蒋萍说，"她心气高，一心想嫁到城里，被一个男人骗了。家里叫她回去，不肯，后来就嫁给气筒厂的阿黄矮子，就是很喜欢赌的那个，不晓得你听没听到过。"

我怎么会不晓得，矮子阿黄，气筒厂的供销员，一米五多一

点，尖腮猴，眼角上生一个小瘤，就像一坨眼屎。那会儿，他经常
穿一件西装，横一根烟，吹牛不用力气。气筒厂就在我们厂附近，
是校办企业，除了厂长和阿黄，全是农村来的打工者。

"听说过的。"我说。

"结婚没多久，矮子鬼跌了一跤，腰以下废了。那个时候，孩
子才一岁，选青就开始服侍他……"

"这么多年，她都这样？"

"直到去年，矮子鬼才死掉。"

我的心尖锐地痛起来，我想问，这些年她是怎么过来的，但我
不敢问。

"还好，矮子鬼是老师编制，以前也赚过一些钱，但几年下
来，日脚还是难过。"

"她竟然是这样的命。"我叹道。

"一切都是那家伙造的孽，要不是他……"

"你是说——"

"她的第一个男人啊。"她说，"要是我，才不肯放过他，怎
么也得让他出点血。"

"她有没有说起他？"

"说的啊，跟我在一起的时候，经常说，说他是真爱她的。
我说你是至死不悔啊。她说，真的，是她自己不好。是她先对不起
他。你看看，这样的人！"

我想立即见到她，我欠她的太多，她把最珍贵的给了我，而我
没有好好珍惜，没有负起应负的责任。而且啊，我们的分开是那么

的突然，我宁愿争吵、冷战，然后反目，可是，它就像一首歌，唱到高潮处戛然而止，就像瀑布在半空中突然凝固。

　　我加了选青的QQ。

　　"你好。"

　　"不好，度度日。"停了一会儿，"不过，我在商业城有摊位的，租了，每年拿租金。"

　　"这么多年了，你……"

　　"就这样了。"

　　"还这么年轻……"

　　"孩子都十五了。"

　　"你没有变。"

　　"年轻时，不是过日子。现在，是怎么过日子。"说完这句话，她就断线了。

　　我的心里空落落的，眼睛就酸了。她的一辈子，竟是这样的。

　　许久，我还沉浸在往事中。老婆站在背后也不晓得。"终于聊上了。"老婆说。

　　我吓了一跳："没有啊，没聊什么。"

　　"怎么过日子？"老婆说，"倒深刻。"

　　"不是啊，她的意思是，以前吧，还可以选择，现在，没有这个条件了，是怎样平平淡淡地过日子。"

　　"倒理解她。"

　　"就是这个意思，你不相信，你看。"

我站起来，假装让她看聊天记录。妻子说，我才不关心这些无聊事呢，她是自作自受啊。她是什么货色，老公赌博，竟打电话报警。老公逃跑的时候，从楼上跌下去的。又说，她有人的，你看她的打扮。你的近视眼看她还蛮漂亮吧，近点看看，老年斑都有了。我说，我连远都没有看过。老婆说，谁信呢？我说，要发誓吗？老婆说，随你，只要你觉得为这个人值。

我一时僵在那儿。

老婆走出去的时候说，她说在商业城买了摊位，这摊位多贵啊！你想想，这许多年，她靠什么生活？

老婆的话，让我见她的心冷了下来。何况，近段时间，老婆什么地方也不去，就守在店里。空闲的时候，我会给选青发一个短信，我尽量寻一个非常合理的理由，她都及时回复。有一天，她说想换个摊位，那个地方实在太偏了。我留心起来，正好老张叫我写一张"摊位出租"，他的摊位离我近，在通道的边上。我说，不要写了，我一个朋友要呢。这家伙与我有点交情，横了我一眼说，朋友？不会是情人吧。我说就算是吧。他哈哈大笑，借你十个胆，也不敢呵。到了下午，我先付了两万块给老张，说是定金。我丢钱给老张的时候，含含糊糊地说了一句，你知道就好了。他翻了下白眼说，只要钱不假就行。

我打电话给选青，她很高兴。那天，我们聊得非常痛快，摊位怎样装潢，经营哪个品牌。我甚至这样说，你这么好的身材，穿上品牌女装，本身就是一个模特儿，不做女装真是亏大了。

那几天，我格外地卖力，理柜台，清理积货，然而，我竟然连着两次找错了钱。老婆说，怎么了，魂不在身上了？我说，听说摊位费又要涨了。老婆说，人家吃勿落，你还吃勿落。我说，老张吃勿落了，把摊位租给选青了。老婆说，怎么，才说起，她就知道了？我说，信息时代啊！老婆说，是你告诉的吧。我说，你说是就是好了。

好几天没有选青的消息，我给她发了个短信，约她下午在公园见。我说，有空吗，聊聊摊位的事。她说，正想找你呢。我说，公园里吧。她说，摊位里。我看了眼正在忙碌的老婆，说，公园里。但她不再回复我了。下午，在公园那条小径上，我来来回回地走，与她在一起的情景又一次密集地闪现出来，我咀嚼着，甜蜜、伤心、烦恼、痛苦……当某一个尴尬的场景出现的时候，我又害怕起来，赶紧走到那丛竹林里，从缝隙里盯着小径的尽头。幸好她没有出现。大约超过了约定时间十分钟后，我就回来了。

老婆还在忙碌，我坐到一边去。余下的事就让她与老张去谈吧，我的任务结束了。我喜欢现在的生活，我一点也不想打破现状。与热闹相比，我更喜欢孤独，即便在与老婆亲热时，我想的也是亲热过后的静寂。

老张过来了，说，你的那个怎么了，竟不租了？我说，开什么玩笑，定金都付了。他说，开什么玩笑，你是自作多情啊！他把两刀钱拍到我柜台上，说，快帮我写一张，耽误的日脚，可是要你赔的。我说，你什么意思？他说，什么意思，你把我害苦了。我看了眼柜台另一边的老婆，说，不写了，要写你自己写。他才回过神来。不是，他说，她真的不做了。他边走边说。把钱拿去，我大吼道，这是她的钱。他露出茫然的眼神。她真的不做了，他说，她连北区摊位也转了。混蛋，我说。我跑了出去，柜台里，传来玻璃杯子摔到地上的破碎声。我更快地跑起来，然后，我看到了那个混乱的场面：扭曲的墙纸，破碎的木头，飞扬的尘土，一个工头模样的人，踏在一张污迹斑斑的黄纸上，指手画脚，那是我写的"摊位转让"。

窥　视

　　叶莓从办公室溜出来，走到山水御园对面的亲水平台，打了个电话给瑞玉。

　　正是春风和煦的日子，江面波澜不惊，习习的风拂到脸上，说不上来的舒适。叶莓是附近名仕花园的物管员，负责保洁管理，手下有一批打扫卫生的外来妹。她工作的地方离这儿有一站路。离开办公室前，她把工作服换了，但没有把别在腰间的对讲机取下来。她想与瑞玉见上一面，聊得好，多聊一会，聊得不入格就亮出对讲机，借口还有事立马可走的。毕竟与瑞玉的交情不深，选择上班时间见面，也是为自己留余地。不料瑞玉说有事外出了，要她晚上上她家吃晚饭。

　　"饭就不吃了。"

　　"如果拿我是小姐妹，就来吃饭——我晚上一个人呢，就当来陪陪我。"

　　"那，好吧！"

　　回到办公室，几个女工正在等她，说晚上要在小排档里庆祝一下。她费了好多口舌，才回了她们的好意。住院的时候，除了丈夫，只有这些外来女工买了一些水果来探望她。她很感激了。挨到四点半，她向主任请了假，走到更衣室。穿什么衣服呢？更衣室里只有两件衣服，一件是有里子的一手长黑色的仿皮衣，另一件是住院的时候，瑞玉送给她的牛仔衣。瑞玉说买来就小了，挂在衣柜里都一年了，你试试？开始她还扭捏，但瑞玉过来，夹着两只臂膀，僵手僵脚地把衣服披到她身上。她不好拒绝，忙说，瑞姐我来我来。衣服好像是为她买的，穿在她身上很得体。瑞玉拉着她走到住院部门口的大镜子前，她发现自己变精神了。叶莓没有接受礼物的习惯，尤其像在这样的场合，但在瑞玉面前，似乎有一种巨大的波涛粉碎了以往坚守着的东西。这让她感到奇怪，短短五天时间，就喜欢上了瑞玉，甚至还涌起甘愿为她赴汤蹈火的念头。镜子里，瑞姐憔悴了，但她的赞叹是多么的真诚！

　　出院后，叶莓穿着这件衣服去上班，大家都夸赞，说她住了次院，人都变了，变得有品位了。她也感觉很好，隔三岔五地穿着它。有一天，主任的老婆看到了，说这么舍得啊，买了这么一件名牌，"千把块吧！"她才知道，这件衣服的价格是她半个来月的工资。她羞红了脸，不晓得该怎样回答，幸好主任老婆还有别的事，没有继续说下去。但心里还是沉了一沉，似乎被别人揭了短似的。下班后换了衣服，寻到专卖店，转了一圈，跑出来，心怦怦直跳，这种地方总归不是她去的。但影响还是来了，再穿别的衣服，就觉得别扭。这会儿，她穿起它，顾影自怜，镜子里的人儿是那么的纤弱，却自有一种端庄娴雅的气质，她一时有点恍惚，这真的是自己吗？但她马上发现了破绽，与衣服相配的牛仔裤有点陈旧了，而且颜色也不太搭。她去专卖店的时候，看见与它搭的是一条牛仔裙，尽管是匆匆一瞥，但其优雅清爽的样子还是深深地烙在脑子里。必须要去买一条，她在心里默默地下着这个决心。

叶莓来城里十多年，做过很多活，很多很多。刚来的时候，心气还高着呢，以为会像韩剧里的那些女主人公，碰到个公子哥儿，再不成，凭自个儿的模样，找个轻松一点的活应该不成问题。谁知道，好工作竟是这么难找，超市营业员、小区公园里的清洁工、茶室里的服务员……她都做不长。有一段时间，为生活所迫，就有点饥不择食，只要能填饱肚子，什么都肯干，直到碰到帅气的老公。老公开始是欺骗了她的，他并不是什么有钱人，但那时候，她的心性早变了，变得现实。老公不过是一家托运公司的送货员，但在公司里有点股份。说是公司，不过是几个原来在新车站拉货的外地三轮车夫，合伙买了一辆密封式厢车，专为这个城市的一些小商贩搞托运。这两年托运公司业务繁忙，收入还不错。她也在去年应聘到名仕花园做了物管员，待遇还不错，公司还帮着缴了养老保险。年初夫妻俩商量在郊区买了一套联建房，要一次性付清。手头没有这么多钱，就向亲戚朋友借了一些，不过是你一万，我五千。这一来，生活就局促了。叶莓没有欠过债，在借条上签上名的时候，失眠症就伴上了她。祸不单行，上个月腋窝下的一块肉突然不适起来，就住到妇保医院里来了。她住进去的第二天，瑞玉也进来了。

一看见瑞玉，叶莓的心就扑通乱跳。她对这个人的印象太深了。她服务过的一个茶室里，经常能看到她的身影，与她喝茶的总是一些很有气质的女人，有时候是两个，有时候是一个；有时候也会是某个男人，这样的情景，也见怪不怪的，但给她留下深刻印象的是与她相交的几个男人，他们的干净整洁，几乎可以用一尘不染来形容。这让她产生好奇心，泡茶的时候，就用心观察起他们来，他们的谈吐他们的坐姿他们的举手投足，她会有意在门口多站一会，或者拿块抹巾，在走廊上慢慢地走过。没有发现异样，他们在包厢里正襟危坐，只谈一些她听不懂的话题，但叶莓知道，那就是时尚和品位。后来叶莓与送货员结婚，丈夫的手上永远留存着细细的污垢，头发再怎么洗，也充斥着那些货物特有的霉味儿。这时候她会想到和瑞玉一起的那些客人，当然不过是一闪而过：如果自己嫁给这样的人，生活会是怎样的呢，是不是一切都变化了？如果真的发生了这些事，恐怕一下子还不适应呢。这样一想，她的身子就痒痒的，仿佛自己的身子永远也洗不干净似的。这会儿，瑞玉很客气地朝她笑笑，露出一口洁白的牙齿。她一定是把叶莓给忘了，毕竟是好几年前的事了。瑞玉没有变化，她自己变化得太多了。

瑞玉没有一点病人的样子，仿佛来度假似的。睡觉的时候，互相问起病因，瑞玉说："为了穿连衣裙啊。"她脱下衣服，叶莓看见瑞玉的两个腋窝下各有一团肉，像两只小面包。

"医生说，对身体没有害处，可我一定要拿掉它们。"瑞玉说，"它们害得我好几年不敢穿连衣裙。"

"你不怕？"

"有什么好怕的，又不是什么病。"

"我好多天没有睡了，"叶莓说，"医生说，一切要等手术切片后才知道。"

"不会有事的。"

"我也这么想。"

瑞玉剥开一个水果，很自然地递到叶莓的手里。

一起手术的有四个人，按照原来的排位，瑞玉应该是第二位，可是结果瑞玉被排到最后一位。一直和和气气的瑞玉生起气来，对着医生大声嚷嚷，说是被人家开后门了。

"没有的事，"医生和颜悦色地解释，"前几个都要切片化验，你的情况最好，所以放在后面了。"

这样一说，瑞玉才重新笑起来。

"我还以为，你们送的红包比我大呢。"

叶莓吓了一跳，进手术室的时候，心扑通乱跳。她没有送红包。

专卖店在老城区，叶莓乘公交车，花了二十来分钟。她一径走到货架前。营业员看了眼她的衣服，有点狐疑。

"能单独买这条裙子吗？"

"这个系列只能成套买的。"营业员说，"你的裙子呢？"

"弄脏了。"她说，"想单独买一条。"

"不好买的。"

"你去问问经理。"

"不用问的。"营业员说。

"你去问。"

营业员有点不情愿，还是走到收银台去。

过了一会，一个三十多岁的女人走了过来，朝她看了几眼，说："你不是我们这里买的吧？这样好了，我做主，再给你下浮一折吧。"

"好。"

"那你试试。"

叶莓走进更衣室，长吁了一口气。出来的时候，营业员的眼睛亮了，经理也赞叹："真合身啊，你是穿这套衣服最好看的。"

经理一直送她出来，边走边说："你喜欢这个品牌吧，以后不要到杭州买了，在我们这买多了，我们有额外优惠的。"

"好好！"

叶莓的脚步轻快了许多，整个人洋溢着一种欢快的情绪，在她将要走出大门的时候，突然意识到什么，折了回去。营业员迎了上来。

"用一下更衣室。"

"这不是很好看吗？"

"我还有点事。"

她再次出来的时候，已经换成了原来的样子。

瑞玉的病床前，放满鲜花，她的朋友一拨一拨地来。后来，又有人送来一盆鲜花，瑞玉就把它转送给叶莓。叶莓说不要不要。瑞玉说，同病房的，不要分得这么清嘛！就让人把那盆鲜花放到叶莓的床头柜上。那空旷的床头柜上，原来只放着一只杯子，一小袋面包，现在，变得丰满灿烂了。叶莓侧过头，一股花香沁入心脾，心就暖了一暖。叶莓没有收到过鲜花，姑娘时没有，结婚后更没有。对于鲜花的含义她也一知半解。这些艳丽的玫瑰、素雅的百合花离开土地，绚烂于身旁，不过是让她想起家乡的那些花事来。桃花该开了吧，老屋门口的梨树呢，还有就是清明快到了，母亲坟上的野草也该恣意开放了……想起这些，叶莓有点伤感。

　　小区附近有一家全城最高档的水果行，装潢得像宾馆一样，除了开业的时候逛过一趟外，叶莓没有再进去过。叶莓家的水果是在地摊小店买的，无非是苹果啊桃子啊。虽然有心理准备，但看了那些名贵水果的价格，还是有点心惊肉跳的感觉。叶莓来城市好多年了，于她而言，这个城市，无非是她工作的地方和她住的那个开放式的楼房，延伸一点，就是几条马路及住家附近的超市。每天，她骑车经过一条条马路，那些装潢优雅的咖啡厅、气派的五星级宾馆，与她是没有一丝关系的。她什么也没有买，就走了出来。她突然觉得给瑞姐买水果是多么的不恰当啊。

　　然而，买营养品更不合适。瑞玉跟她说过："不吃都这样，再吃，还不得多出两只奶奶来。"

　　叶莓突然想起瑞玉喜欢吃那种小面包。那是本地一家面包企业生产的，每个小区门口都设有直销店，花十来块钱，就能解决儿子和自己的早餐。住院期间，丈夫常买一些来，她分了一点给瑞玉，瑞玉吃得津津有味。她觉得没有比这更好的礼物了，既符合瑞玉的胃口，又不用花太多的钱。当然，为了瑞玉，她是舍得花一点钱的，只是她晓得对于瑞玉这样的人，礼物根本不在于多重多大，而在于是否妥当。她为此穿了两条马路，才找到直销店。她买了一些小面包，又买了一份看上去十分精致的糕点，平时她是不会去注意这些包装精美的糕点的。临走前，营业员说要不要礼袋。她犹豫一下，还是决定要，还要了一只最漂亮的，这只漂亮的礼袋要了她五块钱。她走出店门的时候，下起雨来，细细的，很密。她一手盖住头发，一手拎着糕点，快步走起来。这时候，瑞玉来电话了，问她几点到，她说快了快了，就跑起来。

瑞玉的朋友真多，每天晚上都有人来探望。他们经过叶莓的病床，走到瑞玉的病床。叶莓侧着身，静静地听他们聊天。他们聊的话，叶莓感到新鲜，叶莓觉得自己与他们的生活，不是距离的远近，而是两个世界。叶莓很羡慕瑞玉的生活，她有独立的圈子，不像她，没有知心的小姐妹，她认识的人丈夫都认识，丈夫认识的人，她也都认识。

瑞玉的丈夫一直没有出现，但每天会打一个电话，时间规定得很精准，大约在六点多一刻的时光，两人在电话里说着悄悄话，叶莓是一句也听不清楚。时间不长，大约两分钟的样子。瑞玉没有说起丈夫，叶莓也没有问，叶莓到底见过世面，晓得有些事情是不方便问的。但有一天同病房的人问了一句，瑞玉你老公很忙吧，都没有见他来。瑞玉撇了撇嘴，说，他整天飞来飞去，大部分时间在国外。我又不是什么病，他来干什么？

　　住院的第三天，瑞玉的丈夫来了，一个文质彬彬的人，一点
也不像生意人。一来就忙开，削水果，帮瑞玉洗脸洗脚，他并不与
旁人聊天，只静静地坐在一边玩手机。十点的时候，他把两张躺椅
面对面一放，钻进被子就睡。第二天一早，他帮瑞玉买好早餐就走
了。瑞玉说，臭忙。叶莓想问一下具体做什么生意，终于没有问。
她羡慕瑞玉，安安心心养病，一副无心无事的样子。不像她，住院
了，还在想着家里的事。丈夫只在晚上来转上一圈，连续剧开始的
时候，站起来走。丈夫说，反正坐在这里也是看看电视。叶莓说，
你去你去，看好儿子就行。叶莓说，瑞姐，老公对你真好。瑞玉
说，一样的。一样？叶莓说，你看，我那个的粗鲁样。瑞玉说，他
真实啊。真实！叶莓笑了起来，真实也值得说吗？

　　远远地，她看到瑞玉站在公馆门口。瑞玉穿一件嫩黄色的连衣
裙，撑一把透明的伞，天阴郁，但在叶莓眼里，自有一种特别的光
绚烂于瑞玉的身上。瑞玉一把拉她入怀，仿佛是很久没有见面的亲
人，这让叶莓有点不适。瑞玉家在12层，一进门，叶莓就被它的豪
华惊呆了。她服务的地方也是一个高档住宅区，工作需要她也去过
业主的家，但瑞玉家的装潢，该怎样形容呢？叶莓觉得像皇宫，不
是中国的皇宫，是电视上看到过的欧洲国家的那种古老的皇宫。整
个基调是乳白色的，方块形的墙壁、大吊顶、高背宽大的沙发……
　　"真好啊，瑞姐。"
　　"有什么呢。"
　　但瑞玉还是握着她的手，走进一间一间的房间，两个卧室，

一间书房，两个卫生间……后来，她们走进厨房，这是一间足有二十来平米大的厨房，所有的设备都来自德国，"真正不锈钢的水龙头，"瑞玉说，"不像市面上的那种，说是不锈钢，其实是不锈铁。"瑞玉拿起来示范了一下，可伸缩，可任意变化角度，她轻松地拔出来又塞进去。但吸引叶莓的还是那些橱柜，光可鉴人，又温润如玉。瑞玉把厨门拉开，用力一推，门飞快地合上去，快要合上的时候，忽然慢下来，慢下来，最后只听到一声轻微的啪，仿佛一个轻叹，也许什么声音也没有。叶莓也学着来了两下，嘴里惊叹不已。

来瑞玉家，似乎是早就约定的，说不上谁先提出来。于叶莓来说，是想看看瑞玉的生活，一个衣食无忧，整天不干活的人是怎样生活的。叶莓想，如果不是生病，她与瑞姐永远不会认识，更不可能成为朋友。在茶楼，服务员与顾客是不能多讲话的，他们是两种身份的人。客人来此消费，就是为了静、隐秘，消费一段完全属于自己的时间。而病房就不同了，几个同病相怜的人住到一起，马上就会成为相亲相爱的人。几句问候，一点小小的帮助，就能使心柔软。叶莓与瑞玉到了手术后的第三天，几乎成为无话不谈的闺密。当叶莓提前出院，整理东西的时候，两个人竟都流了泪。后来，叶莓每天来医院换药，就会到瑞玉的病床前坐上一会，直到瑞玉出院。但叶莓的内心还是排斥瑞玉的，就是现在，叶莓也不准备与瑞玉深交下去，她觉得自己与瑞玉终究是两种活法的人。但瑞姐对自己是多么好呵，她把那些她闻所未闻的水果放到她的床头柜上，她说吃吃，是真心的，不是客套的。看她吃得有滋有味，就露出真心的笑。叶莓忽而意识到自己应该买更好的礼物来，不管瑞姐喜不喜欢，至少是一种心意。她忽然为自己买那套衣服懊悔起来，自己是出于一种怎样的心态？当她从那只漂亮的礼袋里取出那些小面包的时候，心是惴惴不安的。

晚饭叶莓做了主角，瑞玉打下手，无非是端个盘子，洗个菜心。瑞姐开了瓶红酒。她突然觉得红酒的味道很好，以前，她也喝过，一直不喜欢。在她喝下两杯的时候，有点微醺了。

"这么迟了，睡我这里好了。"

"不行啊。"

"行的。"

叶莓拨了老公的电话。

"儿子睡了吗？"

"看电视呢。"

"瑞姐让我……"

"好啊。"

"瑞姐她老公出差去了。"

"晓得了，晓得了！"

叶莓有点尴尬，想老公一定会问东问西，也许会不同意，但他竟然答应得如此痛快。

饭后，瑞玉去浴室放好了热水，瑞玉说："叶莓，我从医院出来后，还没有洗过澡呢。"

"我也没洗过。"

"都有臭气了。"瑞玉说，

这句话让叶莓觉得亲切，好像两人的距离一下子又拉近了许多。当然，这样的话，也只能瑞玉说，叶莓是绝说不出口的。

"我还是回家洗。"

"一起洗。"

浴缸真够大的，比普通的大一倍，瑞玉脱光的时候，叶莓还没有脱掉上衣。到底有点难为情呵！卫生间里的温度总有40来度，这是一种让人慵懒的温度。瑞玉一米六五的个子，白皙的肤色，除了有点小肚腩外，没有一丝多余的肉。叶莓脱到内衣的时候，有点害羞。她没有在外人面前裸体的习惯。那面宽大的镜子，已经被雾染得白蒙蒙，镜子里的叶莓变得不甚清晰，仿佛是别的一个人，这多少掩饰了叶莓的尴尬。

叶莓小心翼翼地浸入温水中，一种舒适感从毛孔里钻进去，游遍全身。瑞玉正闭目养神，一块白色的浴巾掩住她的胸部。

瑞玉转了个身，把背露给叶莓。她乐意伺候瑞姐。在两人空间里，她已经放弃了所有的束缚，她只想好好为瑞姐服务。自从来到这个远离故土的城市打工、拼搏，她没有结交过一个城里人的朋友，她知道，她永远不可能与城里人有共同的语言。实际上，情况确实如此，她租住的地方全是与她一样的外来人，工作的时候，业主也没有平等地待她。她也有意识地与他们隔离开来。瑞姐不同，她送鲜花、水果、衣服，都是那样的通情达理，那样的顺理成章。

叶莓的右手可以使上力，她在瑞玉凝脂般的皮肤上用力地搓，瑞姐痛快地呻吟着。瑞姐的屁股圆润、结实。叶莓搓到那里的时候，心里不由涌起一种别样的感觉。她忍不住在那上面轻抚了几下。她听见瑞姐深深地吸了口气。过了一会，瑞姐翻过身来。尽管同为女人，叶莓还是为瑞姐的身材迷住了。瑞姐的乳房大而饱满，乳头微红。瑞玉说："叶莓，你学过的吗，怎么比浴室的那些搓澡工还好。"

叶莓的面孔霎时红了。

"来，轮到我来帮你搓了。"

"千万别。"

"你的手不方便，怎么够到后面啊。"

"不是，我怕痒痒。"

瑞玉为她的话笑了起来。

叶莓拗不过瑞玉，只好趴到缸沿上。叶莓发现瑞姐的手温柔又有力，有一种恰到好处的味道。当瑞姐的手抚到她胳肢窝的时候，叶莓还是忍不住咯咯咯地笑了起来。

瑞玉的手是如此的轻柔，她抚摸过她的脖颈、脊背、屁股，后来，她的手就抚到她的两股之间了。叶莓的心抖了一抖。瑞姐，她说。别动，瑞玉说。

吹干头发后，瑞玉拿出了那条裙子。

叶莓与瑞姐一直保持着这样的关系。她们有各自的生活，彼此都没有介入到对方的圈子中。一般半个月相聚一次，地点也一成不变。叶莓去了这么多次，一次也没有碰到过瑞玉的老公。

有时候叶莓会与老公说起瑞玉的事，说她什么都好，就是没有孩子。

老公忙着自己的生意，白天黑夜都在托运部，到家总是十点光景。他显然不关心这样的事。不会生吧！他随口说了一句，就走进浴室。

会的。叶莓说，我问过，瑞姐说每个人的想法都不同。我也就没有问。

老公已经打开了水龙头，就大着声说，那做人还有什么意思？

叶莓靠在玻璃门上，也大声说，这你就不懂了，难道做人就是为了吃饱穿好再有个孩子传宗接代？

老公说，那他们的家产传给谁？

叶莓说，这不是你操的心，总不会传给你的。

才四十五岁的老公明显衰老下来，开始是头发稀少了，后来连房事也可有可无。但是银行卡里的钱越来越多，不是一般般的多。也算是捡了漏吧，离省城批发市场只有几十公里，大的托运公司根本看不上这么近的生意，而本地的小商户却每天需要进货。托运部的服务也周到，直接把货送到商户面前。老公的胃口大起来，决定开发义乌这条线路，于是购置货车，增加人手，忙得不亦乐乎。

老公说，整天听你瑞姐瑞姐的，能不能借点钱周转周转。

叶莓说，不能。

不能？老公说，不试试怎么知道？

其实叶莓早就委婉地说起过，她说瑞姐，老公又要投资新线路了，把先两年赚来的钱全投进去不说，还得借钱，你说瑞姐，做人难道就是这样的永远劳心劳累没有享受的时候？但瑞姐并没有接续她的话题，还是那句话，每个人的活法是不同的。

说这话的时候瑞姐的神情是严肃的，一副水泼不进的样子。叶莓知道她与瑞姐并没有心心相印，至少瑞姐一点也不想知道她的所思所想。叶莓曾想了解瑞姐的一切，但很快打消了念头，说到底她们不过是萍水相逢，她们注定不会长久在一起的。

叶莓终于辞了职管起账来，她再也没有休息天了。与瑞玉的聚会还坚持着，但已成为一种负担。她有时候想，生活到底是什么？是像瑞玉那样的，还是像老公那样的。

她不能穿那些漂亮衣裳了，她的周边总是货物，货物，那些司机、装卸工整天穿着脏兮兮的工作服。也奇怪，她很快适应了，也许这样说更确切，她又恢复到原来的状态。

现在，她再去瑞姐家有了一种不自在的感觉，她得在家里先洗好澡，化好妆。这引来了老公的恼怒。实际上与瑞玉千篇一律的聚会早让她厌倦，毕竟与瑞玉的肌肤相亲不过是一种额外的体验，本质上她还是一个传统的人。瑞玉很快发现了她的想法，所以在规定的时间里破例没有给她信息。叶莓这一天等得心焦，做事也脱头脱脑。一直到第二天，她才给瑞玉发了个信息。但一直没有等到她的回复。后来她发现她已经被瑞玉屏蔽了。

她失落、伤心，但很快恢复过来。赚更多的钱过像瑞姐那样的生活已成为她工作的动力。

父亲的命理学研究

父亲明年八十，照惯例，冬节前要办寿宴。父亲说不办，但家乡的亲戚一个个打来电话。我们家乡，逢十的生日都要大操大摆的。我决定再跟父亲沟通一下，刚开了个头，他就黑了脸，说，谁再提，我不认谁。说完，孩子似的捂住耳，跑进小阁楼，砰一下关了门。母亲跟我说，听他好了，阿姨夫不听他的话，办了酒，住了两次院，不像人样了。

看来人都是怕死的，哪怕像父亲这样看破命运的人。但是，在他七十岁，身体还很健的时候，却去家乡的公墓里选好了墓穴，又花了几百元，弄端正了，才对我说，到时候，只要打开那个盖，放进去就好了。家乡的公墓就在老屋的后山，位置朝向都是父亲帮村里勘定的。但我的几个姐妹反对，她们当着父亲的面，说，那么偏僻的地方，你去了后，我们是不会来看你的。母亲也反对。父亲便虎下脸，说，你们懂什么，这里，有风水嘛！

我倒觉得不错，至少便宜啊。每年春天，回乡下一趟，吸吸新鲜空气，踏踏青，权当旅游。

　　我有段时间没有去父母家，我总是忙，忙啊忙。朋友赵诗人来了，就与他去喝酒，醉醺醺的，他拉我去江边寻找灵感。这么冷的天啊！可他说，这样的时候江边才有风情呢！他把车停在那座著名的山脚下，经过一个斜坡，走到江边去。父亲的家就在斜坡脚边的一个小胡同里，我经过的时候，朝里望了望，脚步就慢下来。赵诗人说，干什么呢？快点啊。我就加快了脚步。

　　明天二九了，天却不寒冷，太阳正大着，江边有风，坐在台阶上，很舒服。

　　父亲是工人，没有读过几年书，但有点三脚猫功夫。他对草药有一种与生俱来的爱好，对命理学的一知半解，则来自祖父传下来的一本老书和祖父临死前的一些所谓点拨。熟悉的人碰到个头痛脑热，会来他这里讨点草药；逢到大事，会让他择个吉日。他的抽屉里总是塞满各种常见的草根树皮，讨药的来了，他把抽屉一只只打开，不厌其烦地向他们讲解它们的药理功效，在得到额外的赞扬后，才小心翼翼地配制好，又絮絮叨叨地告诉他们怎样煎怎样喝。择吉日，就没有这么简单了。人家报上生辰八字后，他就跑进里屋，关上门，取出那本书，一纸一笔，仔细推算起来，往往需要个把时辰。等他打开门的时候，手里就多了一张折好的红纸。相较于他的命理术，我更相信他的草药，从记事起，我就没有进过医院，身体有什么不适，就喝他的药汤。但人家相信的还是他的命理术，说他择的日子很准。然而，我并不相信他，一则，这样的事无法确切地验证，重要的是，我知道内幕——他凭的不过是那本破书。

　　我把父亲的意思讲给几个姐妹听，她们露出不可思议的神情："你不怕人家说啊，你不要面子，我们还要呢。"我只好说，这也是母亲的意思。她们听了，露出鄙夷的神情，仿佛我不是她们唯一的兄弟似的。我气啊，这几个姐妹，我还不了解她们？听到这个消息，也许正偷着乐呢。这样说一点没有寒碜她们，她们出嫁那会儿，我正落魄，父亲就让她们每年给母亲一点钱，母亲落实政策回城后，一直没有工作。当然，按我们那旮旯的习俗，女儿是没有这个责任的。很多年来，这笔费用，弄得大家很不开心。那点钱，现在看来是多么微不足道啊，但父亲一直坚持着。

　　我倒有几个好朋友，尽管君子之交淡如水，逢年过节，家里有什么喜事，都互不送礼，只是事后聚一下，但这一次他们都备了礼，不声不响的。

　　一个画家，画了一幅傲霜的梅花，说要亲自送到父亲的手里；赵诗人，则作了一首七言诗，请一个书家写好装裱端正，要挂在父亲家客厅的显眼处。是最好的朋友啊，我不说谢，说，给我吧，到时请你们撮一顿。他们说，不行不行，这个一定要亲手交给大伯的。我就与他们直说了。画家说："这个不太好吧，说不过去的。"赵诗人说："这个，大伯有难言之隐吧。"

　　这几个朋友与父亲很谈得来，虽然谈的也不是什么对胃口的话，但他们坐在一起，海阔天空，乱说一气，都觉得有味。

　　我说："你们还不了解他，他就是这么个人，不拘常理的。"

"这不是理由，八十大寿，说什么也是人生一大喜事啊。"画家说。

赵诗人附和："这个，不应听大伯的。也许大伯想玩个新花样吧。"

父亲，我最了解了。当他沉浸于他的世界里的时候，会做出一些不合常规的事，一旦回到现实世界，就是一个再普通不过的人。不过，经他们一说，我的心又动了起来，我决定迂回一下试试。当房间里只剩下我俩的时候，我说："几个朋友，你欢喜的那几个，帮你弄了几幅字画。"

"好，好。"

"到时候，请他们吃顿饭。"

"应该的应该的。"

我大喜。

说起来，父亲的性格是从退休后开始变化的，原来我们父子俩说话，不必如此转弯抹角。六十岁那年，父亲退休了，他没有像别的老人那样无所事事，而是更加忙碌起来。一开始，他痴迷的还是草药。一早起来就骑车往郊区的山里跑，晚上回来，总要背回来一蛇皮袋弯弯扭扭的树根和各种各样的植物的茎啊叶啊。很快，在他不大的客厅里就堆满了一袋袋晒干了的草药。母亲埋怨起来，因为她心爱的缝纫机被挤到一角去了。不久，陌生的人也上门来。父亲听了他们的叙述后，就从一堆堆草药中，东一把西一把地抓出那些根啊叶啊，放到茶几上，告诉了服用的方法后，果断地把手一挥，再不容他们多讲一句话。他的方法很简单，不停地煮，大碗地喝。那些人起身时，无一例外地背起一袋十来斤重的草根树叶，千恩万谢地去了。不用怀疑的是，父亲的草药还是很有疗效的，因为他的客厅里，不同包装的酒瓶越来越多，它们混迹于枯枝败叶中，仿佛是他精湛医术的奖杯。后来，来了一个皮肤病患者，父亲给了他一麻袋各色的叶子，让他煎吃涂擦。他拍着胸脯说，一星期，一星期不痊愈，你来砸我的茶几。这一回，父亲失算了，那人的皮肤溃烂，几乎要了性命。他的几个儿子上门来，照着父亲的承诺，砸破了父亲那古色古香的茶几，又点燃了父亲的那些根根草草。父亲的那些心肝宝贝啊，早储足了阳光的因子，一下子欢呼雀跃起来，把父亲引以为傲的美髯也烧得残缺不全。经此打击，父亲像变了个人，整天关在屋里，沉默寡言。

等到他重展笑容的时候，我们才发现，他的客厅已大变了样。在靠窗的地方，出现了一个小小的佛龛，供着一个观世音菩萨。客厅里没有了一丝草药的蛛丝马迹，案头的书全换成了竖排的命理书。那本老旧的书就摊开在书桌中央，几乎翻烂了。他又开始跑出家门，十天半月地不见他的影子。后来，他回到家里，闭门不出，逢到初一十五，就在观世音像前点上三炷青香。他像一粒蚕卵，蛰伏于客厅里，似乎在积蓄破茧的能量。母亲很高兴，告诉我们，父亲终于安静下来了。但不久，一些穿着奇异的人上门来了，父亲关上门，与他们窃窃私语，母亲把耳朵凑到门缝里，也听不到半丝清晰的内容。又过了一段时日，有人持着一张张便条，上门来让父亲看相择日。再后来，父亲开始接受邀请，上门去踏勘风水。他最欢喜奔波到深山老坞里，借为人家看阴基的机会，了解村子的来龙去脉，研究山势走向，标注龙潭富穴，来对应村子里已经发生的事。他越来越觉得这是一门既高深又神秘的学问，开始根据自己的经验写起书来。他有一个理想，有生之年要出版这本大作，他觉得我能帮他实现这个宏大的目标。

我对他的事业一点不感兴趣。那些佶屈聱牙的文字，神秘莫测的符号，让我头痛不已。我渐渐地疏远了他，借口忙，不再按规定的时间去看望他。

他变本加厉，谢绝一切来往，整天趴在窄小的书桌上，吞云吐雾，冥思苦想。母亲说，他的身体就是那一年开始垮掉的。他原来有一个好习惯，饭后去公园里散散步，自从写作命理学后，不再去了。

这一年，父亲的气愈加急了；到后来，上四楼都要花十来分钟；终于他躺不下去了，只能坐着。这时候才打电话让我们送他到医院。一查，很严重了，有好几种病，最厉害的是肺里生了几个泡，不得不住院。这就苦了我，三天两头地跑。当每天的住院清单发下来的时候，他照理要骂上几句，说这些药没用的，吸氧对他根本是浪费。他一再要求出院，他说，医院算什么，靠的是仪器，现在我晓得病情了，我用自己的药，远比他们的好。我私下里问医生，医生说，手术是不能动的，这么大年纪了。那么，我说，如果气泡破了呢？医生说，那么就动手术。我说，不如现在动，一劳永逸啊。医生说，这么大年纪了，不能动的。我终于听出来了，父亲就这样了，挨一天算一天，就等着那气泡嘭一下了。

"如果不感冒，不用力呛，就不会有大问题。"医生说，"不过烟酒是不能碰了。"

但出院后，父亲一如既往，什么也不戒。他说，我自己的身体自己晓得，医生算什么？就说烟吧，我一抽，呛出来了，就好受些了，不抽，倒更难受呢。我们力劝了几回，见没有效果，也渐淡了。

母亲却受不了。有一天，与父亲大吵起来，起因是她想把原来的客厅变成她的卧室，她发誓再也不与父亲睡一张床了。酒气、烟气、胃气，谁受得了啊！母亲嚷嚷着。

父亲妥协了，他搬到自己搭建起来的小阁楼里。那个小阁楼凌空架在楼梯的上空，用两根钢管作为支柱，全部用木料建成。它不属于房子的结构，而是额外做出来的，仿佛一个长方形的一边，多出了一只小小的翅膀。这是父亲为我的儿子搭建的。儿子读小学的时候，一家五口人挤住在五十多平米的房子里，根本没有写字的地方。父亲就想办法，在靠楼梯的一面墙上敲出一扇门来，建起这个阁楼，使它与整个房子连成一体。现在，孙子曾经写字的地方成为他的卧室兼书房了。

阁楼很小，铺了一张床后，几乎没有空间。这时候，父亲的才智又发挥出来了，他在靠墙处固定住一块30厘米宽的木板，作为书桌。人坐在床沿上，就着木板看书写字，还挺舒服呢。问题是身体活动的地方太少，坐着，就像一尊雕塑。

然而，父亲很舒心，没有了母亲的聒噪，他可以全身心地扑到他的宏大事业中了。

那块木板上，堆起了越来越多的古书，母亲也不晓得这些书是从哪儿来的。印象中，父亲很少外出，在关紧了那扇小门后，从某种意义上说，他就与世隔绝了。

父亲变得越来越与众不同，他似乎在那些充满霉菌的古书里发现了人生的某种大隐秘。有时候，他连饭也不下来吃，任凭母亲不停地呼喊和敲门，害得母亲慌忙给我们打电话，以为出了什么事。往往在我们赶到时，没等敲门，父亲就把门开了一条缝，像个孩子似的一笑，伛着腰，下来了。我们发现他的身体越来越消瘦，不过，精神还算不错，除了不间断地呛。这让我们不得不对母亲的话产生怀疑。我们觉得，只要他的身体没有大碍，他的爱好是不能随意去剥夺的。

也是在那段时间，我试着与父亲沟通，但我发现已很难与他沟通了。他似乎陷入一种谵妄中，许多话前言不搭后语，更多的像在自言自语。而且，话语中越来越多地出现一些让我不舒服的关于命运的解释。我虽然什么也不信，但心里的暗示却非常强烈，我往往这样认为，我的某一个成功，是建筑在某一个痛苦中的。反过来说，我的亲人的某个痛苦或者不幸，却是我成功的源泉。我还不愿意听到诸如"我真苦啊，我活不长了"之类的话，我觉得，这样的话讲多了，命运真的会照你的意愿走的。也许这方面，我就是受了父亲的影响。父亲动不动就说这样的话，什么时候，你有一个关口，要当心；几时，不能出远门；几月里，要防小人伤害。我越来越露出厌烦的神情。谢天谢地，父亲终于发现了我的不快，这说明他的脑子还没有糊涂。

"记住，"父亲递给我一张纸，说，"看清了没有，我不想再提这件事了。"

那是冬天最冷的一天。入冬来，天一直没有冷，我们都觉得会是暖冬了，然而父亲说，今年要大冷，还要下大雪，雪要堆得连车子也不好开。我们都笑了。

那天我看过父亲的字条，非常生气，这竟然是他的遗嘱。其中有一条，说他的所有存款，已经存在合作银行了，他打算把存折交给大姐保管，而密码就记在纸上，只有我晓得。他说，以后你们到老家上坟去，所有费用都从存折里出。这完全是一记闷棍啊，我一点思想准备也没有。可是我无从反驳。过了好久，我才气呼呼地说，妈呢，妈你不管了？他说，不是有你们吗？就在我想把纸条塞进口袋里的时候，父亲一把夺了过去，拿出打火机来烧了。

我越来越不愿意去父亲家，可是母亲打电话来，说，父亲在絮叨了，说你这么忙啊。母亲说，到时候来家走走吧，劝劝他，他现在都有点神经质了。还有，他让你整理的东西，有没有打到电脑上去。这样一说，我又内疚起来，可是，我实在没有兴趣弄他的那些东西。我就请赵诗人帮忙，校对父亲那蟹爬样的文字。我对他说，父亲有许多老古的书呢，到时候给他，我又没有用。赵诗人才勉强答应了。

我把所有的事原原本本地告诉了妻子，妻子还算通情达理。她说，爹这样，顺他好了，但办还是要办的，为什么不办啊？要好好办，不要在家小弄弄，混淆不清的，该发的请帖还是要发，几个姐妹也是客人，也发一张去。当然，我们可以换个方法，不要让爹晓得。你好好努力努力，帮爹的书印出来，他那么多钱，还不如用掉点安耽。然后，弄个发行仪式，以这个名义请大家。多么贤惠的妻子啊！

事情就这么定下来了。

我让出了书桌，为赵诗人端茶递烟。精通汉字奥秘的赵诗人，在绞尽脑汁地弄了两天后，似乎被那些奇崛的文字组合折服了。他不停地吞云吐雾，沉湎其间，大呼过瘾过瘾。后来，他干脆向单位请了假，整天整天地窝在父亲的阁楼里。他的妻子打电话给我，说发生什么事了，为什么电话也不接？赵诗人的怪诞行为让我担起心来，我觉得，他是陷入了父亲设计好的旋涡里了。时间久了，我又怀疑起来，觉得父亲正把什么重大的隐秘传授于赵诗人。在那些寒冷的冬夜，我陪着母亲坐在客厅里，看着无聊的电视，听母亲唠叨父亲的一些不可告人的荒诞不经的故事。终于有一天，赵诗人说大功告成，只剩下那些图案的校对了。赵诗人胡子长了，头发蓬乱得像一团秋天的草皮，然而容光焕发，两眼炯炯有神。"无法校对，不能校对，照搬不误，线条的粗细也不能更改。"他一连串吐出这些词语后，就抱着那沓稿子跑出去了。接着，父亲也下楼来了，他神情疲倦，像一只衰老的蚕吐尽了最后的一缕丝。但他的思维从来没有这样的清晰过，他说："老太婆，我饿了。"

书出来了，印得不错，装帧也很合父亲的胃口，古色古香的封面上，有一条龙若隐若现。父亲全权委托于赵诗人。当然，数量上，我控制住了。照父亲的意思，至少印他个三五千本。他看过小摊上那些粗制滥造的东西，他觉得他的这本书，肯定会引起轰动，广为流传。

我在郊区的一家农家乐订了五桌酒席，家乡来人了，我的朋友也到了，父亲的老哥老姐也请了。一切就绪，才对父亲说，赵诗人多事，把出书的事告诉大家了，看来首发式，等不到明年了。赵诗人已经在父亲的心里留下了好印象，父亲虽然不大情愿，还是同意了。

那天，下起大雪来，没有预兆。赵诗人开车送父亲到农家乐。现场很热闹，大门口挂了一条长长的横幅。父亲下车时，候在门口的人们都鼓起掌来。父亲看见了朋友、子女，然后，他看到了家乡的客人。有那么一瞬，他的脸上露出了不快，但马上恢复了笑容。他抬起头，朝天看了看，嘴里默默地念了一段什么后，就招呼大家入席。在中间的酒桌上，早摞着一大摞父亲的书，它们呈圆形摆放，一层层的，像只蛋糕。这是我几个姐妹的意思。父亲坐下后，看着那摞书，发了一会儿呆。这时候，赵诗人别具一格的主持开始了。他说，你们看到了吗，这雪，气象预报上没有说吧，大伯早在几个月前就预料到了。所以，大伯说，这次宴会要早点结束，迟了，恐怕大家都回不了家了。大家都哄然大笑起来。我发现父亲的脸色越来越难看。诗人在讲了一大堆称颂父亲的话后，就请父亲说一说这本书诞生的经过。这时候的父亲，似乎心不在焉，他站起来，满脸通红，双手发起抖来。"看书，看书，全在书上！"说完这句话，他端起酒杯，一饮而尽。

"好！"仿佛天空中响起一个响雷，大家用力地鼓起掌来。接着，人们一个个过来向他敬酒。我早与大家打过招呼，不能说与那个字有关的词。不过，酒过三巡，人们的脑子渐渐迷糊起来了。

父亲对我说，时间不早了，去看看雪，是不是小下来了。我去看了看，果然小下来了。父亲说，好，结束了。我说，才一半时间呢，菜都没有上齐。父亲说，要不，让小赵先带我走，你代我招呼好了。我说，赵诗人怎么能先走呢？父亲的脸色严峻起来，你去跟他说，他会带我的。我只好把正在敬酒的赵诗人叫了来。父亲把嘴凑到赵诗人的耳朵边，说了几句话。赵诗人说，不成不成，您怎么能先走呢！

我看见父亲长叹了一口气，摇了摇头。

父亲的酒开始还很节制地喝，渐渐地放开了。"大师""伯温再世"这些词语混合着酒精的魔力，开始在他头脑中发酵、膨胀。迷幻中，父亲站起来，跌跌撞撞地走到酒席中间，他似乎正飘浮于五彩环绕的云霞中，仿佛勘破了人世间的一切，而天下所有的秘密全在他的眼前展露，所有围着他的人的运命全掌握在他手中。他大声地宣讲起他的理论，随意地指着某个人，说他的前生今世。听懂的，听不懂的，讲对的，不对的，都鸡啄米似的点着头。有人说，大伯鹤发童颜，真是诸葛再世啊。父亲眼一白，说："什么诸葛再世，诸葛连自己的命都算不准，不能算同道中人。"

有人说，是啊是啊。

"哪能像我，我能破解自己的命。"

家乡来的一个堂侄，也站起来说："对对，我小叔是什么人啊，他，肯定会长命百岁，福、福如东海……"

"呔——"父亲沉了脸，怒斥道，"什么长命百岁，运命自有天定，轮得到你说么？"

堂侄忙说："小叔，我不懂的，我只晓得你看的风水真准，你好人有好报的，你肯定寿比天长。"

"你胡说什么！"

我忙让别的堂兄拉住了他。

"要说我们那旮旯儿，小是小，倒真是块风水宝地啊，要出人，要出人的。"父亲说。

我吊起的心渐渐放了下来。

我让父亲先回去。因为外面的雪在小了一会儿后，更加大起来了。

然而，形势急转直下了，敬过酒的人，又开始了第二轮进攻。大家的嘴里都由"大师""大器晚成"，改成了"青松不老"之类的。那些词语无疑像一枚枚毒针，准确无误地击中了父亲的要害。父亲在与命运的争斗中节节败退。开始，他还勉强应付着；后来，他的脸色越来越不对了。我忙着劝大家歇一歇，歇一歇。可是，已经控制不了了。人人争先，个个恐后，仿佛不与父亲碰上那么一下，不说上一句吉利的话，就要吃亏一样。最后，父亲完全像个木偶人一样，只傻笑，来者不拒了。他似乎一下子明白了什么似的，把头凑到我身边，说，真好，真好啊。来，我们爷儿俩也来一杯，真痛快啊！

　　我像坐过山车一样，也迷糊起来。这样多好，多痛快啊。我就放开喝起来，我确实有点累了。酒宴终于结束了，父亲没有事，尽管脚步凌乱，但还清醒着。他与人们一个个握手，叫着人家的名字，说着含糊不清的话。末了，必把左手抬起来，做一个与人告别的手势。

　　我把他与母亲送到家里，雪越来越大，也许明天会出不了门。这样也好，索性下得再大些，把所有的都封住，这样，多痛快。有多少时间没有完完整整地待在家里了！很迟了，我随便洗漱了一下，即上床沉沉睡去。终于结束了，谢天谢地！我沉入了美好的梦乡中，似乎浮游于江水中，可是，一个浪头扑过来，把我淹没了。我惊醒过来，客厅里，刺耳的电话铃响个不停。果然是父亲出事了。我跌跌撞撞赶到时，姐妹们都围在父亲的身边。母亲在抹泪，说父亲睡过去了，叫不醒了。我说，赶紧送医院啊。母亲说，他不肯呢。他睡的时候说过的，无论发生什么事，都不能随意动他的。我才发现，在父亲的床四周，点着七支蜡烛，整个房间烟雾弥漫。父亲就那么笔直地躺着，脸上盖着一张黄表纸。我凑近前去，见父亲气息微弱，我叫了一声，又叫一声，眼泪就涌了出来。

　　"妈，拿掉这些蜡烛啊。"妹妹说，"慌兮兮的。"

　　"老头说过的，不好动的。"

　　"哥，你来拿。"

　　我说："你们出去吧，爹没事的。"

　　姐妹们听了，赶紧跑了出去。

　　我被熏得泪流满面，咳嗽起来。奇怪的是，我没有一丝害怕，仿佛这样的场面早就经历过，仿佛等待这个时候已经很久了。

　　我看了看紧闭的门窗，父亲是真的睡着了。只有熟睡了，他才不会呛。但黄表纸还在有节奏地颤动，父亲也许正在做着美好的梦吧。我轻轻地站起来，吹灭了一支又一支蜡烛。就在这时，一阵剧烈的咳嗽声响起，我转过身去，一张带着点儿古怪笑容的脸赫然出现在我的眼前……

后　记

王建潮

　　我一直把写作当作业余爱好。从早到晚，守着一家30多平米的店铺，看书写作便是一件奢侈的事。有时候，来了感觉，想写点东西，顾客不合时宜地来了，只好笑脸相迎，毕竟生存是第一位的。但总有一些瞬间，灵感被及时捕捉。

　　年轻时，钟情于诗歌，也曾豪情万丈，但生性羞怯，这些诗歌只有极少的人看过外，就静静地躺在抽屉里。后来下岗，为了生存，办过厂，摆过摊，其间的艰辛很难用语言描述。文学只能成为一个梦，遗弃于脑的边角。足有十余年吧，除了日记，没有写过一篇像样的东西。2008年吧，偶遇文学故友，惊讶于她的执着和成就，沉睡的梦倏地苏醒了。生活是刚刚稳定，精神却越来越空虚。重新拿起笔，才知失去得太多太多。于文学而言，只剩下蹉跎的岁月。我是一个想象力贫乏的人，对胡编乱造更是深恶痛绝，一拿起笔，写下的总是自己熟悉的生活。

　　说起来，起点还蛮高的，处女作《老周的梦》在方格子的推荐下发在2009年的《北京文学》上。实际上后来发表的小说大部分是在看稿会上被编辑看中的。对于小地方的作者来说，是幸事，亦是可怜见的事。投稿渠道的不畅，写作氛围的清冷，随时都有可能让人停下笔来。

但喜欢到骨子里的事，终究能够坚持下来，至于别的，比如发表的难，比如小说带来的荣誉，就不算什么事。又幸好有几个同样痴迷于此道的朋友，相约弄了个沙龙，聚在一起就是小说小说，见面就要争个面红耳赤，什么结构啊什么技巧啊。在别人眼里，直如一群疯子。也因此，虽写得少，却没有停下过。有时候想，世界不少我几个小说啊，便有了豪情，要磨出真正的小说来。不容易，却是大动力。一晃，十年了，到底没有鼓捣出有分量的，却也到了总结的时候。出本集子，似乎有蹚路的意思。

重读过往的小说，有些细节还会打动自己，还会流下眼泪，矫情吗？不！没有真正体验过苦难的人，是没有这样深切的感受和切肤之痛的。我曾说过"老周是我，我便是老周"，但"聚道肯定不是我，但似乎更像我"。说到底小地方的生活是庸常的，但庸常里也会有动人的东西。写作的目的似乎是要翻开小城市的皮肉，让读者看到一些更"真实"的面目来。

年岁不小了，似乎还有野心。至于能走多远，只有鬼知道。可以说的是，我会继续写下去。